ザ・ベストミステリーズ
推理小説年鑑

日本推理作家協会　編

The Best Mysteries 2023

講談社

目次

第76回日本推理作家協会賞
短編部門受賞作

★は第76回日本推理作家協会賞短編部門最終候補作

カバーコラージュ　松下悠見
装幀　next door design

序

日本推理作家協会代表理事
京極夏彦

まずは、本書を手に取っていただいたことに感謝いたします。

本書を手にされたあなたは、ミステリーをこよなく愛するマニアの方でしょうか。それともミステリーに興味を持たれて読み始めたばかりの方なのでしょうか。それとも初めてミステリーを読んでみようという方でしょうか。どなたでも——大歓迎です。

私達は平素、何の躊躇《ためら》いもなく〝ミステリー〟という言葉を使っています。それぞれのミステリー観は必ずしも同じものではないのでしょうが、それでも通じます。ミステリーにほとんど興味を持っていない、まったく関心がないという人にも、通じます。

広義のミステリーという言葉が、神秘的なものごと、不思議なものごと、怪奇なものごとを示す言葉だからでしょう。単に常識で理解できない〝怖い〟ものを差すのだと諒解している人も多いようです。ミステリーとは本来、そうした言葉だったようですから、間違いではありません。しかし、小説など創作ジャンルとしての〝ミステリー〟の場合は、少しばかり違っています。

小説としてのミステリーは、かつて〝推理小説〟と呼ばれていました。現在でもその呼称は使用されています（何より、この本を編んだ団体も、日本〝推理作家〟協会です）。推理とは〝前提から結論を導き出す思考の作用〟のことです。論理的思考によって、知られている事実から知られていない事実を推《お》し量るという行為こそが、推理なのです。そう、ミステリーとは、神秘であり怪奇であり、謎のことなのですが、狭義においてはその仕組みを推し量ることであり、その秘密を暴くものでもあるのです。

推理小説と呼ばれる以前は〝探偵小説〟という呼称が一般的でした。探偵とは、現在では職業名であり、また事件などの捜査をする公的な立場にない人のこととして諒解されていますが、本来は〝隠されているものごとを探索する〟という意味の言葉でした。

警察の捜査もまた探偵だったのです。そこから犯罪を扱う小説全般を探偵小説と呼んだ時代もあったようですが、言うまでもなく犯罪だけが隠されたものごとではありません。人の心の暗部も、日常の変事も、社会の闇も、世界の秘密も、宇宙の神秘も――謎を論理的思考によって解き明かす小説であるならば、それはミステリーなのです。

本書には七つの謎と、七つの解明が示されています。いずれも日本推理作家協会が厳選した、２０２２年に発表された傑作ばかりです。愛好家から初心者まで、必ずや〝ミステリー〟の醍醐味をご堪能いただけるはずです。ごゆっくりお愉しみください。

異分子の彼女

西澤保彦《にしざわやすひこ》

1960年高知県生まれ。フロリダのエカード大学創作法専修卒業。島田荘司の推輓《すいばん》により1995年『解体諸因』でデビュー。初期から『完全無欠の名探偵』など一連の作品で今日隆盛の特殊設定ミステリーを開拓した。本作は、2002年に始まる櫃洗《ひつあらい》市の謎の苦情係が安楽椅子推理に冴えを見せるシリーズの一編で、第6短編集『異分子の彼女　腕貫探偵オンライン』に収録された。日本推理作家協会賞では1996年『七回死んだ男』で長編部門に、2014年「恋文」で短編部門にノミネートされたのに続いて三度目の正直となった。（S）

逮捕されたのは被害者の夫であるコウノトウ、マサシ……ん。え？　コウノトウって、まさか？

ニュースを淡々と読み上げる男性アナウンサーの声に、思わず横眼でテレビ画面を確認してしまう。すると、はたしてテロップには『甲野藤政嗣容疑者（61）』と表示されているではないか。

びっくりした。もしもこれが演出過剰な映画やテレビドラマならば、慌てて急ブレーキを掛けたり、ハンドルを切りそこねて後続車や対向車にクラクションを鳴らされたりする緊迫の場面かもしれない。が、さいわい現実世界ではそこまでのオーバーリアクションは誰にも求められていない。胸中に驚愕《きょうがく》を抱えつつも、おれは寸毫《すんごう》も動揺を露《あらわ》にすることなく、安全運転を続行する。

「あら。あらあらまあ、なんてことでしょこれは。物騒な。剣呑《けんのん》な」

後部座席から、おばちゃんが身を乗り出してくる気配。さきほど、櫃洗《ひつあらい》空港の到着口で乗せたばかりの客だ。

感染防止用マスクで顔の半分が隠れているものの、ちびた刷毛《はけ》の如《ごと》き白髪のおかっぱ頭や年代物とおぼしきロイド眼鏡《めがね》からしておれよりもずっと歳上《としうえ》かもしれず、おばちゃんというより、おばあちゃんと呼んでも差《さ》し支《つか》えないかもしれないが。

「ほんとにもう、ねえ。なにがあったのかは知らないけれどもねえ、よりにもよって長年連れ添った糟糠《そうこう》の妻を手にかけるだなんて、ほんとにねえ。罰当たりな」

長年連れ添った糟糠の妻……その言葉が喉の奥に留《とど》まった魚の小骨のように心に引っかかる。これが結婚してもう長い夫婦だとか、奥さんは献身的なタイプだったとか、そんなこと赤の他人のはずのアンタにどうして判《わか》るんだ、とツッコミを入れたかったからではない。くだんの夫に殺されたという妻の名前が『甲野藤奈苗《ななえ》』だったからだ。

奈苗……って、まさか、ナナちゃん？　旧姓辻元《つじもと》奈苗？

あれは、ええと、一九八八年だったから、昭和六十三年。なんと、いまから三十四年近くも前か。その年の八月、リュウショウこと龍崎祥平《りゅうざきしょうへい》と式を挙げたばかりだった辻元奈苗？　彼女が、コウマこと甲野藤政嗣の妻になっていたのか？

「それはそうと、運転手さん。運転手さんってば、ねえ」

運転席を仕切る飛沫《ひまつ》防止用の透明カーテンを、いまにも無遠慮に捲《めく》ってくるんじゃないかと危ぶむくらい馴《な》れなれしいその声は、舞台俳優並みにハスキーだ。「決してあなたを信用していないわけじゃないんですけどさ。運転中はね、やっぱりテレビは消しておいたほうがよろしいんじゃなくって？」

「あ。はい。判りました」

素直に、画面をテレビからナビのそれに切り換えるおれ。

「あらま、あなた。お名前、寅谷《とらたに》さんていうの？」

グローブボックスの上の顔写真付き乗務員証を見ているらしい。マスクの無いほうがイイ男ね、との定番のお世辞に、がははッと豪快な笑い声が続く。「まあまあ。なんとも縁起がいいこと」

縁起がいい？　って、なんでだ。今年が寅年だから？

「いや、すみません。わたし、子《ねずみ》年なもので……」

反射的にそう応じた拍子に、胸に苦いものが拡《ひろ》がった。そういえばあいつも……リュウショウのやつもあのとき、言っていたっけ。「縁起がいい」と。「今年って、ぼくにとっては結婚するのに最適のタイミングなのかもね」と。リュウショウはおれと同じ一九六〇年生まれの子年だが、一九八八年の干支《えと》は辰《たつ》年なので苗字《みょうじ》の「龍崎」に通じる、というわけだ。が。

縁起がいい、なんて、とんでもない。それどころか、ナナちゃんとチャペルで永遠の愛を誓い合ったその直後に、やつは命を奪われてしまったのだ。リュウショウ本人はもとより、関係者の誰にとっても悪夢のような、最悪の悲劇だった。

「ねえねえ、運転手さん。こちらの感染状況って、いま、どんな感じ？」

「櫃洗ですか。先週の金曜日だったっけ、新規感染者が昨年の八月以来の百人超えで」

「あ。三桁なのね」

「昨日も、えと、百五十人くらいか」

今日は二〇二二年、一月二十六日、水曜日である。この前日、新型コロナウイルスの全国の新規感染者が、初の六万人超えを記録したばかりだ。

「昨日は東京も一万二千八百人近くで、過去最多だったもんね。今日あたり、全国で七万人超えもあるのかしら」

「かもしれませんね」

「こんな調子で、もうすぐ北京《ペキン》オリンピックって、なんだか変な感じよね」

オリンピック……そうだ。一九八八年にもオリンピックがあった。あの頃は冬季と夏季同年開催で、ハルコこと安《やす》浪隼人《なみはやと》が、おれのガーメントバッグに付けたマスコット・キャラクター、ホドリのアップリケを見て「あ。それは、来月のソウル・オリンピックのやつ。なるほど、トラが持つ虎のバッグってわけね」と笑っていたっけ。

「コロナで一年遅れになった東京オリンピックを昨年、やったばかりなのにねえ」

「そうですねえ」

おばちゃんに相槌《あいづち》を打ちながら、おれは上の空だ。考えるのは、たったいま知ったばかりのニュースのこと。

コウマこと甲野藤政嗣が妻殺害容疑で逮捕されたという事実もさることながら、その被害者が他ならぬナナちゃんだというのがある意味、それ以上のショックだ。より厳密に言うと、彼女がコウマの妻になっていたという衝撃が、かつての憧れの女性の死の重みをも凌駕《りょうが》さえしている。

しかし、コウマがナナちゃんと結婚していたと知って、なぜおれはこれほどまでに、もやもやするのだろう？　よりによって挙式直後に新郎を失うという人生最悪の試練を乗り越え、別の男と再婚する。そのこと自体は、なにしろあれから三十四年近く経《た》っているんだし、なんら不自然ではない。その再婚相手がリュウショウの大親友のひとりだったコウマだとしても、驚天動地と称すべきほどのサプライズとは言えまい。たとえ、そう、たとえ一九八八年当時、コウマがとある子連れの歳上女性と内縁関係にあったとしても、だ。なにしろ三十四年近くの歳月が経過しているのだから。なんでもあり、という言い方は不適切かもしれないが、多少の出来事は驚くに値しない。

それは還暦を超えたコウマがナナちゃんを手にかけた、という事実も含めて、だ。かつておれたちみんなの憧れのマドンナだった彼女だってしょせんは、ひとりの人間に過ぎないわけで、具体的な原因はともかく、世間一般的に男女がかかえる感情的いきちがいやトラブルを甲野藤夫妻もまた理性的には解決できなかった。ありきたりは言い過ぎだとしても単にそれだけの話で、ドラマティックな意外性とは無縁のはず。

にもかかわらず、なにか……なにかが引っかかる。しかし、なにが？

なにがそれほど、おれは引っかかっているというか、釈然としないのだろう？　そのもやもやの正体は、ばかばかしいほど自明の理であるような気もするいっぽうで、生まれて初めて接する異国語で突然スピーチを求められでもしたかのように、明確な単語がなにひとつ浮かんでこない。

「ねえねえ、トラさん、トラさん」

　もどかしさを抑えつつ赤信号で停止したおれのシートを、背後から無造作に叩《たた》いてくるおばちゃん。「あれ、なに？」

「え」

　若い頃からよく「トラ」「トラ」とは呼ばれているが、さん付けはめずらしい。ひょっとしたら初めてかも。オレは某国民的映画シリーズの主人公かよと苦笑しつつ「えと。どれのことですか？」と、おばちゃんが指さすほうを助手席の窓越しに見た。

　歩道の向こう側に広々とした駐車場。その奥まったところに在るコンビニエンス・ストアの店舗の端っこに、ひとだかりが出来ている。「ああ。ヒツセンくんですよ」

　駐車場の隅っこに設置されているのは、戯画的にデフォルメされた二足歩行のアライグマの人形。おおよそのサイズは高さ二メートル弱、横幅一メートルちょっとくらいか。全体の三分の一が頭部、つまり三頭身のマンガチックなデザインでいわゆる、ゆるキャラというやつだ。

「櫃洗の、ご当地マスコット・キャラクターです」

「うわー、かわいーい」

　信号が青になった。発車して、左折し、路面電車が行き交う大通りに入る。

「ぱっと見、アライグマだけど、厳密にはアライグマによく似た架空の動物、という設定なんだそうです」

「一瞬しか見えなかったんだけど、両手にボードみたいなもの、持ってるよね？　それがディスプレイというか、テレビ画面みたいだったけど、あれは？」

「出張相談窓口です、市役所の」

「は？　市役所？　相談って、なんの」

「わりとなんでも。わたしは利用したことがないんで、よく知らないけど。遺産相続とかいろいろ法的な手続から、嫁姑《よめしゅうとめ》の確執みたいな個人的お悩みごとまで幅広く。はい。トラブル全般にどう対応すればいいか、アドバイスをしてくれるんだそうで」

「へええ。つまり、総合サポート・センターみたいな感じ？」

「でしょうかね。以前は公共施設とか商店街のアーケードのなかで、対面でやっていたんだけど。ほら。なにしろ、このご時世ですから。感染対策のために、ああしてリモートで相談窓口を開いている、ということのようですよ。はい」

「けっこうひとが集まっていたようだったから、需要があるのね。やっぱりいまは、コロナのワクチン・ブースター接種をなんとか早く打ってもらえる方法はないかとか、そういう相談かしら」

「そっち方面をどれだけカバーしてくれるかはともかく例えば犯罪とか、なにか非日常的な揉《も》めごとに巻き込まれたときは、警察よりも頼りになるかも」

「ん。どういうこと？」

「あくまでも噂《うわさ》なんだけど。以前、殺人かなにかの重大事件を調べていた警察のひとが、捜査が難航するのに思い余って、あそこの相談窓口で助言を求めた。そしたらなんと、すっきり解決してくれたんだそうで」

「ほえええ。ほんとにいいい？」

「だから噂ですってば、あくまでも。単なる噂。もしもほんとにそんな有能な相談員がいたら、まるで刑事ドラマはだしで」

「あはははは。だよねえ」

実際、この段階ではおれ自身、そんな話は都市伝説の類いだろう、とばかり思っていたのだが。

「でも、そういう噂が発生するくらい市民のあいだでは浸透している、ってことなのね。あたしもこちらに滞在中、時間があったら、なにか相談しにいってみようかしら。あ。それとも櫃洗市在住者限定なのかな？」

「さあ。そこまではなんとも」

左手に目的地が見えてくる。〈ホテル・ヒッツ・パレス〉……三十四年近く前にナナちゃんとリュウショウはこのチャペルで式を挙げた。その後、大広間で披露宴を執り行い、新郎側の友人代表の挨拶はこのおれがする予定だった……のだが。

「どうもありがとね」

アプローチで停車し、おれは運転席から降りた。トランクから、ロイド眼鏡のおばちゃんのキャリーバッグを取り出す。

「櫃洗はいま、飲食店への時短要請は出ていない？　そろそろ出そうだけど、まだ？　うーん。今晩の食事、どうしよっかな。ああ、いいからいいから。気にしないで。フロントで適当に教えてもらうわ。じゃあね」

運転席へ戻ろうとしたところで、新規の客に声をかけられる。ホテルをチェックアウトしたばかりとおぼしき、中年男女のカップルだ。トランクにスーツケースとキャリーバッグを積み込むと一路、櫃洗空港へ。

実はさきほどのロイド眼鏡のおばちゃんも、別の客を別のホテルから空港へ送っていった先で拾った客だったので、もうすでに市街地と郊外間をいち往復していたのだが、またもや空港へ逆戻り。かと思えば、そこでまた市街地へ向かう別の客に呼び止められたりをくり返し、この日は結果的に都合四回も空港へ業務車輌《しゃりょう》を走らせることになった。年明けから乗客数の確保がままならず欠航する便もけっこうあるらしいと聞いていたので、なんだか意外だ。たまたまなのだろうが、こんなときもある。

　道路の混雑状況にもよるが、県庁所在地から空港まで片道がだいたい三十分から一時間弱かかるので、単価的にコロナ禍の折の上がりとしてはまあまあ。特におれはこの翌日から三日間のオフを上司に指示されているので、その前にまとまった仕事ができたなと、ちょっとホッとした気分だ。

　第六波の感染拡大がどの程度の規模になるのか先行きをなかなか読めず、会社も用心深くなっているのだろう。うちに限った話ではなく、タクシー業界全体の問題だが。まあ新型コロナの出始めの頃の一昨年の前半なぞ、たった五日しか出勤できない月があったりしてなかなかきつかったけれど、さすがにもうそれほど悲惨な事態にはならないよう祈るばかりだ。

日付が変わって一月二十七日、木曜日の明け方。シフトから上がり、独り暮らしをしているアパートへ帰宅したおれは、先ずスマホでネットニュースを確認した。

　甲野藤政嗣、六十一歳が妻、奈苗さんの殺害容疑で逮捕との記事は地元新聞サイトに掲載されているが、容疑者であるコウマが犯行後に自ら通報したこと、動機を警察に訊《き》かれて、家族の介護方針を巡り被害者と対立し、日頃からトラブルになっていたという主旨の供述をしているらしいこと。いまのところ明らかになっているのは、その二点くらいのようだ。

　営業開始時刻になったばかりの近所のコンビニに新聞を買いにいこうかと、ちらっと思ったものの、やめておく。おそらく、これ以上の事件の詳細はまだ望めまいし、後追い記事が出るとしても、もっと時間がかかるに決まっている。

　スマホを炬燵《こたつ》の天板に置くと、冷蔵庫を開けた。白菜やネギをざくざく切って、早朝の夕餉《ゆうげ》の準備にとりかかる。「夕餉」という言い方がこの時間帯、語義的に正しくないのは重々承知だが、これはまさにおれにとって就寝前の至福の晩餐会《ばんさんかい》だ。

　次男の成人を機に離婚してから十余年。最近は「孤食」

という言葉があるそうだが、侘《わび》しいか否かは別として、日々の食事が独り者にとって多かれ少なかれ頭痛の種であることはまちがいあるまい。なにしろ毎日のことなので外食は早晩飽きるし、特に料理に対して興味のない身にとって自炊という作業はただ煩わしいだけ。

　そんなおれにとって冬場は楽ちんだ。湯豆腐という最強の友を熱燗《あつかん》といただければ、なんの文句も無し。たとえ何十日と続いても飽きずに食べ続けられるので、メニューに悩まなくていい。

　いつものようにゆったりと、いわゆる孤食を楽しむつもりのおれだった。が、この日ばかりは、いくら杯を干しても、なにやら不穏な雑念に胸が掻《か》き乱されてしまう。

　どうしてもあれこれ考えてしまうのだ。ナナちゃんとコウマのこと……三十四年近く前に〈ホテル・ヒッツ・パレス〉で何者かに殺害されたリュウショウのことを。

*

　一九八八年、八月。まだ二十八歳だったおれはあの日の朝、櫃洗空港にいた。

　羽田《はねだ》から、始発の飛行機で到着したばかりだ。到着口から出てきたところでただぽつねんと、その場に立ち尽くす。このまま即刻、東京へとんぼ返りしたいという、子どもじみた衝動を持て余しながら。

　そのあいだにも市街地への連絡バスに乗車するための行列はどんどん、どんどん長くなってゆく。その最後尾に付く踏ん切りが、なかなかつかない。冠婚葬祭オールラウンドの黒いスーツしか入っていないガーメントバッグを岩石の如く左手に重く感じながら、おれは溜息《ためいき》をついた。

　数年ぶりの帰省。しかも、古くからの友人の結婚式と披露宴の席へこれから臨もうという身でありながら、気分はこれ以上ないくらい落ち込んでいる。

　ガーメントバッグに付けた大きなアップリケの虎の戯画的な顔が、そんなおれを嘲笑っているような気がする。翌月開催されるソウル・オリンピックのマスコット・キャラクター、ホドリだ。韓国語で「ホ」は虎、「ドリ」は男の子を意味するらしい。なので、これこのとおり、お茶目なトラのやつめが虎の子を持って参りましたよと、ひさしぶりに会う友人たちの受けを狙ってわざわざ自前で作ったアップリケだが、こんな大して可笑《おか》しくもないギャグのアピール、しなきゃよかったと自虐と後悔にまみれる。

　ただでさえ暗く澱《よど》んだ屈託をかかえて搭乗したフライト

だったが、機内でもまた最悪。たまたま隣りのシートに座った、見ず知らずの初老の男が馴れなれしく無闇やたらに話しかけてくるのだが、如何《いかん》せん、その内容が死ぬほどくだらない。

「兄ちゃん、地元か？　櫃洗出身？　地元のひと？　ほしたら、なあ、いい店、知らんか？　いい店。夜の。なあ。可愛《かわい》い娘《こ》のいる。な。かつ適正価格の」

　おれもまだ、こういう困ったおっさんの適当なあしらい方もよく知らない若造だったので、つい「すみません、ぼく、そういうのは全然、詳しくなくて……」と律儀に応じてしまう。

「まあまあ、そう言わんと。誰にも教えたくない、とっておきの隠し玉をみなさん、いっこは持っとるもんです。ね。ね。誰にも言わん。ほんとに誰にも言わんから。秘密にすると約束するから、ちょこっとヒントだけでも。なあ。お願いします」

「いえ、だから、すみません。ほんとにそういうの、全然知らなくて」

「うんうん。わかってる判ってる。で、なんていうお店？」

　こんな調子で延々と、色惚《いろぼ》け与太に付き合わされる。櫃洗空港に到着する頃には、この氏名年齢不詳のおっさんが親の遺産で悠々自適のやもめ暮らしで、暇にあかしては風俗で遊び倒すために全国津々浦々をこうして飛び回っているらしいという、別に知りたくもなかった、しょーもないプライベートを得々と打ち明けられている始末。

「ま、わしもね、ごくごくフツーのオトコですから。はい。自分のテリトリー、つまり地元でやんちゃする勇気は無いわけですよ。だからこうして遠く離れた地方へと足繁《あししげ》く。わははは。な。自分の生まれ育ったところで羽目を外しとったら、いつ、どんなふうにして足を掬《すく》われるやらも知。え。地元はどこか、って？　それはないしょ内緒」

　別に知りたかないわい、と内心で毒づく。要するに旅の恥は掻き捨て。欲望充足を近場で済ませていては後々祟《たた》るから、労を惜しまずにせっせと遠出する御仁というわけだ。ま、勝手になんでもやってちょうだい、と引き攣《つ》ったお追従笑いをするしか為《な》す術《すべ》の無い当方、それぞれ別々に飛行機を降りた途端、どッと脱力してしまった。ようやくあの色惚け爺《じじ》いから解放されたとの安堵《あんど》半分、そして痴漢被害に遭った娘さながらに自尊心を蹂躙《じゅうりん》されたような苦い気持ち半分で。

　おれはあんなつまらない下世話トークに嬉々《きき》として乗っ

かってくるような輩《やから》に見えたのだろうか。そう思うと、とにかく苦々しく、口惜《くや》しい。どうせキミも同じ穴のムジナで、欲求不満を全国風俗巡りツアーで満たそうとするタイプでしょ、と決めつけられたってことなのか、おれは。くそッ。

いや。いやいや、考えすぎだろそれは。きっとあのおっさん、相手が誰であろうとかまわず同じ話を振ってきていただろうから。特におれを見込んで、いい店を知らないか、なんて訊いてきたわけでもなんでもないさ。被害妄想だよ。被害妄想。

そう自制しようとするのだが、ささくれだった鬱屈はなかなか抑えられない。普段ならばもっと余裕を保てていたはずが、これほどまでに己れを見失っている理由は、はっきりしている。今日、ナナちゃんが結婚してしまうからだ。

しかもよりによっておれたち四人組のなかで、いちばん冴《さ》えないタイプのリュウショウと。納得できない、は失礼かもしれないけれど、なんだか釈然としない、というのが偽らざる本音だ（ホドリのアップリケをガーメントバッグに付けてきたのだって、ギャグを装いつつも実は、干支は辰でも今年は虎の年でもあるんだぜという、リュウショウへの密《ひそ》かな対抗心の表れなのだろう）。

おまけにコウマのやつめ。子どもの頃からあれほどナナちゃんひと筋のはずだったくせに、いまはちゃっかり十以上も歳上の子連れの女と内縁関係にあるというではないか。別にコウマの人生なんだから好きにすればいいが、ナナちゃんとリュウショウの祝いに託《かこ》つけて、その女と共同経営者になったという自分の小料理屋で今日の三次会の集まりをやらせようってのは、どうなのだ。

それで支払いはすべてお店持ちというのならばまだしも、会費を取る気満々なのが腹立たしい。もちろんコウマとて主役のナナちゃんとリュウショウから徴収するほど厚顔無恥ではなかろうから、三次会の費用は実質ハルコとおれの折半になる仕掛け。

が、そのハルコにしてからが現状、立場的にはおれよりも遥《はる》かに優位に立っているのである。なぜならば、やつは最近、可愛い彼女ができたばかりで幸福の絶頂期だというんだから。今日のお祝いのための出費なぞ屁《へ》でもあるまい。

つまり、まとめると今日、ひさしぶりに顔を合わせる四人組のなかで、このおれだけが独り者の悲哀にじくじくとさいなまれているわけだ。なのに、そのいちばん惨めな立場のはずの当方が、披露宴の御祝儀と二次会のみならず、ごく近しい者たちだけの集まりである三次会の会費までをも負担せねばならぬという、この不条理。ただ出てゆくものが出てゆくだけで、なにも入ってこない。

　ったく。やってられねえよ、ってなものである。そんなやさぐれた気分がピークに達していたせいだろう。

「やあ、奇遇だね。こんなところで会えるなんて」

　おれにそう声をかけられたのは二十歳そこそことおぼしき、たったいま到着口から出てきたばかりの娘だ。こちらへ向けた眼を何度もしばたたき、きょとんとしている。

　いきなり男から声をかけられて困惑しているのだろう。だが彼女以上に戸惑っているのは、脈絡なくナンパまがいの所業に及んでしまったこのおれ自身なのであった。

　どうやら多分に被害妄想的なみそっかす心理を拗《こじ》らせた挙げ句、ちょっと自棄《やけ》っぱちになっているらしい。あるいはこれも一種の旅の恥は掻き捨て的な（櫃洗はおれの郷里なんだけど）ノリなのであろうか？　スーツケースをころころ転がしている、さらさらロングヘアの彼女の姿が眼に留まった刹那、後先を考えずに声をかけてしまったのだ。

　とはいえ、その娘に見覚えがあることもたしかだった。そりゃそうである。いくら普段よりも高めのテンションに駆り立てられたからって、生涯に一度も会ったことのない、まったく見ず知らずの女性を呼び止められるほどのクソ度胸はおれには無い。それがテレビでしかお目にかかれないようなアイドルばりに可愛い娘ときてはなおさらだ。

　しかし、はて。誰だっけ？　彼女の名前、えと、たしか知っているはずなのに、あらら？　全然浮かんでこない。こ、困った。自身の発作的な行動に困惑した拍子に記憶が飛んでしまったらしい。えーとえーと。やばい。このままだとおれ、ただの不審者じゃん。おもいだせ憶《おも》い出せと、なんとか愛想笑いを保ちつつ脇の下で嫌な汗をかいていると、彼女は「あ」と手を打った。

「こんにちはッ。いつもお世話になっております。ほんとに奇遇ですね」

　弾《はじ》けるような笑顔に一瞬、眼が眩《くら》む。

「えと。お客さまですよね？〈てあとろーま〉の？　たしか寅谷さまと。あ。まちがっていたら、ごめんなさい」

　そう。そうだ、そうだ。そうだった。彼女は、おれの勤務先である某大手電機メーカー横浜支店の社員寮の近所に在るレンタルビデオ・ショップの従業員だ。よし。そこまではようやく憶い出せたぞ。

「いやいやいや。ぜんぜん全然」

依然、肝心の彼女の名前が浮かんでこないものの、先刻までの屈託が嘘《うそ》のように、おれの心は浮き立った。「こちらこそ、うっかり声をかけちゃったものの、ひとちがいだったらどうしよう、なーんて思ってたの。まちがっていなくてよかったよかった。ところで、バス待ち？」

　声が上擦らないよう気をつけながら、長い行列のほうを顎でしゃくってみせる。

「市街地方面へ行くのなら、どう、タクシーに相乗りっていうのは？　あ。つっても、早とちりはしないように。実はおれ、この後、すぐに古い友人の結婚式と披露宴に駈《か》けつけなくちゃいけないんだよね。うん。だもんで、ちょっと急いでるの。でもさあ、だからって即タクシーを奮発するのもこの若輩者の身として如何《いかが》なものかと迷っちまって。うろうろしてたんだけどそこで、きみの姿を見て、はたと閃《ひらめ》いたってわけ。自分のためだけじゃなくて知人に足を提供する、という名目ならば大威張りっていうか、さほど罪悪感を覚えずに済むんじゃないかと。うん。そんなふうに思って。もちろん、割り勘だなんてセコいことは言わない。料金のことは心配しなくていいから。ね。どう？」

　一気にそうまくしたてる己れにおれは半分呆《あき》れ、半分感嘆。こんなにも若くて可愛い女性相手に、かくも立て板に水の如くお誘いをかけられるとは。なかなかやるじゃん、おれも。これが転機になって、一気に人生の意識改革が進んだりして。

「えー、どうしよう。お言葉に甘えちゃってもいいのかな」

　未《いま》だに名前を憶い出せない彼女の、まんざらでもなさげな笑顔に、ますます自信が膨らんでゆく。

「もちろん、いいともいいとも」

「でも、行き先が互いに離れていたりしたら、もうしわけないし」

「どこへ行くの」

「ＪＲ櫃洗駅前のビジネスホテル」

「おっと。それはなおさら好都合。おれは〈ホテル・ヒッツ・パレス〉で。駅なら、ちょうど通り道だから」

「それぞれの位置関係というか、地図がいまいち頭に入っていないんだけど。じゃあこれもなにかのご縁ということでひとつ、よろしくお願いします」

　というわけでおれは首尾よくＶＲ嬢を乗り場へ連れてゆき、彼女といっしょにタクシーの後部座席におさまった次第。ちなみにＶＲとはもちろんビデオレンタルの頭文字で、まちがってもヴァーチャル・リアリティではない。彼女の勤める〈てあとろーま〉が扱うビデオソフトは磁気テープのＶＨＳの時代で、仮想現実を意味するＶＲという言葉はまだ人口に膾炙《かいしゃ》していない。

「あたし、櫃洗は初めてなんですよ」

と、ＶＲ嬢。聞けば、定期的に休みをまとめて取り、国内外を旅行するのが趣味なのだという。「こちらに親戚とか知人とかがいるわけじゃなくて、ほんとに縁もゆかりもないんだけど、敢《あ》えてそういう見知らぬ土地を気儘《きまま》に散策するのが醍醐味《だいごみ》っていうか」

　話の端々から類推するに仕事は正社員ではなくバイトのようだが、なにしろ八〇年代後半、バブルの時代である。世が世なら根無し草とか評されそうな若者風情が、こんなふうに全国津々浦々を飛び回るようなリッチな余暇を楽しむ例もめずらしくなかった。

「今日は、そうだな、結婚式っていうより、昔の仲好《よ》しグループの同窓会の趣きかな。小学校のときから通っていた書道教室で知り合ったんだよね、おれたち四人組。あ、いや。正確には五人組と言うべきかもね、その花嫁の彼女を含めると」

　よっぽど浮かれていたのだろう。車中のおれは訊かれてもいないのに、そんな身内の事情を得々と、そして細々と彼女に説明。

　そりゃそうだろう。なにしろ普段はビデオソフトを借りる際にたまたま店内にいてレジ打ちしてもらえればその日はラッキーだぜ、が関の山のＶＲ嬢を、こうしてタクシーの後部座席という狭い空間で独り占めしている状況なのだ。色惚け爺いの戯言に延々と付き合わされた羽田からのフライトとはまさに対照的。天国と地獄とはこのことで、調子に乗るなというほうが、どだい無理である。

「みんなの通り名が動物縛りになっているんだよね。例えば、龍崎祥平というのが今日の主役なんだけど、ドラゴンの龍の祥平だからリュウショウ。おれは寅谷で、これは判りやすい。タイガーのトラ。そして安浪ってやつは下の名前が隼人でハヤブサだから、当初はファルコンだったんだけど、そりゃ響きがカッコよすぎるだろと、ものいいがついてファルコとかに縮められているうちに結局、ハルコに落ち着いた」

「あはは。おもしろーい。女の子みたい」とＶＲ嬢もノリがいいものだから、こちらはますます浮かれてしまうわけである。

「こうなると四人目もさ、なにか動物ゆかりの綽名《あだな》を付けたくなるのが人情ってものだよね。ところが、こいつの名前は甲野藤政嗣といって、うまくこじつけられそうにない。でも、そこをなんとかしちゃうんだよね、子どもは。コウノトウマサシを縮めて」

「なるほどなるほど。仔馬《こうま》というわけですね。ポニーの。で、その龍崎さんの奥さまになる女性の方は？」

「一応考えてはみたんだけど結局、これはもう縛りの対象外、ってことで」

「こじつけられなかったんですか。うーん。辻元さんですよね。辻元奈苗で、えーと。なんとかならないかしら。名前に奈良の奈が入っているからシカ、というのは。ダメか。ちょっとこじつけが過ぎるし、あんまり面白くもないかも」

「だね。まあ、いいんだよ。ひとりだけ女の子なんだし。綽名で可愛いところはもうハルコとコウマ、野郎ふたりに持っていかれちゃってるわけだしさ」

　というこちらのひとことが大受けし、きゃっきゃっと笑い転げるＶＲ嬢であった。できればこのまま、ずっとタクシーに乗っていたかったが、楽しい時間はあっという間に過ぎて、この前年に国鉄から民営化されたばかりのＪＲ櫃洗駅が近づいてくる。

「でも、小学校から高校まで同じ学校だった同級生とはいえ、それぞれちがう大学へ行ったり、互いに異なる業種に就いたりした後もずっとこうして付き合いが続いているって、すごいですね」

「まあ、そうかも」

「特に寅谷さんはいま、櫃洗から遠く離れた神奈川県に住んでいるわけで。みなさん、よっぽど、うまが合ったんだ」

「ていうか、ナナちゃんを中心にして互いにつながっていた、ってことだろうな、おれたち四人は。というのも五人のなかでナナちゃんだけ、小学生のときしか、みんなと同じ学校じゃなかったんだ」

「ナナさんも同級生なんですよね？」

「うん。学年は同じだったけど、彼女だけ、中学校から私立の女子校へ行ったんだ、中高一貫教育の。ほんとならそこで彼女、おれたち四人とはすっかり疎遠になっていてもおかしくなかったんだけど、なぜかナナちゃん、その後もずっと、くだんの書道教室へ通い続けていたものだから……」

「寅谷さんたち四人組も、ずーっとそこへ、足繁く？」

「そもそも書道教室なんかへ行くことになったのは、他の三人の事情はよく知らないけれど、おれの場合は親に言われたからで、それほど真面目《まじめ》に習うつもりもなかった。中学生になったら、すっぱり辞めようと思っていたんだ。なのに小学校を卒業しても、ずっと通い続けていた、その理由は……」

「ナナさんがいたから。その書道教室へ行けば彼女に会えたから、というわけですね」

「そういうこと。おれだけじゃなくて他の三人も完全に彼女目当てでその教室に、たむろしていた。普通ならこちらが遠巻きにして眺めるだけなんだろうけれど、なぜかナナちゃんのほうも、おれたち四人と波長が合うと感じたのか、すごく気安く接してくれて。だんだん仲好くなってゆくうちに書道教室の外でも、共通の趣味で五人いっしょに盛り上がるようになった」

「なんですか、共通の趣味って」

「そのときそのときの流行《はや》りっていうか、いろいろ。テレビドラマとか、アイドルとか。特にナナちゃんは女の子なんだけど、女性アイドルに造詣が深くてさ。日本だけじゃなく海外のアーティストも好きで、スージー・クアトロなんかはおれ、彼女に教えてもらって知ったくらい」

「へええ。そうやってみなさん、ずっといっしょに同じものに熱中していたんだ」

「ていうか、おれたち四人が彼女の熱気に引きずられていたって感じかな。例えばスージー・クアトロだって、おれ、ヴィジュアルは可愛いなって思うけど、音楽には正直、それほど興味はない。それは他の三人も似たりよったりだったと思うよ。けれどナナちゃんはちがう。真面目に彼女のファンなわけ。ガールズバンド時代とソロ時代のちがいとか、熱く語ったりしちゃうわけ。こちらが、ちょっと引いちまうくらい」

「あはは。引いちゃうんだ。でも、なにしろ相手はナナさんだから」

「そう、みんな、必死で喰《く》らいついてゆく。彼女が好きなものをなんとか自分たちも好きなものとして語り、消化しようとする。そんな感じで紅一点と男四人の五人組の蜜月は、高校を卒業するときまで続いたわけだけど。大学はみんなばらばらになっちゃった。ナナちゃんはエスカレータ式で女子短大。彼女以外で地元の大学へ進んだのは、今日の花婿であるリュウショウだけで……」

我知らず、空気洩《も》れを起こした風船みたく声が萎《しぼ》んだ。おそらくこのときのおれは、腹痛をこらえているような表情をしていたにちがいない。

「そのお蔭《かげ》でやつは一歩リードできた……っていうか、彼女との仲を、より深められたってことかも」

「複雑ですよね、寅谷さんにしてみれば。もちろん嬉《うれ》しさもあると思うんだけど、みなさんのマドンナだったナナさんが結婚するっていうのは、やっぱりショックなわけで。ましてや、そのお相手が自分たちのお仲間のひとりというのは……」

「あのう、お客さん」

　ＶＲ嬢の執り成すような言葉に、タクシー運転手の声が被《かぶ》さった。「駅前の、どの辺ですか？」

「あ。〈ピットタウン櫃洗〉っていうホテルへお願いします」

「いつまでこちらにいるの？」

「とりあえず二泊はしようかな、と。寅谷さんは？」

「おれはもう明日には。うん。羽田行きの最終便のチケット、取ってるんで」

「今夜の三次会、甲野藤さんてお友だちのところでやるんですよね。そこ、なんていうお店です？」

「いや、ごめん。おれもまだ行ったことがなくて。どこに在るのかも知らないから、みんなの後に付いてゆくしかない」

　櫃洗滞在中の食事をどうしようかと彼女、考えているのだろう。が、おれも地元の事情には疎くて、適当な店名を挙げられない。スマートフォンも無い時代なので、気軽に検索することもできない。なんとなく言葉の接ぎ穂を捉えあぐねているうちに、タクシーは目的地のビジネスホテルに到着した。

「それじゃあここで。寅谷さん、ほんとに、どうもありがとうございました。あんまり気落ちしないでくださいね」

「なんのなんの。マドカさん、あ、いや、ナガキさんもお気をつけて。よい旅を」

「はあい。じゃあ、また〈てあとろーま〉のほうでも、よろしく」

　おれが無意識にＶＲ嬢の名前を呼んでいる自分に気づいたのは、彼女がにっこり微笑《ほほえ》みながらスーツケースを押して建物のなかへ消えた後だった。

　そうか、マドカさんだ。永木真都香。その字面が明瞭に脳裡《のうり》に浮かんできたが、やれやれ、間が悪いというか、憶い出すのが遅すぎるだろ、いくらなんでも。

　後部座席でひとりになったおれは、一路〈ホテル・ヒッツ・パレス〉へ。リュウショウが部屋を手配してくれているはずなので、今夜はそこで一泊する。

　実家に立ち寄るつもりはない。おふくろと顔を合わせたが最後、一刻も早く転職して地元へ帰ってこいと、せっつかれるに決まっている。見合いでもなんでもいいから身をかため、自分たち家族と同居してくれ、というわけだ。そのために、いつでも実家の古い建物は取り壊し、二世帯住宅に建て替える準備はできている、云々《うんぬん》と。

　そうまくしたてられても、こちらは生返事をするしかない。将来のことはそのときになってみないと判らない、と正論を述べてみたところで、この無責任体質はいったい誰に似たのかしら、とか、東京の大学へ行かせたのがまちがいだったわね、とか。水道管破裂事故による洪水被害並みに愚痴を垂れられるのがオチである。

　親父《おやじ》には一応こっそりと、おふくろには絶対内緒を条件に、今回の帰省の件を伝えてあるが、さて、秘密厳守をどこまで貫けるものやら。存外素知らぬふりをして、息子が櫃洗の地を踏んでいることをとっくに把握しているかもしれないおふくろはその場合、どういう行動に出てくるか。考えるだに憂鬱になるばかり。まさかとは思うが、こちらがチェックインするなり、客室へ電話をかけてきたりして。

　などと安手のホラー映画的展開に、かなり真剣に怯《おび》えつつフロントへ赴くと、「チェックインは正午からでございます」と、すげなく言われる。

　時刻は午前十時を数分過ぎ。ホテルの最上階のチャペルでの式開始まで、あと一時間もないのに、着替えはどうすればいいのかと訊くと、新郎側関係者用の控室が用意されていると教えてくれたので、荷物はフロントに預け、ガーメントバッグだけを持って客室フロアへ上がる。

「よっ。おひさしぶり」

　パティオふうの空中庭園が窓から見える和風の大部屋にいたのは、ハルコと安浪隼人だ。特徴的なマッシュルーム・カットで、スーツにぴっちり包み込まれた細身の長身も相俟《あいま》って、六〇年代のデビュー直後のビートルズの似非《えせ》メンバーみたい。

「あ。それは」

　と、ハルコはおれのガーメントバッグを指さし、笑う。

「来月のソウル・オリンピックのやつ。なるほど、トラが持つ虎のバッグってわけね」

「気づいてくれて、どうもありがと」

「そんなに大きかったら気づかないほうがどうかしている。それにしても、おまえ、よくぞ殺されもせずに無事で、生きて帰ってこられたよなあ」

「なにをいきなりオーバーな。まあ、寿命を縮めかねないほど過酷な残業の毎日にはちがいないけどさ」

「よっ。日本の好景気を支えるエリート・ビジネスマン。って話じゃなくて。このところ関東一帯に謎の、通り魔的な無差別連続殺人事件が起こっているそうじゃないか」

「あー、そんなニュース、やっていたな、そういえば」

「茨城、群馬ときて、千葉だっけ？　いや、埼玉？　ともかく、そろそろトラんちの近くにも出没する頃じゃないかなー、とか思っていたところだったからさ」

　ワイドショーかなにかの聞きかじりなのだろうが、いい加減な情報のフレームアップをするやつだ。

　正確には二月に東京の三鷹《みたか》市で、四月に茨城県の水戸市で、そして六月に群馬県の富岡《とみおか》市で、それぞれ独り暮らしの若い女性や高齢男性が何者かに殺害されていて、警察がそれら三つの事件を関連づけて捜査しているのはほんとうのようだが、おれの知る限りその根拠は公表されていないし、同一犯と確定しているわけでもない。

　一歩譲って謎の殺人鬼が関東近辺を跋扈《ばっこ》しているのだとしても、そいつが次に出現するのが横浜であるとどうして予測できるのか、これは警察ならずとも、ぜひともご教示願いたいところだ。

「ともかく、よかったよかった。これでトラも来月のソウル・オリンピックを安心して観《み》ることができる」

「勝手に殺すな、ひとのことを」

「いやあ、人間って、どこで怨《うら》みを買っているか、判らないものだぜ」

　これほど人畜無害なこのおれが殺されなきゃいけないほどの世ならば、生き残れる人間なんかひとりもいやしないぜ、と言い返してやろうとした、そのとき。

　控室内にやや乱暴にノックの音が響いた。ハルコが歩み寄り、ドアを開ける。

　息せき切って入室してきたのは黒いタキシード姿のリュウショウだ。

「いよお、色男。今日はおめでとさん」と声をかけるおれに向けて龍崎祥平はそのとき、心なしか後ろめたげな笑顔で首を横に振ってみせたのだった。

「まて、トラ。ちょっと待ってくれ」

　ガーメントバッグからスーツを取り出しかけていたおれの手が止まる。「え？」

「おまえに頼みがあるんだ。いますぐ。な。急いでいるんだ。着替えるのは、ちょっと待ってくれ」

＊

はっと目が覚めた。身を起こした拍子に、炬燵の天板の上の皿のなかでポン酢に浸った喰いかけの豆腐が、ぷるると揺れる。

三十四年近く前のあの日のことを回想しているうちに、寝落ちしてしまったらしい。マグカップの底に一センチほど残っている、すっかり冷め切った日本酒を一気に飲み干す。頭痛がした。

青白い血管の浮いた皺《しわ》だらけの手の甲がなんだか自分のものとは思えず、遣《や》り場のない非現実感にさいなまれる。コウマがナナちゃんを殺して、逮捕された……って。いや、そもそもあいつが彼女と結婚していたという事実のほうに気持ちが追いつき切れない。

我知らずスマホを手に取る。警察よりも頼りになる……という言葉が、ふと脳裡に浮かび、櫃洗市のホームページを開く。そんな己れの行動に戸惑うよりも早く、その表記が眼に留まった。

『櫃洗市一般苦情係のページはこちら』『市民サーヴィス課臨時出張所のお知らせ／本日のリモート相談窓口の設置予定場所は以下の通りです』

例のご当地キャラ人形のテレビ画面でＺｏｏｍを使うサポート窓口だ。今日はなんと、このアパートのすぐ近所のコンビニの駐車場に設置予定だという。

案内文を読む限り、新規相談のために特に予約などは必要ないようだ。なぜか、考えるよりも早く身体《からだ》が動く。さっと顔だけを洗って外に出た。

街は閑散としている。ゆるキャラ人形が置かれているコンビニの、広々とした駐車場も軽が一台、停《と》まっているだけ。そういえば昨日、市街地と空港を往復している際に聞いたニュースによると国内の新規感染者が初の七万人超えとのことだったが、このひとけの無さはその影響か。それとも単に午前十時半という中途半端な時間帯のせいか。

パイプ椅子に座り、リモート相談窓口のテレビ画面と向かい合っていたナッパ服姿の若い男性が、つと立ち上がった。

「どうもありがとうございました」と深々とお辞儀するや、マスクで半分隠れていてもそれと知れるほど晴ればれとした面持ちで駐車場から去ってゆく。なにか仕事上の悩みでも聞いてもらっていたのだろうか。

ちょっぴり背中を押されたような気分で、おれはアライグマもどきのゆるキャラの胸部辺りを覗《のぞ》き込んだ。「えと。おれもお願いしたいんだけど、いいかな？」

「どうぞ」と、マイクを通していることを割り引いてもなお機械的に硬く感じる声音で応答があった。

　画面に映っているのは円いフレームのメガネをかけた痩《や》せぎすの男で、感染防止用マスクは着けていないが、年齢不詳。おれより歳上に見える反面、息子たちと同世代だと言われたらそれはそれで納得してしまいそうな、どこか捉えどころのない風貌。

　生身の人間というより、ＣＧキャラクターのように没個性的。空気の如く稀薄《きはく》な印象でありながら、妙に独特の存在感を醸し出しているあたり、ちょっと幽霊っぽい、と言ってもいいかも。

「ホームページを見たら、個人的な悩みもお気軽に、みたいなことを書いてあったけど。ほんとにいいの？」

「もちろん」

「そのお悩みごとっていうのが、実は三十年以上も前の話になったりするんだけど。そういうのでも受け付けてもらえるの？」

「当方がお役に立てる範囲内で。はい」

　むろんおれだって、こういう公共サーヴィスに過剰な期待を寄せているわけではない。ただこの漠然とした不安を誰かに吐露して、すっきり楽になりたい。ひととおり話を聞いてもらえればそれでいい、くらいの気持ちだった。

「相談員さんも、ひょっとしたら見ているかな、昨日のニュース。六十一歳の男が家族の介護のことで揉めて奥さんを殺害し、逮捕された、っていう」

　画面のなかで相談員は頷《うなず》く。

「あれって実は、おれの古い知り合いなんだよね。被害者も加害者も両方。といっても、もう三十年余りも音信不通になっていて、ふたりが結婚していたことさえ、今度のニュースを見るまで知らなかったんだけど」

「それはさぞ驚かれたでしょう」

「びっくりだよ。ほんとうにびっくりした。事件そのものに、というより、あのふたりが夫婦になっていたことに先《ま》ず驚いて……実はそれこそが、その、いまおれが、もやもやしているポイントなんだけどね」

　こちらを見返してくる相談員。一瞬、静止画像かと錯覚するほど無表情だ。

「これまで夢にも思っていなかったんだが、こうなってみると、三十四年前のあの事件って、もしかしたら……もしかしたらあいつが犯人だったんじゃないか、と」

「あの事件、といいますと」

メガネをなおす仕種《しぐさ》の相談員のその腕は、黒いアームカバーのようなものに包まれている。最近はあまり見かけなくなったが、事務作業などでよく使う腕貫《うでぬき》だ。

「リュウショウが、あ、これは綽名なんだけど。龍崎祥平という、おれの友だちが辻元奈苗とチャペルで挙式した直後、その同じホテル内で何者かに殺害されたんだ。客室フロアの廊下で……」

　おれたち四人組と紅一点のナナちゃんの関係性から始めて、一九八八年、八月のあの日の経緯を、なるべく詳しく説明する。

「……なにしろ友人代表のスピーチを頼まれていたからさ。万が一、飛行機が遅れたりしたら困る。ほんとうはその前日に櫃洗へ帰ってきたかったんだけど。当時勤めていた横浜の会社は、もう殺人的に多忙だったもんで、都合がつかなかったんだ。結局、当日の始発に乗って。さいわいフライトは遅延などもなく、予定通りに。でも気は急《せ》いていたから、空港からはタクシーを奮発した。お蔭で式の一時間ちょっと前くらいに余裕で、ホテルに到着できたんだが……」

　正午までチェックインはできないとフロントに言われたので、ガーメントバッグだけを持って新郎側関係者用控室へ上がり、着替えようとしたところへ、花婿のリュウショウが駈け込んできた……というくだりで思わず失笑してしまった。

「やつが言うには、急いで頼みたいことがあるから、着替えるのはちょっと待ってくれ、と。おまけにハルコこと安浪隼人の耳をはばかってなのか、わざわざ廊下へ連れ出されたものだから、いったいなにごとか、と戸惑ったよ」

「なんだったのですか、新郎たっての頼みごととは」

「それが聞いて呆れる。実はレンタルビデオの返却を忘れていた、と言うんだ」

　現代の若者たちには到底信じられないだろうが、ＶＨＳのビデオソフト一本の二泊三日のレンタル料金が平気で二千円ほどもしていた時代だ。しかも当時は、海賊版を堂々と並べたりする怪しげな個人経営の店舗も決して少なくなかった。

「おれも身に覚えがあるから、あんまり偉そうなことは言えないけどさ。リュウショウのやつ、どうやら無修正の成人ビデオを、しかも数本、借りたままにしていたようなんだ。もちろん挙式前に返却しておくつもりが、いまのいままで、すっかり忘れていたんだと。さあ大ピンチ。なにしろこの翌日の朝には、ナナちゃんとの新婚旅行のためハワイへ旅立ってしまう予定とくる」

このまま放置していたら延滞料金がとんでもない額になってしまう、たすけてくれ、と泣きついてきたというわけだ。

「半泣きで訴えながらリュウショウは、おれにキーホルダーを手渡してくる。なんだこりゃ？　って訝《いぶか》ったら、ヤツの自宅の鍵だと吐《ぬ》かすんだよ。これからオレのアパートへ行って、置いたままにしているビデオを全部返却してきてくれ。だいじょうぶ、すぐに判るところに置いてあるし、店への道順も全然難しくないから……だとさ」

「すみません。アパートというのは？　新婚ご夫婦の新居ではなくて？」

「リュウショウが学生時代から独り暮らしをしていた、八畳くらいの部屋。おれや他の友人たちも夏休みに帰省した際に、泊まりにいったことがある。ナナちゃんとの新居はすでに別に用意していたそうだけど、荷物を整理しきれなくて引っ越しが翌月にズレ込んだ、という話だった」

「それならば式と披露宴の後で、龍崎さん本人がビデオを返しにゆけば、それでいいのではありませんか？　予定されていたという二次会と三次会の段取りがどれほどタイトだったのかは判りませんが、途中でこっそり脱け出して、すぐに戻ってくることくらい、簡単にできたのでは」

「そうなんだ。おれもそう言ったんだよ、あいつに。でも結局、押し切られてしまった。察するに、借りていたのがいかがわしい内容のビデオだったというのがネックで、リュウショウとしてはヘタに自分で動き回りたくなかった、万にひとつもナナちゃんの不審を買うというリスクを負いたくなかった、ってことじゃないかな」

「特に寅谷さんに頼んだのは、どうしてでしょう。同じく控室にいた安浪隼人さんの耳をはばかったかのような印象とのことですが、みなさんの親密な関係性に鑑みると、むしろ寅谷さんだけではなく、安浪さんにも問題のビデオ返却を打診してもおかしくないような状況に思えますが」

「うーん。そこら辺りはリュウショウ本人に訊いてみないと判らないけど、おれがいちばん頼みやすかった、ってことなのかな。当時の仲間うちで、付き合っている彼女がいないのって、おれだけだったし。いや、判らないけどね、そんなことが心理的に影響するかどうかっていうのは。ただ単にあのとき、ハルコはもうスーツに着替えていたけれど、おれはまだ普段着だった。それだけのことだったのかもね、存外」

「なるほど。で、寅谷さんはどうされたのですか、龍崎さんにそう頼まれて」

「仕方がないから、ホテルを出た。ガーメントバッグは控室に置いて。式に間に合うように戻ってこられるかどうか微妙だったけど、披露宴のほうは午後一時開始で確実に出られるだろうからまあいいや、みたいな感じで。経費も含めてお礼は後でちゃんとするからとリュウショウに言われていたので、お言葉に甘えて遠慮なくタクシーを拾って、やつのアパートへ向かった」

　預かっていた鍵を使ってリュウショウの部屋へ入る。段ボール箱がそこかしこに積み上げられていて、如何《いか》にも引っ越し作業の途中という感じ。離れ小島のようなそれら梱《こん》包《ぽう》途中の箱のうちのひとつに、レンタルビデオ返却用バッグが無造作に置かれていた。

「それを持ってすぐにレンタル・ショップへ向かっていればあるいは、ぎりぎりチャペルでの式に間に合っていたかもしれない。でもおれは、そうしなかったんだよね」

「と、いいますと」

「リュウショウの部屋に、しばし留まっていた。なんのためにか？　っていうと、ひとり静かにもの想《おも》いに耽《ふけ》っていた……とか、そんな牧歌的な話じゃない。もう時効だからぶっちゃけるけど、こっそり家捜しみたいな真似《まね》をしていたんだ」

「龍崎さんの部屋で？　なにを探していたのですか」

「具体的にこれといったお目当てがあったわけじゃないんだ。ていうか正直、自分はなにをしようとしているのか、よく判らなかった。未だ荷造り途中の段ボール箱をひとつひとつ開けて、なかを覗き込んだりして、さ。けれど結果的には、要するに、なにか決定的な証拠品を見つけてやろうとしていたんだな」

「証拠品？　というのは、なんの」

「こうして改めて口にしてみると我ながら、ひどいやつだと呆れるんだけど。そのときのおれは、妬《ねた》み嫉《そね》みによる思い込みに振り回されていたんだ。すなわち、ナナちゃんは決して自ら望んでリュウショウと結婚するわけじゃないんだ……っていう」

　なにか確実に引き返せない領域に足を踏み込んでいる実感に、一旦口を噤《つぐ》んだ。

「……だけど実際に、こうして華燭《かしょく》の典を挙げざるを得なくなった。それは彼女がなにか、とてつもない弱みでも握られているからなんじゃないか、と」

「つまり、龍崎さんは脅迫によって、辻元奈苗さんに自分との結婚を同意させたんじゃないか、と。そんなふうに疑った？」

「そういうことだ。判ってる。判っているから、辛辣なツッコミはかんべんしてくれ。我ながら危ないというか、失恋のショックで頭がおかしくなっていたんだな、きっと。若気の至りで済ませるつもりもないけれど、女のことで前後の見境いがなくなるという意味では、ちょっとした前科もあったし」

「それはつまり、辻元奈苗さん以外の女性のことで？　なにか道義に悖《もと》るような言動に及んだ、という意味ですか」

「いやまあ、これ以上の黒歴史の告白と懺悔《ざんげ》はかんべんしてくれよ」

　一旦はそういなしたものの、テレビ画面のなかの相談員の無機質な表情と機械的な音声に眩惑《げんわく》されでもしたのだろうか、なにやら露悪的な衝動が湧いてくる。

　ま、いっか。これもしょせん三十年以上も昔の話だし。時効だし。知られたところで誰に咎《とが》められるものでもなし。

「いまで言うところのストーカーまがいってやつかな。その当時、ちょっと気になる女の子の部屋へ無断侵入したことがあったんだよね。といっても、こっそり鍵を拝借したとか道具で壊したとか、そんな荒っぽい話じゃないんで、誤解しないでくれ」

　変質者のような所業に及んでおきながら誤解しないでくれもないもんだ、と一応、自分で自分にツッコミを入れておく。「とある休みの日にたまたま、ほんとにたまたま足を延ばして公園へ赴いた際、そういえば彼女が住んでいるマンションってこの近くに在ったよな、と思い当たったんだ」

「その彼女、というのは」

「当時住んでいた横浜の社員寮の近所に在るレンタルビデオ・ショップの従業員。永木真都香って娘。そう思い当たったらもう、なんだか無性にというか、いますぐにでも彼女の顔を見たくなっちゃって」

「というと、交際されていた？」

「いやいや、ぜんぜん全然。単なる客と従業員の関係で。顔馴染《なじ》みではあったからレジをしてもらうときとか、ひとことふたこと、他愛ない言葉を交わす程度」

「でも彼女の住居をご存じだった？」

「そこがあんまり威張れた話じゃないんだけどさ。それ以前のある日、深夜にそのレンタルビデオ・ショップへ行こうとしていたら、ちょうどシフトから上がったばかりとおぼしき彼女に遭遇して。なんとなく気を変えたおれは店へは入らず、はい、回れ右して」

「彼女に声をかけた？」

「かけようかとも思った。けれど向こうは、こちらに気づく様子が全然なくて。気後れしているうちに、なんとなくふらふらと、彼女の後を……」

「尾行したわけですか。自宅まで？」

「そういうこと。ああ、彼女ってここに住んでいるんだなあと部屋へ入るのを確認して、その夜は終わりだったんだけど。住所とマンション名、部屋番号なんかはそこで、しっかり憶えていたってわけ」

「そういう経緯で憶えていた彼女の住居を、たまたま公園へ赴いた日に、急にその気になって訪ねた？」

「約束していたわけでもなんでもないから、訪ねたというより押しかけたわけだけど。オートロックも無かったからさ。彼女はいま、居るのかなと軽い気持ちで部屋の前まで行った。そしたら驚いたことに、ドアの鍵孔《かぎあな》に、キーホルダーごと鍵が挿しっぱなしになっているじゃないか」

「それを使って部屋のなかへ？」

「いやいやいや。先ずは彼女に知らせてあげなきゃと焦って、ドアチャイムを鳴らした。けれど応答がない。何度鳴らしても。どうやら留守のようだと悟ったら、急に出来心がむくむくと湧いてきて、そして……」

「彼女の部屋へ不法侵入した」

「いやいやいや。ドアを開けて、なかをちょこっと覗き込んだだけ。それだけだよ。室内には入らずに、そのまま立ち去った」

　思わずそう嘘をついてしまったのは、いまさらながら激しい羞恥心と自己嫌悪にかられたからだ。ほんとうはドアの隙間から上半身を差し込むようにして、靴箱の上に置きっぱなしの朱色の手帳を見つけ、手に取ったのだが、その事実をいまここで開陳する気にはなれない。

　ここまでずいぶん、あけすけに喋《しゃべ》っておいて、なにをいまさらと我ながら冷やかな気持ちになるが、どうしてもこの部分だけは告白できない。それには相応の理由がある。

　よくよく考えてみれば、彼女に限らず〈てあとろーま〉の従業員たちは胸にネームタグなどは着けていなかった。にもかかわらず、おれが「永木真都香」という名前を知っていたのは本人に訊いたからでもなんでもない。その朱色の手帳を盗み見たからだった。ほとんど無自覚ながら実質的なストーカー野郎だったわけだ、おれは。我ながら気持ち悪い。やれやれ、である。

　嫌なことを憶い出してしまったが、もう時効だ、時効。そう。おれがリュウショウの部屋のなかでなにを見つけたかも含めて、すべては遠い過去のこと。

「まあ恥ずかしながら、そんな前科があったせいか、わりと罪悪感も無しにリュウショウの部屋で家捜しをやっちまったんだよね。言い訳になっちゃうけど、長年の友だちに対する気安さみたいなものは、やっぱりあったと思う。だからこれは決して、おれが生来手癖の悪い人間だとか、そういう話ではないんだよってことをくれぐれも強調したいし、ご理解いただきたいんだ」

　本心を覗かせない、精緻な機械並みの所作で相談員は頷く。「で、如何でしたか、龍崎さんの部屋の家捜しの成果のほどは」

「特にこれといって、めぼしいものは見つからなかった……と、そのときは思った。なにしろナナちゃんの弱みになりそうななにかという前提で探していたんだから。そんなものはまあ、ありっこないんだよ、当然ながら。自分でやっておいてオマエが言うなって叱られそうだけど。でもそれは、あくまでもそのときはそう思ったって話なんであってさ。あれから三十四年近くも経って改めて、リュウショウを失ったナナちゃんがいつの間にかコウマとくっついていた、ってことを知ったいまでは、ひょっとして、と。あのときに見たものが、ちょっと異なる意味を帯びてくる」

「なんだったのですか、それは」

「写真。フォトアルバムが数冊。もちろん時代が時代だからデジタルじゃなくて、使い捨てカメラかなにかで撮ったとおぼしきスナップ写真の数々」

「なにか特別なものでも写っていた？」

「あれって沖縄かどこかかな。リュウショウがナナちゃんといっしょに旅行したときのものと思われるツーショットで。プリントされた日付によるとその前々年と前年、つまり一九八六年と八七年。南国っぽくない背景のものもあったから、きっといろんなところへ行っていたんだろう。ふたりが新婚旅行から戻ってきたら、これにハワイでのツーショットのフォトアルバムがコレクションとして加わることになるんだろうなと思っただけで、それ以上のなにか、違和感のようなものは特にその場では覚えなかったんだけど……」

「いま改めて思い返してみると、なにかが引っかかる？」

「その話をする前に、事件当日の残りの経緯を全部説明しておいたほうがいいかな。家捜しを十数分で切り上げて、おれはリュウショウのアパートを後にした。あいつが借りていた、ラベルに手書きの表記しかない怪しげなビデオソフトを持って、指示されていたレンタル・ショップへ返却しにいった。細長くて六畳もない、文字通り鰻《うなぎ》の寝床みたいな、明らかに個人経営と知れる店舗だった。言われなければ普通の住宅の納屋かと思うような。ちょっとヤンキーっぽい若い男女が店番をしていたんだけど、女性のほうが度肝を抜かれそうな超絶美人で、びっくりしたな。リュウショウのやつ、自分が変なビデオを借りていたことをこの美女店員に知られるのが嫌で返却をおれに押しつけたんじゃないか、とすら疑ったよ。ともかく、問題のビデオソフトの内容がそれほどえげつない内容ではないことを祈りつつ、おれはホテルへ向かった。〈ホテル・ヒッツ・パレス〉へ戻ってきたのは、正午を五分ほど過ぎた頃」

「チャペルでの結婚式は、とっくに始まっていた」

「それどころか、とっくに終わっているはずの時間だったから、おれは控室へ行ったんだけど、ドアには鍵が掛かっていて入れない。仕方がないからフロントへ降りていって、チェックインを済ませておくことにした。忘れもしない、八階の八〇三号室だった……その数字だけは、いまでも忘れられない」

控室のほうは何階に在ったか、そちらはきれいに忘れているのだが、八階と最上階のチャペルの中間辺りだったっけ。「フロントに預けておいた荷物を引き取って、八階の客室へ上がった。他に空きがなかったからなのかどうかは判らないけれど、シングルじゃなくてツインだった。ベッドに腰を下ろして、伸びをしながら寝っ転がろうとした、まさにそのタイミングを狙いすましたかのように、電話が鳴った」

　まさか、おふくろか？　と一瞬、かなり本気でびびったことは黙っておく。

「お断りするまでもないと思うけど、携帯電話なんかはまだ無い時代だからね。館内電話だ。出てみるとフロントからで、寅谷さまでしょうか、お休みのところ恐れ入ります、お電話でございます、なんて言う。切り換えてもらったら、いきなり女の声で……」

「かけてきたのは女性だった？」

「いや、女の声のように聞こえたんだけど、はっきりしない。誰なのかが判らなくて。なにしろそいつ、開口一番、ナナエはそこにいるの？　と詰問口調で……」

「ナナエ。というと、辻元奈苗さんはそこにいるのかと、そう訊いてきたのですか。名乗りもせずに？」

「そうなんだ。こちらは面喰らうばかり。は？　てなもんで。相手はかまわず、そちらは四〇九でしょ？　って言うから、いや、八〇三だと訂正しても引っ込んでくれない。ナナエはそこにいるの？　とくり返す」

　いや、いるもなにも、ナナちゃんはいまチャペルのほうで……と言いかけたこちらを遮るようにして、がちゃんッ。唐突に電話は切れた。

「まったくいっぽう的に？」

「なんなんだいったい、と。こちらは、ぽかんとするばかり。でも、だんだん不安にかられてきた。ひょっとしてナナちゃんかその家族に、なにか不測の事態でも起こったということだろうか？　と。なにかしなきゃいけないんじゃないかと落ち着かなくなったけど、どうしたものやら全然判らない。とりあえずチャペルへ行ってみようと、八〇三号室を出た。エレベータで上がってみると、最上階フロアは正装姿の老若男女で混み合っている。式はとっくに終わっていて、チャペルに残っていたスタッフに訊くと、新郎新婦や関係者のみなさまはそれぞれ控室か喫茶室へと引き上げられたと思います、と」

「あのホテル、たしかエレベータは四基、あったと思いますが。寅谷さんは、チャペルから降りてくる方々とはちょうど、いきちがいになったと」

「ナナちゃんのことが気になって新婦側関係者の控室へ行ってみようかとも思ったんだけど、どこなのか判らない。とりあえず新郎側の控室へ行けば誰かいるだろうとエレベータのほうへ向かうと、四基とも階下へ降りようとする招待客たちが行列をつくっていて、なかなか乗り込む順番が回ってこない。いらいらした。なぜだか、自分でも理解できない焦燥感にかられて……」

「それはやはり、その直前の不可解な館内電話のことが気になって？」

「そういうことだったのかな、やっぱり。といっても、なんとなく嫌あな予感がする、という程度で。わざわざ階段を降りてゆくほどでもなかったけど。でも、なんだかもやもやしながら、ようやく新郎側関係者の控室へ行った。そしたらなんの因果か、そこにいたのは、またしてもハルコひとりだけ」

（リュウショウは？）とおれは訊いた。

（あれ。会わなかった？　いまさっき、トラの部屋へ行ってくるって、出ていったぜ。もうホテルへ戻ってきていてチェックインも済ませた頃だろうから、お遣いのお礼にスーツでも届けといてやろう、って）

置いていったはずの、おれのホドリのガーメントバッグが消えている。

（コウマは？）

（あいつも、まだトラの顔を拝めていないからオレも行こう、つって。リュウショウの後を追いかけていった）

「ちょっと、お訊きしたいことがあるのですが。よろしいですか」

　相談員が口を挟んだ。「龍崎さんは、寅谷さんがチェックインしたことを例えばフロントに電話するなりして確認しておいてから、控室を出たのでしょうか」

「それは……さあ。どうだろう。そこまでハルコからは聞いていないから知らな。あ、いや。確認はしたはずだよね。だってフロントに訊かないと、おれの部屋は何階の何号室なのか判らないわけだから」

　現代の感覚からすると、ホテル施設利用客に訊かれたからといって他の宿泊客の部屋番号を洩らすのはプライバシーの観点的に問題があるような気もするが、そこは多分、時代的にか当該従業員的にかはともかくコンプライアンスが緩かったのだろう。リュウショウがおれの部屋がどこなのかも知らないで控室を後にしたとは考えられない。

　ともかく、披露宴開始の午後一時が迫ってきている。このままでは着替えができないので、リュウショウに持ってゆかれたガーメントバッグを追いかける格好で、おれは再びエレベータへ向かった。

「そのとき、安浪さんはどうされていたんですか。寅谷さんといっしょに八〇三号室へ向かったりはしなかった？」

「ハルコは控室の鍵を預かっているとかで、やつが留守番をしていないと他の利用客たちが閉め出されちゃう、って言うんで、そのまま。でも結局、おれ自身からしてが、八〇三号室へは辿《たど》り着けなかった……」

　相変わらず混雑しているエレベータにようやく乗って、八階へ降りてこられたのは、さて、その何分後だったろう。

「八階でエレベータを降りたらなぜか、多くのひとがどたばた右往左往したり、なにか奇声を上げたりして、フロア全体が騒然としている。困惑しながらもとにかく自分の部屋へ行こうとしたら、ポーター姿の従業員たちに数人がかりで止められた。いったいこれはなにごとかと訊いても、誰も詳しいことは教えてくれない。そのうち制服姿の警官たちが何人も、やってきて……」

　混乱に次ぐ混乱。そのカオスのなかで、どうやらリュウショウが何者かに殺害されたらしいということ。そしてコウマも何者かに襲われたのか、頭部に大怪我《おおけが》を負っているらしいということ。その二点が雑音を掻き分けるようにしておれの耳まで届き、じわりじわりと脳髄へと染み入ってくる。

「披露宴はもちろん中止。代わりに警察の事情聴取を受けた。ナナちゃんやコウマ、ハルコがどんな供述をしたのかは知らないが、おれが提供できる情報なんて、いくらも無い。なにしろ、こちとら普段は櫃洗から遠く離れた横浜で生活していたんだから。リュウショウがなにか深刻なトラブルに巻き込まれたりしていなかったかとか、誰かに怨まれたりしていなかったかとか訊かれても、なんとも答えようがない」

「龍崎さんが殺害され、甲野藤さんが負傷したのは、どういう状況下で？」

「リュウショウは八〇三号室のドアのすぐ前の廊下に、うつ伏せに倒れていたらしい。おれはこの眼でそれを見ていないんだけど、盆の窪《くぼ》っていうの？　首の後ろを果物ナイフのような刃物でひと突きされて……ほとんど即死だったろう、という話で。そして遺体のすぐ傍《そば》には血まみれの凶器と、そして他でもない、おれのガーメントバッグが落ちていたそうだ。しかも……」

　しかもよりにもよって犯人は、おそらくそのガーメントバッグを使って、リュウショウを刺殺した際の返り血を防いだものと考えられる、という。後でおれの手許《てもと》へ戻ってきたのは、黒ずんだ血餅で顔の判別がつかなくなったホドリのアップリケだった。

「コウマもやはり背後から殴られて昏倒《こんとう》していたが、さいわい刺されたりはしておらず、命にも別状はなかった……」

「背後から、というと、甲野藤さんは犯人の顔を目撃していない？」

「後日おれも直接やつに訊いてみたんだが、まったく見なかったそうだ」

　コウマによれば、リュウショウは彼よりも先に八階に降りるエレベータに乗り込んだらしい。ひと足遅れて八階へ着いたコウマが、エレベータから降り、客室の並ぶ廊下を曲がると、八〇三号室の前に誰かがうつ伏せに倒れている。顔は見えなかったが、タキシードですぐにリュウショウだと察知したコウマは慌てて駈け寄り、声をかけようとしたところで後頭部に重い衝撃を受け、意識がブラックアウト。通りかかったポーターに発見されるまで気絶していたという。

「いま思えば……ほんとに、いまにして思えば、なんだが。おれはその時点で無意識にコウマのことを疑っていたんじゃないか、と。そんな気がするんだ」

「疑っていた。というのは龍崎さんを殺害したのは実は甲野藤さんで、彼は友人の命を奪った後、なんらかの方法で自らも殴打されたかのような偽装を施したのではないか、と。そういうことですか」

　自分でも鼻白むほど勢いよく、おれは頷いた。「まさにそのとおり。当時はそんな疑惑を抱いていることを、はっきりとは自覚していなかった。けれど、心のどこかで怪しいと感じていたんだな。無意識に。だからこそ、あの事件以降、コウマとは疎遠になってしまったんだ。それに引きずられるかのようなかたちで、ナナちゃんとも、そしてハルコともずっと音信不通に……」

「しかしそもそも、どういう理由で？　甲野藤さんが長年の友人である龍崎さんを手にかける動機に、なにか具体的な心当たりでもあったのですか」

「他に考えられない。ナナちゃんだよ。コウマも他の誰に劣らず、彼女のことが好きだった。できるなら我がものにしたかったのに、ナナちゃんはリュウショウと結婚することになっちまった。コウマはきっと、それが赦《ゆる》せなくて……」

「思い余って龍崎さんの命を奪った？　甲野藤さんという方は、それほど短絡的な性格だったのですか」

「実際問題、やつはリュウショウの亡き後、こうしてナナちゃんを自分のものにしていたじゃないか。それが如実に心情を表。そう。そうだ。それに、なによりの傍証は、リュウショウのアパートの部屋にあったフォトアルバムだよ」

「龍崎さんが奈苗さんといっしょに旅行したときの写真がなぜ、その傍証に？」

「リュウショウとのツーショットだけじゃなかった。彼女がコウマといっしょに写っている構図の写真もあったんだよ。如何にも仲むつまじそうに。親しげに。明らかに旅先で撮影されたもので……」

「どうもおっしゃっていることがよく判りません。仮にそういう写真が、例えば甲野藤さんの家から見つかったというのならば、まだ筋は通りますが」

「え……」

「実際には写真は龍崎さんのアパートの部屋にあった。ということは別に、それらは奈苗さんと甲野藤さんとの秘密の逢瀬《おうせ》の証拠でもなんでもない」

「い、いや、だって……」

　どっと冷や汗が噴き出した。そういえばおれは、なんとなく……なんとなくあのフォトブックは、リュウショウが私立探偵かなにかを雇って、こっそりコウマのところから入手したものにちがいない……みたいな、無駄にドラマティックな想像をしていなかったろうか？

　していた。おそらくしていて、きっとそうだ、と決めつけていた。それはなぜ？　無意識に……そう、無意識にリュウショウとコウマとのあいだに緊迫の対立構造を捏造《ねつぞう》しようとしたから。そういう危機的な緊張がふたりのあいだにはあったのだ、と思い込もうとしたからだ。

「普通に考えればそれらの写真は三人で、あるいは安浪さんも加えた四人でいっしょに旅行したときのものではないかと」

　そう……きっと、そうなのだろう。コウマとハルコは県外の大学を卒業後は櫃洗に戻って就職していた。ずっと地元から離れていたのは、おれだけだったのである。

　おとなになった後も、みんなは十代の頃と変わらず、いっしょに仲好くやっていたのだろう……五人組ではなく、おれを除いた四人で。仲間外れの、みそっかす気分。あの日、あのとき、羽田から到着したばかりの櫃洗空港で覚えた子どもじみた疎外感がいま、また甦《よみがえ》る。残酷なほど強烈に。

「……し、しかし、それはそれとしても、コウマには動機がある」

「動機とは、龍崎さんを殺害する？」

「もちろん。そしてやつには、そのチャンスもあった。事件当時コウマは、リュウショウのいちばん近くにいた人間なんだから」

「だとしても、それをチャンスと称するのは、いささか語弊があるのでは？」

「え？」

「仮に甲野藤さんが、龍崎さん殺害の機会を窺《うかが》っていたのだとしましょう。だとしたら、シティホテルの客室フロアの廊下でというのは犯行現場としては最悪の選択です。そうでしょう。いつ他の宿泊者や、従業員が通りかかるかもしれないのに」

「そりゃたしかにそうだけど、そんなことを言ったら、他の誰だって……」

「なによりも結婚式当日に実行しなければならない必然性があるとは思えない。仮にどうしてもその日にやり遂げなければならない、わりない事情があったのだとしても、披露宴の直前などという慌ただしいタイミングを狙わずとも、例えば夜まで待つとか、やりようはいくらでもあるでしょう。もっと安全、かつ確実なやり方が」

一拍置いて付け加えた。「もしも甲野藤さんが犯人であるのなら、ね」

「つまりコウマは犯人じゃない？　あんたが言いたいのはそういうこと？　だとしたら残された容疑者候補はハルコか、このおれくらいのものだよね。でも、ふたりとも犯行時には八階にはいなかった。どちらも時間的余裕がなかった、つまりアリバイがあるということを互いに保証し合えている。ま、あるいはおれたちふたりが共犯だ、なんてことを考えるやつもいるかもしれないけど。あいにく、やっていないよ、天地神明に誓って」

「たしかに甲野藤さん、安浪さん、そして寅谷さんの三人が容疑者候補に挙げられるのは致し方ない状況のようにも思える。ただし、それは龍崎さん殺害の動機が辻元奈苗さんという女性を巡る嫉妬と敵意である、と断定される限りにおいてです」

「というと、えと。動機はまったく別のことかもしれない、と？　例えば？」

「なにかお心当たりはありませんか」

「いいや。何度も言うようだけど当時、おれは地元には住んでいなかったからさ。リュウショウがなにか深刻なトラブルに巻き込まれていたのだとしても、そんなことはまったく知る由も……」

「龍崎さんのことではありません」

「え？」

「わたしがお訊きしているのは、寅谷さん、あなたのことです」

「は。え、えと……？」

「一九八八年当時のあなたは、例えば誰かから危害を加えられる恐れとか、なかったのでしょうか。深く怨まれたりしていなかったのでしょうか」

「ちょ、ちょっと待ってくれ。なんで。え。なんで？　なんでいきなりここで、おれの話になっちゃうの。殺されたのはリュウショウだぜ。おれじゃない」

「そのとおり。龍崎さんは、まちがわれてしまったのです」

「まちがわ……え。どういうこと？」

「ほんとうはあの日、犯人に襲われるはずだったのは寅谷さん、あなただった」

「おれが……え」驚くというより、きょとんとなる。

「え。えええ？」

「犯人の素性は不明です。が、確実なことがひとつある。それは寅谷さんがホテルにチェックインした直後、フロントを通じて八〇三号室へ館内電話をかけてきた人物こそが龍崎さんを殺した犯人である、ということ」

　あまりにも突拍子もない仮説を淡々と展開され、こちらはただ茫然《ぼうぜん》となる。

「犯人はなんのために八〇三号室へ、そんな電話をかけてきたのか。それは標的である寅谷さんの在室を確認すると同時に、部屋番号を探り出すためだった」

「ひょうて……お、おれが？　標的？」

「犯人がどこから電話をかけてきていたのかは判りませんが、寅谷さんは八〇三号室にいると知るや、すぐさま八階へとやってきた。そして、ちょうど八〇三号室のドアの前にいた龍崎さんに背後から忍び寄り、刺殺した。彼が標的である寅谷さんだとすっかり、かんちがいしたまま」

「そんな、あ、あり得ない」

　思わず声が裏返る。「あり得ないよ、そんなこと。どこのどいつか知らないけど、おれを殺そうとしていたのに、まちがえてリュウショウを刺してしまうなんて。そんな間抜けな。それともなにか？　背後から襲ったってことは犯人のやつ、リュウショウの顔を見ていなかった？　だから、ひとちがいしてしまったんだ、とでも……」

　あくまでも静止画像並みの無表情のまま頷く相談員。

「少なくとも犯人が龍崎さんと真正面から向かい合っていたとしたら、ひとちがいは起こらなかったでしょう」

「わざわざ言うようなことかそれ。あたりまえだよ、そんなの。犯人のやつ、これからひとをひとり殺そうっていう極限状況だったとはいえ、標的の顔の確認すら怠るほどテンパっていたのか？」

「焦っていたのではなく、顔を見ずとも、それが寅谷さんだと判別できたのです。少なくとも犯人は、できると思い込んでいた」

「なんで。なんで？　そりゃリュウショウとおれは背格好が似通っていなくもないが、後ろ姿とはいえ、それほどそっくりってわけじゃ、決して……」

「目印があったのです、判別のための」

「めじるし……？」

「寅谷さんなら、これを持っているはずだという、ね」

　うっと声が喉に詰まった。「これを持……って、お、おい、まさか」

「一九八八年開催のソウル・オリンピックのマスコット・

キャラクター、ホドリのアップリケ付きのガーメントバッグを持っている男性、それが寅谷さんである、と。犯人はそれを目印にして、標的に襲いかかった」

　腰が抜けそうになった。傾いた身体を立てなおそうとしたが、うまくいかない。ただ呻《うめ》き声が洩れる。

「このことから犯人は、寅谷さんの容姿をぼんやりとしか把握していなかった。そんなふうに考えられる。つまり寅谷さんのことを一応は知っているけれど、それほど深い付き合いはない。それでいて、問題の特徴的なガーメントバッグを持参したその日に〈ホテル・ヒッツ・パレス〉に宿泊予定であることは知っていた。そしてもっとも重要なのは、寅谷さんの客室番号と在室を確認するための館内電話で、犯人が辻元奈苗さんの名前を出したという事実です。それはいったい、なにを意味するのか。つまり寅谷さんがホテルへ来た目的が奈苗さんの結婚式に出席するためであることを承知しており、なおかつあなたの彼女に対する好意についてもおそらく把握していた、ということ。犯人の素性として導かれる人物像とは、だいたいそんなところです。如何ですか。これらの条件に当て嵌《は》まりそうな人物に、お心当たりは？」

＊

そりゃあそうよ、あんた。同じよそれは。地元でやんちゃする度胸の無いおじさんが、ちょいと遠出して、身内や知り合いに見咎められる心配のない土地で心置きなく遊ぶ。それとまったく同じ心理。

　いくら見ず知らずの赤の他人たちを無作為に選ぶといったってさ、地元はやはりリスクが大きいでしょ。だからあたしも遠出をするわけよ。風俗巡り大好きおじさんと同じように。汽車やバスに乗ったり、ときには飛行機で。ええ。ひとっ飛び。

　自分の趣味を満喫するために全国津々浦々を回って。そうよ。そうやってリスクを軽減するわけよ。そりゃそうでしょ。どうせ殺す相手は誰でもいいわけなんだからさ。どこでやったって変わらない。同じ欲望を満たせられるのならば、自分のことを知っているひとが誰もいない土地でやったほうが安全に決まっているでしょ。

　用心深すぎる？　まあたしかに。通り魔的な無差別連続殺人なんだから動機は判りっこないし、被害者たちとは縁もゆかりもないこのあたしが疑われる心配なんてまず無い、と言ってもいいかもしれない。でもね、同じ生活圏でやんちゃしていたら、いつ如何なるきっかけで自分の存在が捜査線上に浮かんでくるか、保証の限りじゃないからね。そう。こればっかりは。

とにかく安全に、ことを運ぶ。何度も言うようだけど、遠出をして風俗で遊び倒すおじさんと同じよ。こんなあたしでも普段は平凡な娘のふりして、真面目に働いて。うん。レンタルビデオ店でね。そして、まとめて休みをとっては、まだ行ったことのない土地を目指す。獲物を探しに、ね。

え。なぜ。なぜって、どういう意味？　どうして見ず知らずの他人たち、しかも老若男女を問わずに殺して回るのか？　っていや、あんたね。さっきから言っているでしょ。性的サービスを求めて風俗店のスタンプラリーさながらに全国を嬉々として回ってるおじさんにさ、なぜそんなことをするんだ、とかってあんた、訊くわけ？　は？　まともな答えが返ってくるとでも思ってんの？　無意味でしょ、そんな質問。

それとも、この歳になっても変わらず続けていることが解せないの？　それも認識不足だわ、あんた。趣味ってね、そういうものでしょ、ええ。若くないと楽しめないってものじゃない。だから今回も堪能《たんのう》させてもらったわ。ええ。たっぷりと。

あ。そうそう。あたし実は櫝洗は初めてじゃなかったんだよね。いつもは同じ土地へは二度と行かないようにして、気をつけてはいるんだけどさ。まあ、たまにはいいでしょ。前回に来たのは三十四年近くも前だし。

でも、あのときはちょっと焦ったな。羽田からいっしょの飛行機だった若い男が、あたしのことを知っていやがってさ。

バイト先の店の客だったから、顔見知りなのは判っていたけれど、話してみると、あたしの趣味のこと、気づいているぞ、みたいな匂わせをしてくるんだ。げ。やばッ。

こいつは生かしちゃおけない、と。急遽《きゅうきょ》予定を変更して、その若い男が友だちの結婚式に出席する予定だと言っていたホテルへ向かった。そしてそこで、けっこうめだつマンガチックなデザインの虎のガーメントバッグを持って客室へ入ろうとしているそいつの首にナイフを、ぶっ刺してやった。

首尾よく口封じをしたものの、そいつはひとりじゃなかった。知り合いらしい若い男が駆け寄ってきたものだから、こいつも後ろからぶん殴っておいて、逃げた。できれば息の根を止めておきたかったんだけど、そのときエレベータのほうからひとの気配がしたもんでね。こっちの顔は見られていないようだったし、まあいいだろうと。仮に見られていたとしてもそいつ、知らない女だった、としか証言しようがないだろうし。

　ああ、着いたついた。どうもありがと。じゃあね、お元気で。それにしてもあのトラさんに、こうしてまたお会いできて、ほんと、いい旅だった。縁起がよろしゅうございましたわ。ほほほ。

＊

　白髪のおかっぱ頭とロイド眼鏡のおばちゃんは、おれの運転するタクシーから降りた。櫃洗空港の搭乗口へと向かう。

「あー、やれやれ。東京はいま頃、また増えているのかしらね、新規感染者」とか独りごちながら。

　かと思うや、踵《きびす》を返して、とっとこ運転席へと戻ってきた……なぜか先刻まで着けていたはずの感染防止用マスクが外れていて、細く尖《とが》った三日月の如く反り返る唇の邪悪な笑みが、こちらへ迫ってくる。

「そうそう。言い忘れていたわね。あのさ、あれはあたしの名前じゃないんだよ。永木真都香っていうのはね、あたしの獲物のひとりだったのさ。あの朱色の手帳？は彼女を殺して帰宅した後、たまたま部屋に置いてあった、言わば戦利品……」

　そこで、はッと目が覚めた。ぎゃッとか、うおッとか我ながら獣じみた絶叫とともに布団を撥《は》ね除《の》け、跳び起きる。

　ぜえぜえ、はあはあ。窒息寸前並みに息の荒いおれの全身は汗で、びっしょり。そして洩れる瀕死《ひんし》の呻き声。

ファーストが裏切った

浅倉《あさくら》秋成《あきなり》

1989年生まれ。大学卒業後、印刷会社に勤務。2012年、超能力をもつ高校生たちが活躍する『ノワール・レヴナント』により、第13回講談社BOX新人賞の、出版を前提とするPowersを受賞してデビュー。『教室が、ひとりになるまで』（2019年）で一般文芸にも進出、日本推理作家協会賞と本格ミステリ大賞に同時ノミネートされるなど推理作家としても嘱望されるようになり、『六人の嘘つきな大学生』（2021年）はさらに大きな注目を集めた。本作は千葉ロッテマリーンズのファンである作者の趣味を生かした特異な一編。（S）

2026年の今こそ――球界史上最大の珍事を紐解く。

【白球の軌跡vol.100　鳥兜《とりかぶと》の乱～裏切りの向こう側～】

■あの日をもう一度、見つめる。

ベンチへと引き上げる男の足取りは、何かから逃げているようでもあった。

「幕が開けた、開けた」

うわ言のように繰り返していたとされる台詞《せりふ》は、後にこの珍事の代名詞となる。

２０２１年7月11日。当時すでにマリーンズの担当から外れていた私は、震源地となった千葉マリンスタジアムから遠く離れた福岡の地で、別の試合の取材にあたっていた。

選手が裏切ったらしい。

懇意にしている他誌の記者が伝えてくれた珍妙な一報に、私はこの時点では大きな関心を払うことができていなかった。何よりも「選手が裏切る」という言葉の意味するところを、正確に捉えることができなかったのだ。よって試合後の取材を一通り完了させ、速報としてアップされているいくつかのハイライト映像を確認した際には言葉を失った。文字通り、試合中に選手が一人、チームを裏切っていたからだ。

プロスポーツの最前線をお届けしてきた本誌、文報社《ぶんほうしゃ》「ＦＬＩＥＧＥＮ《フリーゲン》」だが、今年で創刊50年の節目を迎え、同時に90年代後半から不定期で始まった「白球の軌跡」のコーナーがちょうど掲載１００回に到達することとなった。これを記念し、いつもとは少々毛色の異なる特集記事をと依頼されたのは、思い返せば半年以上前のこととなる。野球史を俯瞰《ふかん》し、果たしてどの瞬間を切り取ってみようかと頭を悩ませた私は、不意にあの日の衝撃を思い出した。

事件からおよそ5年の歳月が経過したこのタイミングで、改めて「鳥兜の乱」に真正面からメスを入れられないだろうか。

他に類を見ない衝撃的な事件であったにもかかわらず、

その詳細に踏み込んだ記事は想像以上に少ない。事件直後は「違法薬物の使用」「野球賭博との関わり」など様々な可能性が議論され、ともするとプロ野球という存在そのものを脅かす、壮大な闇の一端が垣間見えたのではないかとさえ噂された。かく言う私も瞬間的には巨大な事件背景を予感し、ジャーナリストとしての本懐を果たすときが来たのかと襟を正した。

　しかし結論は、今となっては周知の通りである。チーム関係者からはひたすら困惑の言葉が零れ、あらゆる取材や調査が様々な角度から切り込むも、陰謀や黒い影の存在はどこにも見つけられなかった。どうしてあの選手があんなことをしたのか、誰にもわからない。必然的にあらゆる疑問は当事者である選手当人に向かうこととなったのだが、男はあらゆるメディアの接触を完全にシャットアウトした。一時はどうしても男の証言を取りたいと躍起になった記者もいた。しかし時間の経過とともに粘り強く対応する価値を見出せなくなっていったのか、多くの者が当該選手との接触を諦めていった。まもなく真相は闇の中へと消えていく。

　今回の記事を執筆するにあたり、記念号に相応しい題材は他にいくらでもあるはずだとの指摘が、編集部内からは複数上がった。彼らの言い分は至極もっともなもので、私も「鳥兜の乱」は衝撃的でこそあったが、間違っても後世に語り継がれるべき重大事件だとは思っていない。ただ一方、まさしく「異常」としか言いようのない事件の原因を、選手一人の「乱心」で片付けてしまうことには疑問、あるいは強い言葉を使うのならば「危機感」を覚えた。鳥兜万次郎《まんじろう》は「どうかしていた」。これだけの台詞で何かを説明できた気になるのは、ジャーナリストとしても、一市民としても、看過してはならない蛮行に思える。あの事件を語るならば、周辺関係者たちの記憶もまだ完全には風化しきっていない今が最後のチャンスと踏み、私は執筆に向けて本格的に動き出した。そして完全に雲隠れしてしまったと噂されていた事件の中心人物、鳥兜万次郎元選手の現在の居所を摑むことに成功した。

　導入が長くなってしまったが、この記事は鳥兜万次郎元選手の経歴を振り返り、彼が起こしてしまった前代未聞の裏切り事件、通称「鳥兜の乱」の顛末《てんまつ》について改めて詳述する。そして彼や、当時の事件関係者にインタビューし、事件を立体的に再解釈することを試みた。

　先に結論を述べておくと、残念ながら鳥兜元選手から裏切り行為についての明確な動機を聞き出すことはできなかった。しかし本記事が「鳥兜の乱」の核心に最も迫った記事であることは疑いようがない。またある意味では「動機」を語れないことこそが、今回の事件の重要な鍵であったのではないかと私は推察する。

■脚力は盗塁王クラス。トリプル3もありうる大器。

「打撃は荒削りだったが、ボールを遠くに飛ばす力と、何より脚力に惹かれた。足だけならすでに一流でした」

当時大学生だった鳥兜に目をつけたのは、ベテランスカウトの望月《もちづき》氏であった。茨城情報大学。お世辞にも名門とは言えない大学の野球部を訪れたのは、ほんの偶然からだった。

「ちょうどＢＣ茨城が立ち上がるって話が持ち上がってた頃で、たまたま大学のグラウンド近くを通りかかったんです。野球をやってるな、どこの子たちだろうって気になってネット越しに見てたら、一人だけ明らかに身長が抜けたひょろーっとした男がいました。グラウンドのサイズは広くなかったですが、涼しい顔してティーで何本も柵越えを打つんです。これは無視できない存在だと思いました」

望月氏と鳥兜万次郎の出会いである。望月氏は門をくぐり、早速監督に声をかけた。自身がマリーンズのスカウトであることを告げると、監督はすぐさま鳥兜を呼び寄せた。

「口下手な子でしたね。『うん』とも『はい』とも言わない。小さく頷《うなず》いたり、首を振ったりして意思表示をするだけ。緊張しているのか、練習後で疲れてるのかと思って当時は気にもしませんでしたけど」

鳥兜は消極的ながら、プロ野球に対する興味を示した。望月氏はそこから茨城情報大学の試合を注視するようになる。ドラフト直前、望月氏が球団に提出したレポートには以下のような評価が記されていた。

「脚力は盗塁王クラス。打撃は荒いが、上半身主体のフォームが改善されればトリプル３もありうる大器。外野がメインだが、一、二塁も無難にこなす」

２０１７年。マリーンズはドラフト7位で鳥兜万次郎外野手を指名する。指名直後はファンの間で珍しい名前が話題となったが、下位指名であったこともあり注目度は低かった。契約金２５００万円、年俸８００万円（いずれも推定）。学生時代はひときわ目立った身長１８６センチの体《たい》軀《く》も、プロの世界に飛び込めば「やや高い」という印象に留まる。アマチュア時代に輝かしい実績を残せたわけでもなく、変わった出自や個性的なエピソードの持ち合わせもない。必然的に鳥兜に関する報道は少なかった。

「あの年は同い年がいなかったから、少し不憫《ふびん》でしたよね」

マリーンズ浦和寮の寮長を務める田井中《たいなか》氏は、そう言って目を細めた。支配下と育成、合わせて9人の選手がマリーンズに入団した２０１７年であったが、大卒で入った選手は鳥兜ただ一人であった。

「ただ彼が同期選手とうまくコミュニケーションがとれなかった理由は、年齢だけが問題じゃないんだろうなと徐々に気づいていきました。長年寮長をやらせてもらってますが、初めて見るタイプの選手でした。食事の時間に遅れたり、当番を忘れたりするようなルーズなところはないんです。なのに、どこか抜けているような印象を周囲に与えてしまう。どんな話題を振ってみても話に食いついてこない。かといって野球に命を捧げている雰囲気もない。一見するとものすごく真面目。反面、気合いやハングリー精神がまるで感じられない」

入団後の石垣島キャンプでは多くの新人選手とともに1軍帯同が決定。シートバッティングにて石岡《いしおか》や益山《ますやま》といった一線級の投手から安打を放った際には即戦力の逸材かと期待感が高まったが、オープン戦では16打数1安打と振るわなかった。まもなく開幕2軍が告げられる。

■頑固とも素直とも違う。

イースタンの開幕戦では左翼手としてスタメンを勝ち取るが、終わってみれば1年目の成績は打率・２０４、本塁打2本、19打点。7位指名とはいえ、大卒外野手としては物足りない結果で終わってしまった。入団から4年間、2軍で鳥兜の打撃を指導したのは数々の大打者を育成してきた名コーチ、大岩《おおいわ》氏であった。

「上体でボールを迎えにいく癖が強くて、1年目はひたすらそこの修正に苦労しました。うまくボールを引きつけて打てたときの打球は凄まじいものがありましたね。ただそれ以上に、掴み所のない性格をしていました。指導をすると、もの凄く素直に反応するんです。でもグラウンドをぐるっと一周して戻ってくると、まったく言ったことを守っていない。どうしたんだと尋ねると、すぐに反省したように指導通りの動きを始める。でもまた一周すると——その繰り返しです。頑固とも素直とも違う。心の中に『芯』を持てていないような印象でした」

そんな鳥兜は、２年目の７月からぱたりと試合に出なくなる。試合中、盗塁を試みた際に相手野手と激しく交錯。右膝前十字靭帯《じんたい》の損傷。全治には１年以上かかると診断された。

「普通は青ざめるところですけど、あくまで淡々としていましたね。私から打撃の指導を受けたときと同じようなリアクションでした。『全治１年ですか、なるほど』というような感じで。まだ２年目だから簡単にはクビにならないだろう、というような狡猾《こうかつ》な打算はなかったと思います。とにかく終始ぼんやりしてるんです。もう終わりだと絶望されるよりはよかったですけど、もう少し危機感を持ったらどうだと尻を叩きたい気持ちもありました」

鳥兜は長いリハビリ生活を、やはり淡々とこなした。そして３年目の９月に練習を再開し、この年のフェニックスリーグで久しぶりの試合出場を果たす。傷は癒え、４年目は万全の状態で迎えることができた。しかし開幕１軍の切符は掴み損ねる。

６月が終わった時点で２軍での打率は・２１９。お世辞にも好調とは言えなかった。当時私は他球団の担当をしていたが、何度かイースタンで鳥兜の打席を観たことがある。１年目のときに比べればいくらか洗練されていたが、素人目にも堅さが感じられた。バットのヘッドが一度大きく下がり、そこから掬《すく》い上げるようにしてのスイング。さして注目していたわけではなかったが、殻を破れずに終わってしまう選手を見るのはいつだって気持ちのいいものではない。大卒４年目で１軍出場なし。２軍での成績も今ひとつ。このまま終わってしまうのだろうか。

終末の気配が漂い始めていた鳥兜の野球人生に、しかし転機が訪れる。

■初めての１軍昇格。

２０２１年７月11日。鳥兜万次郎の名前が、初めて１軍登録された。

好調さを買われての登録でないことは誰の目にも明らかであった。前日に谷間で先発したピッチャーが登録を抹消。枠が一つ空く。中継ぎは充実しており、新たに登録すべき投手はいない。ならば不足しているポジションは２軍を見回したときに、守備位置の関係で鳥兜に白羽の矢が立った。

「怪我はよくなったと聞いている。目の前で動きを見てみたい。チャンスは確約できないが、もちろん機会があれば使う」

　鳥兜について尋ねられた当時の樋口《ひぐち》監督のコメントからも、必ずしも待望の昇格ではなかったことが窺える。初めて1軍登録の選手としてマリンスタジアム入りを果たした鳥兜は、試合前のインタビューに以下のように答えた。

「与えられたところで、精一杯頑張ります」

　この日、鳥兜万次郎はチームを裏切ることとなる。

　ここまでを総括したところで、やはり「鳥兜の乱」を予感させる異変は何も察知できない。鳥兜万次郎はある意味でプロアスリートらしからぬ性格をした、捉えどころのない選手であったのかもしれない。しかしチームに対しての苛立ちや不信感を匂わせる言動もなければ、不当な扱いを受けた形跡も見当たらない。また彼に対するチーム関係者の対応も、取り立てて問題のあるものではなかった。何も起きる必要はなかった。いつも通りのプレイボールとゲームセットが、待っているはずだった。

　定刻通りの17時、試合が始まる。もちろん実績のない鳥兜はベンチスタート。監督は「機会があれば使う」と口にしたが、客観的に見て鳥兜に出番が回ってくる可能性は極めて低かった。鳥兜の武器は走力であったが、チームには走りのスペシャリストである幸田《こうだ》をはじめ、林《はやし》、福山《ふくやま》など、実績のある足自慢たちがずらりと待機していた。打撃に関しても鳥兜以上の選手が多数ベンチ入りしている。しかもそのほとんどが鳥兜と同じ左打者であった。鳥兜が必要とされるシチュエーションは極めて限定的。

　更に折悪しく、この年は新型コロナウィルス感染症拡大による影響で、延長戦が存在しなかった。同点の場合は9回で試合が打ち切られる。必然的に起用される選手の数も少なく済んでしまう。そのため、ベンチ入りメンバーをすべて投じるような総力戦は発生しにくい状況にあった。

　のだが、この日は例外であった。

■怒濤の乱打戦。

　試合は序盤から激しく動いた。初回はどうにか無失点で切り抜けたマリーンズ先発の児玉《こだま》だったが、2回に一挙4点を失い降板。即座に2番手の坂村《さかむら》実《みのる》にスイッチされる。その後3回までは無失点で切り抜けたが、そこから我《あが》妻《つま》、保《ほ》野《の》、アーロン、田端《たばた》と小刻みな継投をする必要に迫られ、チームは7回までに6投手を投入。いずれの投手も精彩を欠いた投球が続き、気づけばチームは10失点。しかしワンサイドゲームとならなかったのは、マリーンズ打線が奮起したからだ。どうにか6回までに9点をもぎ取り、7回の裏開始時点では10－9の1点差ゲームを作ることに成功していた。

そして7回裏にビッグイニングを作る。8番の内岡《うちおか》から始まった攻撃は、代打門田《かどた》、代走幸田の起用も奏功して一挙5得点。10－14と形勢を逆転させる。8回表からマウンドにあがったセットアッパーの佐々部《ささべ》が相手打線をピシャリと3人で抑え、さらにその裏の攻撃では先頭の藤木《ふじき》に一発が飛び出しダメ押し。10－15。乱打戦ではあったが、さすがに8回の裏で5点差をつけると、チーム内にも静かな余裕が生まれ始めた。樋口監督は代打策に出る。日頃、出場機会に恵まれない選手たちが積極起用され始めた。

チームの主砲、マールスに代わって告げられた代打は、鳥兜だった。

■「ノリ悪いやつやなぁ」思いました。

鳥兜の名がコールされた瞬間、球場は沸いた。メディアへの露出も少なく、2軍成績も今ひとつ振るわない鳥兜であったが、初出場の選手を歓迎しないファンはいない。一体どんな選手なのだろうと球場全体が鳥兜に期待の眼差しを向けた。

左バッターボックスに入り、まもなくトップの定まらない不安定なフォームが大観衆の前で披露される。初球はアウトローのストレートを見逃し、2球目も同様の球を平然と見送った。往々にして初打席を迎えた選手は躍起になってバットを振り回す。しかし鳥兜は消極的だった。このままスイングもせず、あっという間にベンチに帰るのかと思われた3球目。

鳥兜は甘めに入ったインローのボールを鋭くライト前に弾き返した。

プロ初打席、初ヒット。相手チームのライトは記録に気づき、記念のボールをマリーンズベンチへと返球した。受け取った門田が笑顔で塁上の鳥兜にボールを見せつける。照れ笑いや会釈の一つでもあっていいような瞬間であるが、鳥兜の表情にこれという変化はなかった。後に門田はこのときのことを、「あのときはただ『ノリ悪いやつやなぁ』思いました」と語る。

確かにノリはよくないかもしれない。しかしこの時点では多くのファンやチーム関係者が、初ヒットに浮かれない無表情の鳥兜に対して、寡黙《かもく》に仕事をこなす職人の影を見た。「鳥兜の乱」を語る際、末だに最も大きな謎の一つとして語り継がれる「鳥兜のライト前」が放たれた瞬間であった。

その後、フィッシャーに代わって中濱《なかはま》、パニーニに代わって福山が代打起用されるも、追加点は奪えずに8回裏が終了。守備位置を整えるためショートに五木《いつき》、レフトに林が入ると、マリーンズはすべての野手を使い切っていた。最終回のマウンドに売り出し中の若手である玉居《たまい》が上がれば、ベンチ登録されている残りのメンバーは僅か一人。抑えのエースである益山のみとなっていた。

■1塁は無難に守れます。

後になってこのときの総力戦起用を非難する声も上がったが、結果を知っているからこそ口にできる暴論でしかない。序盤で先発が早々に降板し、それでいて1点を奪い合う緊張感のある中盤が続いた。更に最終盤になって点差に余裕が出てくれば、必然的にベンチを空にするような起用にもなる。樋口監督は岸峯《きしみね》守備走塁コーチに、鳥兜の守備適性を尋ねた。

「2軍で15試合ほど1塁を守っていたことはデータとして知ってたので、そのことを正直に監督に告げました。『1塁は無難に守れます』と」

鳥兜はファーストの守備に就く。

事実として鳥兜は2軍戦で15試合、ファーストの守備に就いていた（失策は1）。守備力に関しては極めて平均的な能力を有しており、捕球も送球も水準以上のプレーをすることができた。ただ急遽の1軍登録であったため、鳥兜は本職である外野用のグラブしか持ち合わせていなかった。

「外野用のグラブで守備に就こうとするんで、待てと止めたんです」

主に守備固めとして起用されることの多かった五木は、鳥兜を呼び止めた。

「ファーストミットがないなら貸すぞって言いました。そしたら中濱さんもミットを持ってきてくれたんです。俺のと中濱さんのと、どっちがいいか訊いたら『ありがとうございます』も『借ります』もなしに、無言で中濱さんのミットを手に取ったんです。俺は別によかったんですけど、さすがに中濱さんは結構な先輩ですからね。さっきの態度は失礼だったぞって、試合が終わったら注意しようと思ってました。結局できませんでしたけど」

鳥兜は中濱のミットを手に、グラウンドへと駆け出した。

　運命の9回表が幕を開ける。後に「鳥兜の乱」と呼ばれる世紀の珍事が静かに始まろうとしていたが、その予兆を察知できていた者は、おそらくこの世界に誰一人としていなかった。

　マウンドに上がった玉居の調子は悪くなかった。やや制球に乱れはあったが、荒れ球は彼の持ち味とも言えた。直球の速度は安定して１５０㎞を超え、決め球のフォークも高さこそやや甘めではあったがキレ十分。4球でバッターを追い込み、ウイニングショットとしてインコースに１５１㎞の直球を放り込んだ。バッターが窮屈なスイングで振り抜くと、力のないフライが1塁側のファールゾーンへと飛んでいく。キャッチャーはマスクを外して三歩ほどボールを追いかけたが、明らかにキャッチャーの守備範囲ではなかった。足が止まる。

　鳥兜の守備範囲だ。

　鳥兜は打球を目で追い、ファールグラウンドへと走り出した。客席に飛び込みそうな気配もあったが、風速7メートルの海風がボールをグラウンド内へと押し戻す。鳥兜は全力で走っていた。（後に一部のファンからは、一生懸命走っていなかったという指摘も入ったが）少なくとも私の目には、全力で走っているように見えた。通常の体勢では間に合わないと判断したのか、スライディングでの捕球を試みる。

　しかしボールはファールグラウンドに落下。鳥兜はボールを取り損ねた。

　ベンチとファンからは落胆の声が上がったが、風の強いマリンスタジアムにおいてフライの落球は日常茶飯事。ましてや2軍から上がってきたばかりの若手のエラーともなれば、誰もが心の中で呟いてしまう。さもありなん。

　球場の空気にも特段の異変はなく、玉居もペースを乱されはしなかった。冷静に投じられた6球目のフォークで、バッターを泳がせることに成功する。打ち損じ。バットの先に引っかかった打球はピッチャーの前に力なく転がった。半ばセーフティバントのような当たり。玉居は慌ててマウンドを駆け下りボールを掴み上げる。そのまま小気味よい動きでファーストへ送球。無駄な動きはなかった。普通にいけばアウトになる当たりであると、誰もが確信していた。

　しかし判定はセーフ。

　審判は両手を横に大きく広げ、続いてファーストの足がベースから離れていることを指摘した。そんなはずがあるわけないと球場にいる誰もがジャッジを疑ったが、次の瞬間には黙した。事実として鳥兜の右足は、まるでベースとの接触を拒むように、ベースから50センチほど離れた位置にあったからだ。

■もちろん何かおかしいと思いました。

考えられないミスであった。

仮にファーストが一度ベースから離れ、ピッチャーからの送球を受け取りながらベースに戻ったのだとすれば、踏み忘れが起こる余地はある。またピッチャーからの送球がズレてしまい、無理に捕球しようとした結果、ベースから足が離れてしまうのもよくあるプレーに違いない。

しかしファーストの鳥兜は、プレーの最初から最後までずっとファーストベース付近に立ち尽くしていた。送球は彼の胸元めがけて真っ直ぐに飛んできていた。ベースを踏み忘れる道理はどこにもない。

「もちろん『あれ？』とは思いました」

当時ヘッドコーチを務めていた林崎《はやしざき》氏はそう述懐する。

「コンバートされたての野手だってあんなミスは犯しません。野球未経験の小学生がやるような失態でしたから、もちろん何かおかしいと思いました。ただ同時に、プロとは言え人間ですから、稀に信じられないようなミスをすることはあります。2連続でミスが続きましたが、悪い偶然だろうとひとまず事態を静観することに決めました。プロ初出場の若手です。それも外野手登録の選手でした。なぜあんなプレーになってしまったのか、試合が終わってから聞けばいいと判断しました」

ミスをした鳥兜をケアしようと、チームのキャプテンでもあるセカンドの坂村裕吾《ゆうご》が鳥兜のもとへと駆け寄った。そして鼓舞するよう、彼の尻をグラブでぽんと叩いた。

「流れの中でのことなんで、正直記憶は曖昧です」と断った上で、坂村裕吾は当時の鳥兜の様子を振り返る。「『はあはあ』と、呼吸を荒くしていたように思います。エラーをして動揺しているのかと思いましたけど、申し訳ないと思っている感じではありませんでした。言い方は悪いですけど、どちらかというと『興奮』している雰囲気でした。何かに取り憑かれてるみたいで」

ノーアウトランナー1塁。やや不気味なランナーの出し方をしてしまった玉居であったが、投球は乱れなかった。危なげなくツーストライクを奪うと、またもフォークで打者の打ち損じを誘う。ボテボテの当たりはサードの前へ。

早々にダブルプレーは無理だと判断したサードの内岡は、捕球したボールを丁寧にファーストへと送球した。

　ファーストの鳥兜の足は、今度はベースについていた。体を一杯に伸ばし、捕球の体勢を整える。フライの落球。そしてベースの踏み忘れ。連続で続いたミスであったが、鳥兜の捕球姿勢を見て多くの人が胸を撫で下ろした。異変らしい異変はない。今度こそ一つ目のアウトがとれる。しかし、起こるはずのないことが、起こってしまう。内岡の送球が鳥兜のミットに収まるかに思えた、刹那。

　鳥兜はボールを落としたのだ。

　当時、放送席にてテレビ中継の実況を担当していたフリーアナウンサーの清永《きよなが》氏は思わず叫んだ。

「鳥兜、ボールを取りません」

　清永氏はこの時点でハッキリと、「ボールを取れません」ではなく「ボールを取りません」と実況した。ミスによってボールを落としたわけではなく、故意にボールを取らなかったことが明白であったからだ。

「そこまで言葉を吟味《ぎんみ》する時間はありませんでしたから、反射的にそう口走っていました。直後は『マズい表現をしてしまったかな』と反省しましたが、リプレイの映像を観ているときに問題がなかったことを確信しました。明らかにミットの開き方が足りていませんでした。ボールは鳥兜選手のミットの隙間を通過することができず、そのまま真下にぽとりと落ちました。ちょうど閉まりかけのエレベーターに無理に乗り込もうとして失敗したときのような恰好です。ボールがミットの縁にぶつかり、弾かれる。当時すでにプロ野球実況を足かけ16年ほど担当させてもらっていましたが、初めて見るプレーでした。また前代未聞のプレーをした鳥兜選手自身の目が、妙に赤々と血走っていたのを覚えています」

　ボールが地面に落ちた瞬間、スタジアムは揺れた。プロの選手であっても、3連続でミスをすることはあるだろう。しかしミスの仕方が尋常ではなかった。最初にベンチを飛び出したのはマリーンズのトレーナー、水木《みずき》氏であった。

「まず疑ったのは熱中症です。そこまで暑くはないナイトゲームだったんですけど、7月でしたから十分ありうる話でした。いずれにしても何らかの身体的なトラブルが発生している可能性は考えられました」

　やや遅れて、ベンチからは林崎ヘッドコーチも追従する。審判は鳥兜を「故障の可能性あり」と判断し、コーチのグラウンド立ち入りを許可した。

「私だって腹は立ってましたよ」林崎氏は眉間に皺を寄せながら当時を振り返る。「楽勝ムードの試合に水を差されたわけですし、悪くないピッチングをしていた玉居の足も引っ張っていました。さすがに擁護できない。ただトレーナーが危惧していたように熱中症の可能性も考えられました。また今思えば私も甘いのですが、ミットを他の選手から借りているシーンを見ていたので、道具の問題かとも思ってしまったんです。慣れない道具でプレーするのは想像以上の違和感です。『どうした。大丈夫か。何があった』私とトレーナーは交互に呼びかけました。しかし鳥兜はこれという意思表示をしませんでした。そもそも感情を摑みにくい選手でしたが、このときは輪をかけてよくわかりませんでした。充血した目を大きく見開いて、自分でもよくわからないというように無言で首を傾げるんです。にやりと笑っているようにも見えました。はっきり言えと凄みたい気持ちもありましたが、やっぱりこの時点では甘さが出てしまいました。動揺している若手にトラウマを植え付けたくないと思ってしまったんです。もちろん交代するべきだとは思いました。ですが、当然できませんでした」

　マリーンズのベンチには、野手が一人も残っていなかった。このときを振り返り、指名打者として入っていた武田《たけだ》をファーストの守備に就かせる手が残っていたはずだと指摘する声がある。これを思いつかなかったベンチの敗北だ。そう結論づける人もいた。しかし武田は2打席目で右肘に死球を受けており、守備に就ける状態ではなかったことが後日明かされている。樋口監督には、ファーストに鳥兜を置き続ける選択肢しか残されていなかったのだ。

■大きな病気を隠してプレーしてるのかと思いました。

　誰も鳥兜がどのような精神状態にあるのか、どのような意思でグラウンドに立っているのかわからないまま、ゲームは再開。

　ノーアウト1、2塁。ここにきてマウンドの玉居に明らかな乱れが生じ始める。球が浮わつき、5球目のフォークを痛打された。右中間へ走者一掃のタイムリースリーベース。初めて鳥兜がボールに触れることのないプレーとなったが、実はここでも鳥兜は奇妙な動きを見せている。

「バックホームに備えてカットプレーに入るべきところなんですけど、まったくそういう動きを見せませんでした」

　セカンドの坂村裕吾は、鳥兜が中継プレーに入らず、呆然とプレーを見守っていることに強烈な違和感を覚えた。

「プレーが終わった後にすぐ注意しました。でも返事はありませんでした。荒い呼吸を続けているだけで、言葉が耳に届いていないみたいなんです。大きな病気を隠してプレーしてるのかと思いました」

2点が入り12－15。点差は3点に縮まり、なおもノーアウトランナー3塁。球場内の空気が硬化し始める。すでに勝敗が決まったゲームの消化イニングを観戦しているような心地だったファンたちに、にわかに緊張が走る。劇的に投球の精度を落とした玉居の続投は不可能と判断した樋口監督は、ベンチにただ一人残されていた選手、抑えのエースである益山の投入を決める。

これにてマリーンズはすべての選手を使い切った。果たして鳥兜がこのときを虎視眈々《こしたんたん》と待ち続けていたのかどうかはわからない。ベンチ入りの選手を、投手野手ともにすべて使い切る試合など年にそう何度もない。ましてやそんな試合で、自身がグラウンドに立ち続けている保証は（少なくとも鳥兜クラスの選手ならば）どこにもない。しかし期せずして舞台は整ってしまった。

投球練習を終えた益山は、初球、アウトローに沈み込むシンカーを投じた。バッテリーとしては様子見のボールであったのかもしれないが、バッターはこれに手を出した。タイミングを崩された力のない打球がフェアグラウンドへと転がる。向かった先は、鳥兜の待つファースト方向。まもなくボールは、鳥兜のミットの中へと吸い込まれる。

前進守備は敷いていなかった。3塁ランナーの生還を許してしまうことはチームとして織り込み済み。よって鳥兜の仕事はそのまま1塁にボールを送る、あるいは自分でベースを踏む、ただそれだけのことだった。

しかし次の瞬間、鳥兜は誰も予想していなかった動きを見せる。

■普通に対話ができる状態ではありませんでした。

鳥兜はボールを手にした瞬間、コンマ5秒ほど完全に静止。1塁ベースカバーに向かう益山にはまるで目もくれない。どうしたのか。またしてもミスを重ねるのか。場内に不気味な予感が走ったその時。鳥兜は驚くべきことに、摑んだボールを1塁側のスタンドに向かって力一杯放り投げたのだ。ボールは観客席の中に飛び込む。場内には驚愕の声、さらには悲鳴と怒号が飛び交った。この年はコロナウイルス蔓延《まんえん》防止の観点から、客席では声を出しての応援は禁止されていた。しかし信じられない光景を前に誰もが声を我慢できない。

　すぐに益山と坂村裕吾が鳥兜に駆け寄り、どういうつもりなのだと問い詰めた。両選手とも、さすがに表情には怒りの色を浮かべていた。鳥兜はそれに対し、果たしてどういった意思の表明なのか、小さく首を横に振り続けるだけ。審判さえ戸惑った。スタンドにボールが入ってしまった場合には、走者に2つの安全進塁権が与えられる。テイク2ベース。2塁へと進みながら、打者の遠藤《えんどう》も首を傾げていた。

　一部、ビジター席のファンたちは僥倖《ぎょうこう》に拍手をしていたが、ほとんどの人間はひたすら困惑するばかりであった。このプレーを機に、あらゆる人々は確信した。これまで鳥兜が見せてきたミスの数々。2つの落球とベースの踏み忘れは、いずれも過失ではない。意図的に引き起こされた、故意の失策であったのだと。

　どういった理由があるのかはわからないが、鳥兜万次郎はチームを裏切っている。

「私は一塁側のフィールドウィングシート（グラウンド内にせり出した客席）の最前列で観戦していました。私の周りのファンの人達は、みんな意味がわからなくて困惑していました」

　当日、たまたま試合を観戦していた四街道市在住の小川《おがわ》涼子《りょうこ》さんは、スマートフォンで一部始終を撮影していた。

「少し音が小さいんですけど、聞こえますよね？」

　彼女が見せてくれたのは、鳥兜が益山と坂村裕吾に詰め寄られているシーンであった。鳥兜は最初こそひたすら首を横に振るだけであったのだが、途中から二人に対して何事かを口にし始める。なお、益山と坂村裕吾、両名ともに、このとき鳥兜が何を言っていたのかは聞き取れなかったとのことだった。

「『我《われ》が』もしくは『我《われ》は』って言ってるんです」

　不鮮明ではあった。しかし彼女の言うとおり、鳥兜はそれらしき言葉を連呼していた。我が、我は。先に続く言葉は、動画からはわからなかった。我が真の敵である。我は刺客なり。いかようにも続きを想像できそうな、奇妙で古風な台詞であった。また「我」という独特の一人称には、SF映画から飛び出してきた異星人のような不気味さすら漂う。

　選手、トレーナー、コーチが鳥兜を取り囲み、試合は一時中断する。

「遅延行為にあたるから、すぐに規定の位置に戻るよう、審判からは言われました」

　そう語ってくれたのは、他でもない。当時のマリーンズの監督であった樋口正仁《まさひと》氏である。

「言われたら引き返すしかありません。そもそも鳥兜とは、普通に対話ができる状態ではありませんでした。何を言っているのかよくわかりませんし、何を考えているのか知りようもありません。何にしても『よくない』状態なのは間違いありませんでした。自発的にボールをスタンドに投げ入れるような人間が、正常であるはずがありません。そこで林崎コーチと岸峯コーチと話し合って、ひとまず鳥兜の守備位置を変えようと決めました。ファーストに置いておくのはリスクが高いと判断したんです。レフトを守っていた林もファーストを守ることはできたんで、そのまま守備位置を変更することにしました」

　苦肉の策であった。ファーストに比べれば、レフトのほうがまだボールに触る機会は少ない。チームの足を引っ張ろうにもそのチャンスが少ない。樋口監督は状況を把握できないながらも、ひとまず鳥兜を物理的にゲームの中心から遠ざけることに決めた。

　守備位置の変更がアナウンスされる。しかし鳥兜はその場を動こうとしない。サードの内岡とショートの五木が無理矢理鳥兜の両肩を掴みレフトまで移動させる。ようやくレフトの定位置に移動した鳥兜は、ここでも何かを（おそらくは「我が」「我は」と）叫んでいた。鳥兜の左手には、未だに中濱のファーストミットがつけられていた。何者も彼に正規の外野手用グラブを届けなかったのは、すでに誰もが彼をまともな守備要員だと考えていなかったからに他ならない。

■開き直ったんだと思うんですよ。レフトに回された瞬間に。

　異様な空気の中、試合再開。

　点差は更に1点縮まり13－15。ランナーは2塁で、未だノーアウト。益山は平静を取り戻そうと、深呼吸をしながらロジンバッグを右手の中で握りしめていた。

「意味わかんなかったですけど、おかしな動きしている選手がいるなら、三振とるしかないですからね。やったろって思いました」

　理論的に導き出された解答であったが、簡単に実行できることではない。それでもこの時点で通算１４０セーブを挙げていたベテラン右腕の実力は、まさしく本物であった。長い中断を挟んで投じられた初球は、１５１㎞のストレート。キャッチャーが構えたアウトローにぴったりと決まる。益山の集中力は極限まで研ぎ澄まされていた。平常時と変わらぬリズムで、ひたすら精度の高いボールを投げ込む。1ボール2ストライク。集中していた益山は、レフト方面で発生しているトラブルにはまったく気づいていなかった。

　ナインの中でいち早く異変を察知したのは、ショートを守っていた五木であった。

「最初はお客さんが『わー』ってなってたんで、なんだろうと思って後ろを振り返ったんです」

　五木の目に飛び込んできたのは、異様な光景であった。

「なんかおかしいなとは思ってましたけど、客席にボール投げるまでは、偶然ミスを連発しただけかとも思ってたわけです。不自然なプレーもありましたけど、あくまでミスっぽいミスだったんで。あいつもそれがわかってたと思うんですよ。『まだ普通のミスだと思ってもらえてるはずだ』って。でも客席にボール投げたら、言い訳、利かないじゃないですか。どう考えても相手チームの味方をしてる。だから開き直ったんだと思うんですよ。レフトに回された瞬間に」

　五木の言うとおり、鳥兜は腹に一物あることを隠す必要がなくなったと、判断したのかもしれない。これまでよりも遥かに大胆な行動に出る。鳥兜は、五木のほうに向かって走り出していた。無論、五木は困惑した。鳥兜の目的がわからず身構えたが、すぐに一つの可能性を脳裏に描く。

「一人じゃ無理だと思ったんで、サードの内岡に叫んだんです。『狙いは益山さんだ。益山さんを守るぞ』って」

　鳥兜はピッチャーの益山に、体当たりしようとしていた。

　益山が4球目を投じたとき、五木と内岡は完全にバッターに背を向けていた。二人してレフトから猪突猛進《ちょとつもうしん》してくる鳥兜を、マウンドに近づかせまいと妨害していたからだ。

「さすがに俺たちに止められそうな気配を感じたのか、途中でスピードを緩めたんです。そしてどうにか俺と内岡の間だったり、セカンドの裕吾との間を狙ってすり抜けようと細かなフェイントを入れてきたんです。右に左に揺れて。だからこっちも必死ですよ。まずは内野で連携してあいつを益山さんに近づけないことを最優先にしました。打球が来てたら、誰も取れなかったと思います」

　ここまでくると、益山も異常事態に気づく。しかし益山は動じなかった。5球目のシンカーでバッターを三振に仕留めた。

9回表、ようやくマリーンズが1アウトをもぎ取る。マリーンズファンは力強い拍手を送り、鳥兜の動きに気を取られていた守備陣も益山を讃えた。チームに一つの光明が見えた瞬間でもあった。三振を取りさえすれば、鳥兜にはなす術がない。

しかしわかったところで、三振を取るのは簡単な作業ではない。続いてバッターボックスに入ったのは、目下売り出し中であった高卒2年目の野島《のじま》。この日は6番に入っていたが、4番を任された経験もある少壮気鋭の注目打者であった。そんな野島の一振りが、益山のスライダーを捉えた。

打球は鳥兜を止めるべく奔走していたショート五木の頭を越え、センターへと飛んでいく。理想的な角度で伸びていく鋭いライナーであったが、センター藤木の守備範囲であった。藤木は俊足を飛ばして落下点に入り、グローブを構える。何でもないフライアウトになる、はずであった。

「嫌な予感はしてました。足音の感じはしてたんで」

藤木はボールを見つめながら、迫り来る一人の男の気配を感じていた。

レフトの鳥兜だ。

鳥兜は打球が上がったと同時に、藤木に向かって一直線に走り始めた。そしてまもなく捕球かというタイミングで、藤木の腰元にラグビー選手のようなタックルを見舞った。

「めちゃくちゃ痛かったです。でも怪我をさせてやろうみたいな、殺気は感じませんでした。たぶんそんなに力強く吹き飛ばされたわけじゃなかったんだと思います。身構えてたのもあって、受け身はとれました。ガツンとぶつかられて、気づいたら地面に転がされていました」

もちろん藤木は落球。零れた球を素早く拾ったのは、タックルをした張本人、鳥兜だった。マリーンズファンの悲鳴が響く。ベンチにいた選手コーチたちも思わず身を乗り出す。

またしてもボールを客席に投げ込むのか。誰もが予感したが、鳥兜はボールをどこにも投げなかった。そしてそのまま、まさしくラグビー選手がトライを狙うように、レフト側のポール付近に向かって全力で走り出した。

「スタンドにボールを投げ入れたら、テイク2ベースで終わりですからね。それじゃ足りないと思ったんじゃないですか。気づいたから、全力で追いましたよ」

鳥兜はボールを手にしたまま時間を稼ぐつもりだ。狙いに気づいた五木は、全速力で鳥兜を追いかけた。五木も足は速かったが、前述の通り鳥兜は快足が武器。簡単には追いつけない。どうにかレフトのポール際まで追い詰める頃には、タックルされた藤木も援軍として駆けつけていた。相変わらず細かく入るフェイントに翻弄されながら、二人はどうにかボールを奪い返すべく鳥兜を追った。このあたりから、鳥兜が大声で叫び出す。

走れ。行け。走れ。

多くの観客が初めて耳にする鳥兜の肉声であった。鳥兜が叫んでいた相手は他でもない、打者走者の野島である。2塁走者はすでにホームインしていたが、打った野島は2塁ベース付近にてハーフウェー待機。これ以上の進塁が安全なのか判断しかねていた。

「鳥兜さんがどういうつもりなのかわかりませんでしたし、戸惑いました」

打球を放った野島は、困惑の表情でレフト方面を見つめていた。鳥兜がチームの不利になるプレーを続けていたのは疑いようがなかった。しかしそれを見た相手チームが、手放しで鳥兜のことを味方であると判断するわけにはいかない。後に明らかになることであるが、鳥兜と相手チームの間に何ら協定はなかった。どころか多くのチーム関係者は、この日初めて1軍登録されたばかりの鳥兜のことをまったく知らない。

「万が一、あれが罠みたいなことだったとして、3塁に行こうとした瞬間にボールを投げられたらアウトになりそうなタイミングでした。なかなか走り出せませんでした」

そんな野島も、鳥兜がボールを抱え込むようにしてグラウンド上に蹲《うずくま》ると、ようやく3塁へとスタートを切った。五木と藤木の二人は、蹲った鳥兜を囲んだ。そして二人がかりで鳥兜の懐に手を伸ばし、どうにかボールを奪い取ろうと死力を尽くす。この間も鳥兜は叫び続けた。

走れ。行け。走れ。

藤木が鳥兜の上体を強引に起こし、五木がどうにか鳥兜のミットからボールを捻り取ったときには、野島はすでにホームイン。事実上のランニングホームランであった。2点が追加され、ゲームはここにきて振り出しに戻る。

■頭の中でルールを参照し、現状どのルールを適用するのが妥当なのか考えました。

15－15。同点。

まさかの同点劇になったが、このあたりからビジター応援団の盛り上がりにも陰りが見え始める。応援しているチームの利益になる行動であるとは言え、得体の知れない援護に対する恐怖心が芽生え始めていた。球場全体が、かつてない異様な高揚と戸惑いに包まれている。たった一人の「奇行」が、球場に詰めかけた数万人の人間、そして中継を追いかけていた何十万という人間の心を惑わせ、恐怖させていた。

　このとき球審を務めていた籔田《やぶた》氏の脳裏には、中止の二文字が過《よぎ》った。

「私も前代未聞のことでしたので混乱していました。頭の中でルールを参照し、現状どのルールを適用するのが妥当なのか考えました。相手チームに対しての反則行為は当然ながら警告の対象です。しかし自チームに対する迷惑行為を取り締まるルールはどう頭を捻っても思い出せませんでした」

　公認野球規則7．03には「フォーフィッテッドゲーム（没収試合）」の項目がある。ここでは審判の判断によって試合を強制的に中止できる条件が記されている。籔田氏の言うとおり、（5）に、反則行為についての記述があった。

（5）審判員が警告を発したにもかかわらず、故意に、また執拗に反則行為を繰り返した場合。

　右記の条件を満たした場合には、審判の判断で試合を強制的に終わらせることができる。しかし鳥兜の行為はチームに不利となる行為ではあったが、必ずしも「反則行為」には当たらなかった。また「フォーフィッテッドゲーム（没収試合）」を宣告された場合には、宣告されたチームはそれまでのスコアは関係なく、0－9で「敗北」したとみなされる。言うまでもないが、今回のケースではマリーンズの敗北扱いとなる。これはすなわち、鳥兜の願いを叶える形となるのではなかろうか。籔田氏はルールの拡大解釈も断念し、試合の行く末を見守ることに決める。

　試合は、終わらない。

「もう、誰かが犠牲になってあいつを止めるしかないって思いました」

　覚悟したのは、ショートの五木であった。五木はレフトで蹲っていた鳥兜を、そのまま押さえつけることに決める。のしかかるようにして覆い被さり、全体重をかけて鳥兜の体の自由を奪う。これを見たセンターの藤木は、取り押さえる役目の交代を買って出た。

「僕のほうが五木さんより後輩でしたので、先輩にやらせるわけにはいかないって思いました。何よりショートがいなくなるよりは、センターがいなくなるほうがまだ被害が少ないと思いました」

藤木が鳥兜を押さえつけると、五木はショートの守備位置へと戻っていく。事実上、守備要員は本来の9人から7人になってしまったが、鳥兜を自由にしてしまうほうがハイリスクであると判断。監督コーチも彼らの意図を汲み、その判断に乗っかった。ライトを守っていた福山が大きくセンター寄りに移動し、手薄な外野を少しでも広く守れるように配慮。奇抜な守備陣形が完成する。

仮に外野にボールが飛べば長打は確定的。しかし内野であれば通常時と遜色《そんしょく》のない守備ができる。がらんとした外野を見つめる益山の視線には微かな不安の色が見てとれたが、これ以上事態が悪化することはないように思われた。しかし、鳥兜はまだ諦めていなかった。

1アウトランナーなし。益山がセットポジションに入ると、球場が再びざわめき出した。

押さえつけられていた鳥兜が、暴れ出したのだ。センターの藤木は小柄ではなかったが、線の細い選手であった。鳥兜はうつ伏せ。藤木はそんな鳥兜を上から押さえつけるようにやはりうつ伏せでのしかかっていたのだが、体重の差が仇となった。興奮した肉食獣のように遠慮なく暴れ回る鳥兜を、徐々に御しきれなくなる。鳥兜は藤木を払いのけて脱出。身体的な自由を手に入れると、瞬く間に走り出した。

向かった先は益山の待つマウンドではなく、なぜかセンター方向。鳥兜を押さえつける役目を任されていた藤木は、被害拡大を防ぐため再び鳥兜の背を追った。今度は何をするのか。誰もが緊張の眼差しを鳥兜に向けていたのだが、藤木の脚力もまた一級品であった。まもなく鳥兜に追いつき、背後からダイビングするような形で組み伏せることに成功する。二人の選手がセンター付近にてヘッドスライディングの要領で転がると、場内からは自然と拍手が沸き起こった。内野陣も拍手を送り、益山は再びセットポジションに入る。

すると、場内に響き渡ったのは鳥兜の叫び声であった。声は拍手の中で鋭く響いた。

スライダー。スライダー。アウトロー。

誰もが戸惑った。益山は一度セットポジションを解除し、藤木に押さえつけられている鳥兜のことを見つめた。体の自由は奪われていたが、鳥兜もまた益山のことを見つめているように見えた。そしてあらん限りの力を込めて再び叫んだ。

スライダー。アウトローにスライダー。

■サイン変えましょう。

もちろん、益山はすぐに理解した。鳥兜は自身を見つめているのではなく、その奥にいるキャッチャーを見つめていたのだと。そしてキャッチャーのサインを盗み、球種とコースを相手打者に伝えようとしていたのだと。

8回からマスクを被っていたキャッチャーの麻生《あそう》はマウンドに駆け寄った。

「サイン変えましょう」

バッテリーは主にランナーが2塁にいるときに使用する、ブロックサインを用いることに決める。これにより鳥兜は球種を見破ることができなくなる。しかしキャッチャーがミットを構える位置は目視にて確認することができる。

アウトロー、アウトロー、アウトロー。

まさしく口角泡を飛ばす勢いであった。藤木はどうにか鳥兜の視界を遮ろうとするも、うまく首の位置を変えることができない。バッテリーはある程度コースを把握されることは仕方がないと諦め、投球動作に入った。

もちろんこのとき打席に入っていた千場《せんば》の耳にも、鳥兜の声は届いていた。

「聞こえてました。でも、さすがに参考にはしませんでした。ただレフト方向がガラ空きでしたんで、そこを狙おうとは思ってました」

右打者である千場は、益山の打球を思い切り引っ張った。しかし平凡なサードゴロ。打球音が響いた瞬間、鳥兜は水揚げされた魚のように、いっそう激しく暴れ出した。藤木を突き飛ばして、妨害工作に移ろうとしたのかもしれない。しかしイージーゴロを捌《さば》くのに、さしたる時間はかからなかった。内岡は落ち着いた動きでボールを1塁へと転送し、ようやく2アウトにこぎ着ける。

この先の展開は多くの人がご存知の通りである。一時は永遠に終わらないのかと思われた9回の表であったが、まもなく終焉のときを迎えようとしていた。

インハイ、インハイ、たぶん直球。

アウトロー、アウトロー、見せ球。

またアウトロー、アウトロー、決めにくるから振れ、振れ。

「たぶんプロ入りしてから一番腕が振れた日でした」

益山自身がそう振り返るように、威力抜群の球は打者をあっという間に調理した。空振り三振でスリーアウト。

「2時間くらい守備に就いてた気がします」

ショートの五木はそう語ったが、実際の9回表は37分26秒。振り返ってみれば、1番打者である浅越《あさごえ》から始まった攻撃は、8番打者である青海《おおみ》で終わっている。打者一巡さえしていないのだ。しかし誰もが終わりのない悪夢から目覚めたような奇妙な解放感の中にいた。さざ波のような拍手が降り注ぐ中、選手たちがベンチへと引き上げていく。鳥兜のことを押さえつけていた藤木もゆっくりと立ち上がり、静かにその場を離れた。

「怖かったです。内心、離れた瞬間に殴られるんじゃないかとも思ってました」

藤木の心配は、現実のものとはならなかった。解放されてしばらく、鳥兜はグラウンドに蹲ったままだった。いったいどのような葛藤があったのか。鳥兜は何かに絶望したようにほんの2秒ほど頭を抱えるとゆっくりと立ち上がり、かと思うと勢いよくベンチに向かって駆け出した。相変わらず目は血走っていた。呼吸も荒かった。彼を呼び止めようとする選手、コーチの声は耳に届いていない様子で、ひたすらベンチを目指して走り続けた。

■幕が開けた。開けた。

【2021年7月11日：ベンチに引き上げる鳥兜万次郎選手】

YouTubeに動画をアップしたのは、先の動画を撮影していたのと同じ小川涼子さんであった。

「幕が開けた。開けた」

撮影に使用されていた機材はスマートフォン。拾われた音声は明瞭ではなかったが、確かにそう口にしているように聞こえる。動画は瞬く間に日本中に拡散された。そして鳥兜万次郎が起こした一連の裏切り行為は、まもなく匿名ユーザーによってインターネット掲示板に書き込まれた「鳥兜の乱が発生」という一文から、「鳥兜の乱」という呼称で定着する。

「鳥兜はベンチに引き上げてすぐ、早足でロッカーに行ってしまいました」

トレーナーの水木氏は、鳥兜を追いかけた。

「何も言わず、シャワーも浴びずに、そのまま服を着替えて球場から出て行ってしまったんです。止めようとはしましたけど、やはり私も怖かったというのが本音です。本気で止めたら報復に遭うのではないかと思ってしまいました」

鳥兜は驚くべきことに、試合終了を待たずに球場を後にしてしまう。

なお9回裏マリーンズの攻撃。先頭としてバッターボックスに立った林がホームランを打ちチームは劇的なサヨナラ勝利を収める。しかし多くのチーム関係者が総力戦でもぎ取った1勝を手放しで喜ぶことはできなかった。

あまりの異常事態にヒーローインタビューは中止が発表され、試合直後の樋口監督は「状況を詳しく調べます」と語るに留まった。誰もが鳥兜のコメントを求めていたが、彼はすでに帰宅済み。報道陣はあまりに突拍子もない出来事の顛末に、ペンの走らせ方さえわからなくなっていた。

■そして幕が下ろされた。

以上のように、「鳥兜の乱」は何の前触れもなく始まり、そして唐突に終わりを迎えた。

試合の翌日には、すぐさま登録抹消。鳥兜はたった1日だけ我々に強烈なインパクトを残し、2軍へと逆戻りしてしまう。

前述の通り、鳥兜の奇行を前に、ありとあらゆる人物が様々な可能性や事件背景を想像した。薬物の使用があったのではないか。相手チームとの間に何らかの密約があったのではないか。チームに対する不満があったのではないか。野球賭博か、黒い交際か、でなければ重篤な疾患があるのか。誰もが真実を欲したが、待てど暮らせど鳥兜当人からコメントは出てこない。一方でチーム関係者の口は驚くほど軽く、調べれば調べるほどにチーム、ひいては球界にはなんら落ち度がないことが明らかとなっていく。球団も鳥兜との面会の機会を設け、彼の口から真実を聞き出そうと奔走した。しかし鳥兜は何も語らなかった。

2軍戦にも出場しなくなり、球団関係施設へも顔を出さなくなる。彼の自宅には度々報道陣が訪れた。一部スポーツ誌は彼の実家にも押しかけた。しかし鳥兜は口を割らなかった。最後の最後まで沈黙を貫き、２０２１年オフ、戦力外通告を受ける。

生涯出場試合数1、通算1打数1安打。0本塁打、0打点。

打率10割で引退した選手は後にも先にも彼だけであるという言説がまことしやかに語り継がれているが、実は日本プロ野球史上3例目である。騒動をきっかけに選手としての評価を著しく貶《おとし》めた側面は否めないが、「鳥兜の乱」がなくとも解雇されていた可能性は高い。

「彼をうまく導いてやれなかったのは我々の力不足です。ただ2軍での成績や動きを見ても、残念ながら選手としての伸び代は感じられなくなっていました」

大岩コーチは長い沈黙を作ってから、鳥兜万次郎という野球選手の晩年をそう総括した。

■何も、わからない。

改めて鳥兜万次郎と、彼が起こした空前の裏切り劇「鳥兜の乱」を振り返ってみると、やはり極めて謎の多い事件であることがわかる。なぜ裏切ったのかという疑問はもちろんであるが、個人的に非常に強い興味を惹かれるのは「鳥兜のライト前」と呼ばれる安打である。鳥兜は所属していた球団を裏切った。途中からはボールをスタンドに投げ入れ、チームメイトにタックルし、相手の選手に対して球種を伝達するという蛮行に走った。なぜそれほどまでにチームを敗北させたいと願った人間が、8回裏、与えられた自身の打席ではヒットを放ったのだろうか。また小川涼子さんの動画の中に収められていた奇妙な発言。「我が」「我は」のあとに続く言葉と「幕が開けた」の真の意味は何なのか。

冒頭でも触れたとおり、私は今回、鳥兜万次郎本人へのインタビューに成功した。経緯の詳細は伏せるが、現住所を手に入れることができたのはまさしく偶然の産物であった。おそらく断られてしまうだろうと思いながらも、どうしても諦めきれない気持ちが私に一通の手紙を書かせた。どうしてもあなたの話が聞きたい。短い時間なら構わないという返事が届いたとき、私は慌てて彼にぶつけるべき質問をリストアップした。

いったいどのような心境の変化があったのだろう。5年という歳月の経過が、固く閉ざされていた彼の口に潤滑油を差したのか。あるいは彼を奇行に走らせた「何者」かとの契約が時効を迎えたのか。私は一路、茨城県常陸太田《ひたちおおた》市へと車を走らせた。のどかな田園風景の中を走ること小一時間。瓦屋根の古民家に、「鳥兜」の表札がかかっているのを見つける。しかし不在。もしかすると会えないのだろうか。私が一抹の不安を覚えたそのとき、30歳になった鳥兜万次郎が、隣接していたねぎ畑の中から顔を出した。

まだ現役として野球をやっていてもおかしくない年齢で

あったが、彼の瞳にはリタイアした人間特有の疲労感が燻《くすぶ》っていた。輝きの中に微かな「くすみ」が宿っている。鳥兜は無言のまま身振りだけで私を自宅へと案内してくれた。挨拶に対しても、私の自己紹介に対しても曖昧な頷きしか見せなかった鳥兜であったが、ねぎを作っているのですかと尋ねると、ようやく一言だけ「根深《ねぶか》ねぎ」。生産しているねぎの種類を教えてくれた。想像していたよりも低く、わずかにかすれた声であった。

「鳥兜の乱」についての一部始終をすべて聞き出すまでは、死んでも帰るまい。固く決意していた私であったが、いざ当人を前にすると恥ずかしながら臆した。引退したとは言え元アスリート。１８６センチの巨体を前に、私は気づかぬうちに萎縮《いしゅく》していた。本題を避け、しばしねぎについての会話に終始した。すると徐々に鳥兜の表情にも柔らかさが生まれ始める。手をつけずに残しておいた契約金で現在の家と畑を購入したとのことで、この家には住んで3年。妻子はおらず、幼少の頃から漠然と好きだったねぎの生産で生計を立てる日々とのことだった。冷蔵庫に保管してあった郷土料理である「ねぎ味噌」を振る舞ってもらう頃には、我々の間にはちょっとした団欒《だんらん》の気配があった。機は熟したと、判断した。

あの試合について、伺ってもよろしいでしょうか。

口にした瞬間、私は後悔した。瞬時に鳥兜の表情は曇り、そのまま中座。私は一人取り残された居間で項垂《うなだ》れた。これにてあの「鳥兜の乱」の全貌は、またしても闇の中に葬り去られてしまう。たぐり寄せたつもりでいた真実の綱が、するすると深海の底へと飲み込まれていった瞬間であった。1時間待ってみたが、鳥兜は戻らない。どう謝罪するべきだろうと考えながら畑へと出ると、ねぎの根元を険しい表情で見つめる鳥兜の姿があった。ゆっくりと近づき謝罪の言葉を口にしようとすると、私は信じられない言葉を耳にした。

「ファールボールを落としたのは、わざとじゃなかった」

私は慌ててメモをとりたい衝動を堪え、そのまま耳を傾けた。

「そこまでは、わざとじゃなかった。そこまでは」

時系列を整理する。8回裏に代打として登場した鳥兜は、ライト前にクリーンヒットを放っている。「鳥兜の乱」にまつわる謎の一つとして語り継がれてきた、いわゆる「鳥兜のライト前」である。9回表、鳥兜はそのままファーストの守備に就く。そして訪れた最初の守備機会が、1塁側に飛んできたファールフライであった。鳥兜はこれを落とした。しかしこれは、故意ではなかった。この時点での鳥兜は、チームを裏切るつもりはなかった。

それ以降は、と私は尋ねた。ファールフライまでは故意でなかったのなら、ベースの踏み忘れ以降は故意であったことになる。なぜあのようなことをしたのか、何がきっかけでチームに対して反旗を翻すことになったのか。矢継ぎ早に質問を並べたい気持ちを抑え込み、私はじっと鳥兜の答えを待った。すると鳥兜は、あくまでねぎを見つめたまま、首を小さく横に振った。

「わからない」

何がわからないのか尋ね直すと、もう一度続けた。

「何も、わからない」

■マンジとは小学校から高校までずっと一緒でした。

鳥兜と相対した時間はおよそ1時間40分。私は厚意で分けてもらったねぎをトランクに載せ、帰路に就いていた。結局、鳥兜の口からそれ以上の情報を引き出すことはできなかった。大満足とはいかないインタビューであったが、成果がないとは言えない。5年越しの新事実を携えて、私はすでに脳内で草稿の執筆を始めていた。書けそうな気がした。しかしもう一歩真実に踏み込みたいと切望している自分がいたのも、また事実であった。

私は路肩に車を止め、スマートフォンを取り出した。最後にもう一人だけインタビューを敢行することに決めた。

「マンジとは小学校から高校までずっと一緒でした。私も野球部です。実力はマンジの足下にも及びませんでしたけど」

鳥兜のことを親しげに「マンジ」と呼ぶこの男性は、山《やま》瀬《せ》大《だい》毅《き》氏。鳥兜の口から何度か、山瀬君が、山瀬君と、というような発言があったことから、親しい仲であるのだろうと判断した。子供の頃の鳥兜の素顔を窺い知ることができればと、高校の野球部経由で連絡を取り次いでもらった。山瀬氏は快くインタビューに応じてくれた。

寡黙な鳥兜の親友であるのならば相応に口数の少ない人物なのではと想像していたのだが、山瀬氏は社交的であった。現在は、県内にあるガス会社で営業職に従事。「鳥兜の乱」について尋ねると、山瀬氏は苦笑いを浮かべながら、遠い目をして答えてくれた。

「ビックリしましたよ。あの日は『同級生が今日、試合に出るかもしれないんです』って皆に自慢して、職場で同僚たちとタブレットを囲んでたんです。意味がわからないですし、しばらく職場の空気がおかしくなりましたよ。もちろん動機はわからないです。そもそもあの事件があってから、マンジには会えてないんです。今、どこで何をしているのかも知りません。最後に会ったのはプロ入り2年目の終わりぐらいのときですかね。ちょうど足の怪我を治そうとしている最中でした。こっちに帰ってくるって言うんで、地元の居酒屋に同級生4～5人で集まったんです」

　2軍選手とはいえ、花のプロ野球選手の凱旋だった。どのような話が聞けるのだろうと高揚していた同級生たちに、しかし鳥兜は渋い表情で弱音を吐いた。

「『すべてが別次元だ』って言うんですね。もちろん1軍の一流選手たちはひと味違うだろうと思ってたんですけど、そういうことじゃない、と。まず同期の選手からして化け物みたいな実力者揃い。なのにそんな同期たちも1軍の試合に出場するのが精一杯で、決してトップクラスの成績は残せない。2軍で試合に出ても、自分よりも数段階レベルが上の選手が大量にいる。怪我が治っても、たぶん無理だと思う。そんな言い方をされると、無責任に頑張れとも、お前ならやれるとも言えませんでした」

　同級生にのみ口にできた本音だったのかもしれない。鳥兜の心は、2年目の時点で折れかけていた。更に山瀬氏は、子供時代の鳥兜との思い出をいくつか語ってくれた。

「どこの部活でもあることだと思いますけど、やっぱり高校時代は練習が死ぬほど辛かったんです。昔気質の監督に徹底的にしごかれました。私とマンジは帰り道が一緒だったんですけど、道中はいつも、どうやって監督を懲らしめてやろうかという冗談で盛り上がりました。もちろん本気でそんなことをするつもりはないんです。でも例えば落とし穴を掘ろうとか、吹き矢で尻を攻撃しようだとか、そういう話をするのが楽しかったんです。定期試験から逃げる方法だったり、部活をやめて自由になる方法だったり、いろんなことを議論しました。でも実行なんてできません。あれは卒業式の打ち上げのときでした。私が『結局、どれ一つとして実行できなかったな』と笑ったら、マンジは真剣な顔で言うんです。ちょっと正確な表現は忘れてしまったんですけど、『バリアーがあるからな』って」

　バリアー、と私が尋ね返すと、山瀬氏は首を捻った。

「『シールド』だったかもしれませんし、『壁』みたいな表現をしていたかもしれません。何にしても、頭を過ったとしても、やっちゃいけないことの前にはいつでも『バリアー』が出現する。そんなような話をしてくれました。『ただそれがどうして出現するのか、どこから出現するのかは誰にもわからない。それは絶対に壊れない障壁で、それこそが俺たちの平和を守っている。バリアーに感謝しよう』みたいな話でした。たまに哲学者みたいなことを言うんです。面白いやつでした」

私は礼を言い、最後のインタビューに幕を下ろした。

■別の、可能性。

頭の中では、すでに今回の特集記事の全体像が概ね組み上がっていた。解決はできなかったが、当時よりもいくらか鮮明な「鳥兜の乱」を描き出すことはできるに違いない。録音した音声を一つ一つ文字に起こし、編集部にて本記事の原稿を9割方書き終えた、そのときであった。

私は稲妻に打たれた。

興奮そのままに、小川涼子さんの動画を改めて精査し、夜10時ながら山瀬氏に電話を入れてしまった。私は非礼を詫びてから、今一度、先の『バリアー』の話を聞かせて欲しいと告げた。山瀬氏はやはり先述のような話をしてくれたのだが、私は自らの頭を揺らした一つの仮説をぶつけてみた。

ひょっとして鳥兜の表現では「バリアー」ではなく、「膜」であったのではないでしょうか。

山瀬氏は、はっと大きな声を上げ、間違いないと太鼓判を押してくれた。

「『膜』でした。間違いないです。『膜が我々を守ってくれている』」

電話を切った私は、書き上げた原稿のほとんどを削除。すぐさま記事を再構築することに決めた。

「鳥兜の乱」が起こったあの日。9回表の守備を終えてベンチに引き上げた鳥兜は、うわ言のようにとある台詞を口走った。「幕が開けた。開けた」。一体なんの幕が開けたのだろうか。世間では鳥兜のキャリアがたった1試合で終わってしまったことを揶揄《やゆ》し、「全然、幕開けてないじゃん」と、彼のことをなじるのがブームとなった。しかしどうだろう。誰かが最初に鳥兜の台詞を「幕が開けた」と文字に起こしてしまっただけで、実際のところ小川涼子さんの動画上での鳥兜の声は極めて不鮮明であった。必ずしも「幕が開けた」と言っているようには聞こえない。先入観を捨てる必要があった。間違いなく聞き取れるのは、最初の3文字と、最後の1文字だけ。山瀬氏の話を聞いた上で、改めて動画に耳を澄ませば、別の漢字をあてるべき可能性が頭を過る。

「膜が、○○た」

膜が、どうしたというのだろう。これに対する答えは、もう一本の動画の中にあった。ＳＦ映画の異星人のようだと評した「我が」「我は」という発言であったが、こちらも再度、慎重に解釈する必要があった。音量を最大にしてみると、ようやく5年前のあの日の言葉が、正確な文字を手に入れ蘇る。鳥兜は「我が」「我は」とは口にしていない。

「割れた」

膜が、割れた。割れた。

私は再度、鳥兜のもとを訪れる必要を考えた。慌てて筆を執る。鳥兜は電話を持っていなかった。万年筆で時候の挨拶を書き記し、もう一度時間が欲しい旨を書き始めたところで、しかし不意に壮大な虚無感に襲われた。今一度、鳥兜に面会したとして、彼の口から零れ出てくる言葉がわかってしまったからだ。

「わからない」

私は便箋を折り畳み、くずかごへと捨てた。そしてまもなく、この記事の1行目をタイピングし始める。

■膜は、割れる。

最後に個人的な話で記事を結ぶことを許していただきたい。スポーツの情報は、いつでも鮮度が命である。ウェブでのリリースが一般的になった昨今では、試合の勝敗が確定した瞬間に速報を届けることを求められる。通常、我々記者が書いた記事は複数の人間のチェックを経て世の中へと発信されるが、スピード感を重視する必要があるため、速報だけはどうしても校閲が甘くなる。スポーツファンの多くは、誤字脱字のあるウェブ記事を目にしたことがあるに違いない。

先日、やはり私も速報を打つべき必要に迫られていた。記事の雛形は用意してあった。細かな結果部分だけを入力すれば、すぐさま情報を発信できる。素早くタイピング。さあ、記事を確定してしまおうと思ったそのとき、私は誤字を見つけた。それは実に些細なタイプミスから生まれた誤字であったが、とてもではないがここには書き記せないような卑猥な単語であった。さすがに誰もが誤字だとわかるはずであったが、仮にこれがリリースされてしまった日には、記事に登場する選手にまで迷惑がかかる可能性があった。すぐに修正しなければならない。しかしほんの、一瞬である。このまま記事を発信してみたらどうなるのだろう。そんな好奇心が胸の中で渦巻いた。もちろん私は、何を馬鹿なと小さく鼻で笑い、即座に記事を修正した。

ただ、思えばどうだろう。

あのとき私を救ってくれたのは他でもない。鳥兜の表現を借りるなら「膜」だったのではないか。

今回の取材を経て、私も「膜」の存在を知覚していることに気づいた。通勤電車がプラットフォームに入ってくる。日々に何の不満もない。仕事も嫌いではない。家族のことを愛してもいる。しかしなぜか、このまま線路に飛び込んでみたらどうなるのだろうという、益体《やくたい》のない妄想に支配されるときがある。ふわっと体が浮く。どうしよう、飛んでみようか。つま先に力を入れて、ぐっと体を線路のほうへと傾けてみる。しかし体はそれ以上前には進まない。まもなく車体は私の目の前を通過。私は何事もなかったように電車に乗り込む。

先日は誤字であったが、速報記事の中に敢えて危険な文言を書き込んでみたくなることがある。記事の中に出てくる選手やチーム、競技それ自体には何の嫌悪感もない。むしろ好いてさえいる。なのになぜだろう。私は本心でも何でもない、人種差別的な文言であったり、誰もが眉を顰《ひそ》めるような卑猥な表現であったりを書き連ねてみたくなる。試しに実際に書いてみる。そしてエンターキーに指を添える。

このまま発信してみたらどうなる。

おそらく私は仕事を失う。会社には大量のクレームが寄せられる。私も、私の上司も謝罪しなければならなくなる。選手も傷つき、世間は憤る。爆弾のような記事を見つめながら、私はエンターキーに力を入れてみる。しかしエンターキーは、いつもよりも明らかに重たい。そこで私は初めて実感するのだ。

これが「膜」の厚みであり、重さであり、強さなのだと。

絶望と現実を隔てているのは、こんなにも薄い「膜」なのだ。

「膜が割れた。割れた」

２０２１年7月11日。鳥兜万次郎は、目を血走らせながらベンチをすり抜け、ダグアウトへ消えていった。そんな彼のことを見て、多くの人が彼のことを異常者だと表現した。私も部分的にはそう感じてしまっていた。しかしいつ我々の膜が割れてしまうのか、どんな些細なきっかけで膜にひびが入るのか、我々には知る由もない。鳥兜当人も口にしている。

「わからない。何も、わからない」

私は今日もプロ野球の試合を観る。それだけではない。日常を、秩序を、平和を信じて、いつもの生活を送る。たぶん誰の「膜」も割れないだろうと、無根拠に信じている。

（文：齋藤隆茂《さいとうたかしげ》）

ベッドの下でタップダンスを

鵜《う》林《ばやし》伸《しん》也《や》

1981年兵庫県生まれ。立命館大学文学部史学科卒。2009年、鮎川哲也賞に応募した「スレイプニルは漆黒に駆ける」が編集者の目に留まったことから、2010年、短編が学園ミステリ・アンソロジー『放課後探偵団』に掲載される。2018年『ネクスト・ギグ』にてデビュー。2022年に刊行された『秘境駅のクローズド・サークル』は〝謎とロジック、ときどきトリックの五作品〟を収録した短編集。元プラネタリウム解説員でもある。（Y）

1

僕の耳がかすかな音をとらえたのは、まさに「いざ突撃！」という瞬間だった。クイーンサイズベッドに年上の女性を組み敷いている真っ最中、物音に気づくことができたのは、奇跡と言っていいのではないかと思う。

　動きを止めた僕に、瑞貴《みずき》さんは「どうしたのよ？」と言って唇を尖らせた。明かりは消しているが、目が暗さに慣れているのでなんとなく表情は分かる。そんな表情は、今年で四十歳という年齢にそぐわず少々子供っぽい。

　僕は人差し指を口元に当てて、耳を澄ました。

　まちがいない。

「誰かが、階段を上ってくる！」

「嘘!?」

「でも、たしかにギシギシいってますって」

「香菜《かな》は塾だし、樹《いつき》さんもまだ仕事してるはずでしょ？　ヨシくんがそう言ったんじゃない」

「それはそうですが」

　いや、今は議論している場合ではない。足音が部屋の前で止まる。次の瞬間、ノックの音が響いた。

　僕は悲鳴を押し殺し、転げ落ちるようにベッドから降りる。とにかく隠れないと、と慌ててベッドの下に潜りこんだ。その瞬間、ドアが開く。

「おい、瑞貴、いるのか？」

　神沢《かみざわ》さんの声だ。おかしい、今晩中に終わらせなければならない仕事があれほど残っていたのに、なぜもう帰ってきたんだろう？　いや、それより今はこの場を切り抜けるのが先決だ。ひとまずこのままベッドの下に身を隠し……しまった、服がちらばったままだ！　まだ部屋が暗いままであることを確認し、僕は手を伸ばして床に落ちている服を引っ張りこんだ。

　同時に部屋の明かりが灯る。

「あら、早かったのね」

「七時は別に、早いってほどじゃないだろう」

「だって、最近はずっと帰りが遅かったじゃない」

「たまには、早く帰ってこれる日もあるさ。――それより瑞貴、もう寝ていたのか？」

「ええ、そうなの。眠くって」

「裸で……か？」

「ええ、そうなの。あなた、知らない？　最近、裸で寝る美容法がブームなんだって。昨日テレビでやってたから、早速試してみようと思ったのよ」

　浮気の真最中に夫に踏みこまれ、ベッドの下には相手の男が隠れているというのに、瑞貴さんの声には動揺が感じられない。いいぞ、その調子だ、頼むぞ瑞貴さん！

「ところで……」神沢さんが、なにかを屈んで拾ったような気配がした。「これは、なんだ？」

　瑞貴さんが答える。

「コンドームの袋ね」

　僕は心の中で「ああ」と呻《うめ》いた。

「おまえ、また浮気してたのか！」

　甲高《かんだか》い怒鳴り声だったが、ベッドに入る前に窓を閉めた覚えがあるから、近所には聞こえないだろう――あっ、窓から逃げるべきだったか！　と後悔しても、もう遅かった。

「そんなものが落ちてたからって、浮気とは限らないじゃない」

「じゃあいったいなにに使うんだ」

「一人遊び？」

　あまりといえばあまりの誤魔化《ごまか》しようだったが、一瞬、頭の中に妄想が広がってしまう。神沢さんも同じだったのか、微妙な間が生まれた。

「なら、それはなんだ？」

　ん？　それってなに？

「ベッドの下から、男物のズボンが見えているぞ」

　あっ、回収しきれていなかった！　僕は思わずズボンを引っ張る。

「……動いた。動いたぞ」

　やってしまった。自分のあまりの迂闊さに、ベッドの底板に頭を打ちつけたくなる。

「ベッドの下に男が隠れているんだな！」

　神沢さんがベッドの脇に屈む気配がした。僕は顔をそむける。

「いた！　顔がよく分からん！」

　神沢さんが僕のほうに手を伸ばそうとしている気配を、ひしひしと感じる。

「おい！　出てこい！」

　左腕を殴られた。痛い。どうしよう。頼りになるのは瑞貴さんだけだ。なんとか言いくるめて、神沢さんをここから引き離して！　その隙に、僕は逃げるから！

「チャンス！」

「あ、瑞貴、逃げるな！」

瑞貴さんが逃げてしまった。

「あいつめ……」

神沢さんは苦々しげに言う。僕は、自分の鼻をつまんで話しかけた。

「奥さんを追いかけたほうがいいんじゃないですかー？」

目の前を、神沢さんの黒い靴下が迷うように行きつ戻りつする。しかし、神沢さんは瑞貴さんを追いかけなかった。

「瑞貴の追及も大事だが、今はおまえを引っ張り出すほうが先だ。わざわざ声を変えたってことは、おまえ、俺の知っている男か？」

ああ、また墓穴を掘ってしまった。アニメやドラマで、窮地に焦った登場人物が迂闊な行動に走るのを見て「もっと落ち着けばいいのに、リアリティがないなあ」なんて思っていたが、彼らに謝りたい。こんな状況じゃとても冷静な判断なんてできない。とはいえ、まさか自分が、浮気が見つかってベッドの下に隠れる、という喜劇のようなピンチに陥るとは想像もしていなかった。

「許せん！　出てこい！　出てくるんだ！」

神沢さんが手を伸ばしてくる。僕は、自分の服を抱えて反対側に逃げる。幸いなことに、クイーンズサイズのベッドなので神沢さんの手は僕に届かない。

「この野郎！」

神沢さんもこちら側に回ってきた。僕はフローリングの床に体をこすらせ逆側に逃げる。神沢さんも、また素早くこちら側へ。僕も急いで動く。やはり神沢さんの手は届かないが、まるで追い詰められるゴキブリのような気分だ。

「逃げ回るんじゃねえ！」

神沢さんは普段の紳士振りからは想像もつかない悪態をつく。だが、こっちだって捕まるわけにはいかない。もし浮気相手が僕だとバレてしまったら、まちがいなく神沢造園に僕の席はなくなってしまう。とはいえ、瑞貴さんが去ってしまった今、この絶望的な状況を切り抜ける術《すべ》はあるのだろうか？

神沢さんがベッドの下に入ってこようとする様子はない。おそらく、突き出たお腹を気にしているのだろう。それだけが救いだ。

「ふんっ！」

神沢さんの掛け声とともに、わずかにベッドが持ち上がった。まずい！　僕は慌てて、ベッドの底に組まれた横木にしがみついた。僕の体重が加わったため、神沢さんは持ち上げかけたベッドを支えきれず降ろす。神沢さんが非力で助かった。

「なにかいいものはないかな」

そう言って、クローゼットを開ける音がした。

「よし」

続いて、ガチャ、となにかを外すような音がする。

「痛っ！」

悲鳴をあげた口を、慌てて手で押さえる。また腕を殴られた。木製のハンガーだ。人を殴るのに向いている物ではないが、痛いものは痛い。必死に抵抗し、敵のハンガーを摑んだ。

「あ、ずるいぞ！」

年齢差もあって力はこちらが上だ。思い切り引っ張ってハンガーを奪い取る。目の前に神沢さんの肩が見えた。僕は水平にハンガーを振る。

「ひーっ、痛い！」

十分すぎるほどの手ごたえだ。僕は心の中で「すみません、あなたに恨みがあるわけじゃないんです」と弁明する。

「なにかもっといいものはないか……」

神沢さんは、独り言をぶつぶつと呟く。しばらく部屋の中を物色していたが、幸いなことに、人を攻撃するのに向いた長くて固い物は寝室にはないようだ。

「隣の部屋で探してくるか」よし、チャンスだ。その間に逃げ出そう。「いや、その間に窓から逃げられるな。ダメだ」僕は小さく舌打ちする。「あ、隣の部屋に行ったと思わせて、出てきたところを捕まえればよかったか！」

危ない、騙されるところだった。

「廊下になにかないかな？」

ドアが開く音がした。顔だけ出して探しているようだが、なにも見つからなかったらしく、すぐにドアは閉まった。

部屋は静かになる。瑞貴さん自慢の、シモンズの高級クイーンサイズベッドを挟んだ攻防は、完全に膠着《こうちゃく》してしまった。このままでは僕は、ベッドの下から逃げ出せない。しかし、神沢さんにも僕を引っ張り出す手段はない。寝室を出れば僕を叩き出す道具を持ってくることができるだろうが、その間に僕は逃げてしまう。向こうも、ベッドのそばから離れられない。

神沢さんが、床に座りこむ気配がした。

「こうなったら、持久戦だ。いつまでベッドの下で耐えられるかな？　そのうち、トイレを我慢できなくなるんじゃないか？」

それは、神沢さんも同じ条件では？

「俺はここに帰ってくる前に行ったから、まだ大丈夫だ。それに、腹だって減るだろう。ちなみに俺は――昼飯もまともに食べていない」

悲痛な声に同情を禁じえない。来る途中、コンビニでパンを買って食べておいてよかった。

神沢さんはドアの前に座ったまま動こうとせず、どこかへ行ってしまった瑞貴さんも戻ってくる気配はない。部屋にはただ、壁掛け時計の規則的な針の音だけが響く。

「……眠いな」

神沢さんは呟く。無理もない、ここ一ヵ月、神沢造園の業務がどれほど多忙だったことか。ろくに休みもとれず、職場に泊まりこんだことも一度や二度ではない。

だがそれは、部下として一緒に働いていた僕も同じだ。いや、もっと悪い。つい数分前まで疲れた体に鞭《むち》打って、ベッドの上で奮闘していたのだから。

「眠いか？」

どれだけ眠くたって、絶対に寝るわけにはいかない。僕は頭を覚醒させるべく、ベッドの底に頭突きする。がん、と音が鳴った。

「眠気覚ましか？　そうか、眠いんだな」

また墓穴を掘ってしまった。

「よしよし、眠ったらこっちのものだ」

なんてことだ、絶望的じゃないか。ただでさえ疲れているうえ、僕はもともと寝つきがよくて眠りも深い。夜行バスでも眠れなかったためしはないし、去年の社員旅行は大いびきで有名な専務と同室になったが、いびきなどまったく聞いた記憶がないくらいだ。

眠ってはいけない、眠ってはいけない。そう自分に言い聞かせるものの、ベッドの下は薄暗く、体を起こすこともできないときては、どうやっても眠気がやってくる。そうだ、羊を数えよう、一匹、二匹……ちがう！　それは眠るための方法だ！

なにもやることがない。どれくらい時間が経ったかも分からない。神沢さんは、なにも言わずに座りこんでいる。神沢さんも眠気に耐えているんじゃないか。こうなれば、神沢さんが眠りに落ちるまで意識を保っているしかない。

ベッドの横に視線をやると、ドアの前であぐらをかいている下半身が見えた。眠らないための暇つぶしに、ポケットからガラケーを取り出して見ているようだ。僕のズボンのポケットにもスマホが入っているが、この状況で取り出して眺める勇気はない。ただひたすら、息を殺して神沢さんが眠るのを待つ。コーヒーを飲みたい、水で顔を洗いたい。せめてもの眠気覚ましに僕は頬を引っ張った。だがその程度では、一瞬しか眠気は去らない。目を瞑り、まぶたをつねる。こちらのほうがまだ痛みが強い。そうだ、つねればいいんだ。これでだいぶ眠気は飛んだはずだ。目を閉じたまま、考えを巡らす。ほんとに、どうしてこんなことになってしまったのか。朝から現場を二本はしごし、会社に戻って顧客《こきゃく》向けの報告書を急いで作り、瑞貴さんの求めに応じてなんとか会いに来たうえでの、今だ。もう疲労困憊《こんぱい》だ。強張《こわば》っていた体を弛緩《しかん》させる。聞こえるのは時計の音だけ。そういえば、自分はどうしてここにいるんだっけ。よく分からなくなってきた。ああもう疲れちゃったなあ……。

ふっ、と意識が戻った。

「あ、いてっ！」

ベッドの底に頭をぶつけた。ここはどこだ、いったいなにをしているんだ？……数秒ほど黙考し、ようやく自分の置かれている状況を思い出した。まずい、眠ってしまった！

何分くらい眠っていたんだろう。少なくとも朝にはなっていないと思うが、時間の見当がつかない。間男は僕だと、神沢さんにばれてしまったのだろうか。それとも、意識を失ったのは数分程度で、まだばれていないのか。

僕は部屋の様子を確認するため、ベッドの周囲を見回す。

「あれ？」

ドアの前に座っていたはずの神沢さんの姿が、寝室のどこにも見当たらない。一時的に寝室から出ていったのか、瑞貴さんが連れ出してくれたのか。

それともひょっとして、罠だろうか。いや、罠を仕掛けるぐらいなら、その前に僕が眠っているかどうかをたしかめたはずだ。もし今、神沢さんがトイレにでも行っているのだとすれば、絶好のチャンスではないか。

試しに、そろりと足先をベッドの外に出してみた。特に怪しい気配はない。もう少し足を出してみる。やはり物音ひとつしない。迷った。罠ではないかという不安は消しきれないが、かといって、ぐずぐずしていたら神沢さんが今にも戻ってくるかもしれない。

僕は覚悟を決め、一気にベッドの下から出た。念のため両手で顔を覆いつつ、あたりを窺う。ドアの前には、やはり誰もいない。よし、今のうちに逃げよう！　廊下に出たら神沢さんと鉢合わせする可能性がある。二階なので少し怖いが、窓から飛び降りるべきだろう。そう思って僕は、窓のほうに振り返った。

「ぎゃあ！」

　思わず叫び声を上げた。いないと思っていた神沢さんが、ベッドの上にいた。道理でベッドの下からは見つからないはずだ。

　しかし僕はもう、神沢さんから逃げる必要はなかった。なぜならベッドの上に横たわる神沢さんは、枕を血で染めて、死んでいたのだ。

2

　神沢造園は、事務と営業を一手に引き受ける神沢樹社長、ベテラン社員で現場を取り仕切る専務、僕を含む平社員が四人という小さな会社だ。

　学生時代は、まさか自分が造園会社で働くとは思ってもいなかった。インドア派で行動力もなく、休日といえば家でゲームをするかネット動画を見るか。学力は下から数えたほうが早く、大学も滑り止めで受けた一校からしか合格通知はこなかった。就職活動にも失敗したが、実家暮らしをいいことに、コンビニのアルバイトで小遣いを稼いでいた。

　だが、そんな呑気《のんき》で怠惰《たいだ》な生活は呆気なく終わった。父親が脳溢血で倒れてしまったのだ。幸い命はとりとめたものの、右半身に麻痺が残り、仕事は休職せざるをえなかった。母親は父の介護にかかりきりになった。働き手は、一人息子である僕しかいない。

　既卒、二十四歳、資格は普通自動車免許のみ。そういう人間に就職先を選ぶ余裕はない。叔父の紹介でなんとか雇ってもらえることになったのが、神沢造園だった。

　正直、働き始めてから一ヵ月のあいだ、「仕事を辞めたい」と思わない日はなかった。高校卒業以来、ジョギング程度の運動すらしていなかった僕にとって、造園業はあまりにハードすぎたのだ。先輩社員からは常に「きびきび動け」「しっかりしろ」と怒鳴られた。筋肉痛がひどく、毎晩布団の上で呻いた。それでも、辞めるわけにはいかない。僕の収入がなければ、一家は終わりだ。

　ところが、そうして半年ほど歯を食いしばって働いていると、劇的な変化が僕の体に現れ始めたのだ。ひょろひょろだった体に筋肉がつき、一袋ずつしか運べなかった二十キロ入り肥料を両肩に担げるようになった。真っ白だった顔は日に焼け、久しぶりに会った友人に「おまえ誰？」と言われた。どうやら僕はスポーツが苦手だっただけで、体を動かすこと自体には適性があったらしい。就職して一年が経つころには、性格はそのままながら見た目はすっかりマッチョになっていた。

　体さえついていくなら、造園業はやりがいのあるいい仕事だ。青空のもと高枝切りばさみを振るうのは気持ちがいいし、ひとつひとつ個性のちがう庭を相手にするのも変化があって楽しい。基本給はほどほどだが残業代がしっかりつくので、手取りは同世代の収入と遜色《そんしょく》ない。今の自分にとって、これ以上は望めない仕事だった。

　神沢造園は、戦前からこのあたりの地主だった神沢さんの父親が始めた会社だ。五十年前まで農村だった町はすっかりベッドタウンに様変わりしたが、当時の豪農たちはみな庭つきの一戸建てに住んでいたのと、地縁もあって造園業はかなりいい商売になる。現社長になってからは範囲を広げ、市内のあちこちを回るようになった。三年前には会社から徒歩五分のところに所有していた土地に、立派な家を建てた。なお先代は亡くなったが奥さんの安江《やすえ》さんは健在で、一人で会社の隣にある旧宅で暮らしている。神沢さんは安江さんと同居できるよう、新居に離れも作ったが、安江さんは旧宅に愛着があるらしく、体が動くうちは向こうで一人暮らしを楽しむそうだ。

　社員数が少ないこともあり、神沢造園はとてもアットホームな会社だ。バレンタインデーには瑞貴さんが手作りチョコを会社に持ってきたり、安江さんが暇つぶしがてら会社の掃除に来てくれたり。春には社長一家と社員全員でお花見、夏には社長宅でバーベキューが恒例行事だ。今年高校生になった社長夫妻の一人娘、香菜ちゃんも幼いころから参加している。

　そんなふうに、神沢家と神沢造園はとても深い関係にある。いや、深すぎると言うべきだろうか。瑞貴さんは、花見のとき僕の隣でお酌をしてくれた。バーベキューのときには、肉を山盛りにした皿を僕に渡してくれた。「奥さんの手料理を食べられるなんて最高ですよ」と僕が言ったら、「口が上手いんだから」と腕を軽くはたかれた。その後は、まあ、そういうことだ。

　瑞貴さんはファッションも言動も名前の通り瑞々しく、とても十六歳の娘がいるようには見えない。そのうえ、夏は襟《えり》の大きく開いた服を好んで着るので、そこから胸元が覗《のぞ》いてとてもセクシーだ。こちらは就職してからずっと女っ気がなく、職場も男ばかり。聖人君子でいるのは不可能だった。

　瑞貴さんとベッドを共にする関係になって、半年ほどが経つ。夫婦仲は円満で、離婚など考えてもいないが、神沢さんのお坊ちゃんタイプでガツガツしていないところが物足りないらしい。無邪気で可愛らしく、料理も家事も上手いという欠点のない人だが、少々奔放《ほんぽう》すぎるところが玉に瑕《きず》と言える。ちょっとした隙を見つけては僕を車でラブホテルへ連れていく。神沢さんの目を盗んで僕を自宅に呼び入れたことも一度や二度ではない。

　ところがこの一ヵ月は、一度も瑞貴さんと二人きりで会っていなかった。なぜなら、神沢造園の業務が多忙を極めていたからだ。

　理由のひとつは、社員の怪我だ。木から落ちて足首を複雑骨折し、今もまだ入院している。そういう状態のときに、贔屓《ひいき》にしてくれている会社社長から大きな依頼が来てしまった。田舎に別荘を建てるので庭を神沢さんのところで、と頼んでくれたのはありがたいが、小さな会社である神沢造園が、離れた土地に庭をいちから造るのは荷が重い。けれどどうしてもと重ねて頼まれた結果、専務が向こうの業者とともに手掛けることになった。神沢さんの四つ上、先代社長のころから神沢造園を支える専務は、この一ヵ月、毎日のように現地へ出向き指揮にあたっている。残された社長以下四人は、土日もろくに休めず連日フル回転だ。

『いつになったら会いに来てくれるのよ！』

　瑞貴さんの要求は日に日に苛烈《かれつ》になるが、仕事を放り出すわけにもいかない。本当は今日だって、あんな時間から職場を出られるような状況ではなかったのだ。専務は今日も現地、一人は祖父が亡くなったため早退して実家の福岡へ、さらにもう一人は「寒気がします……」というので熱を測ったら三十八度、慌てて家に帰らせた。

　午後五時、会社に残っているのは神沢さんと僕だけだった。目の前には、今晩中に仕上げなければならない見積書が置かれている。まだ仕様書に目も通していない。二人で手分けしたって、九時より早く会社を出られるとは思えなかった。

　なのに瑞貴さんからは『香菜は塾に行ってるから、今のうちに来て！』とメッセージが来る。いや、そんな、無理ですよ、などと濁《にご》した返事をこっそり送っていると、たった一行、メッセージが返ってきた。

『来てくれなかったら、なにするか分かんないな♪』

末尾の音符が空恐ろしい。噂に聞いた話だが、過去に瑞貴さんが社員との浮気を周囲にぶちまけて、とんでもないトラブルになったことがあるそうだ。そのときの浮気相手はもちろん、もう社にいない。仕方なく僕は「父の見舞いに行かねばならない」と嘘をつき、神沢さんに頭を下げた。神沢さんは「俺一人を残して行く気か？　この裏切り者め」と冗談を言いつつ、残った仕事を引き受けてくれた。裏切り者、という正確極まりない指摘が胸に突き刺さった。

　会社を出た僕は駅とは反対のほうへこっそり向かい、社長宅のドアチャイムを押した。満面に笑みを浮かべた瑞貴さんに出迎えられ——今に至るというわけである。

　素っ裸のまま、どれくらい死体の横たわるベッドの脇で呆然と立ち尽くしていただろう。突然、部屋のドアががちゃんと音を立てて開いた。

「ぎゃあ！」

　僕はまるで男らしくない悲鳴をふたたび上げる。

　そこに立っていたのは、オレンジ色のハイネックニットとチノパンを身にまとった瑞貴さんだった。

「どうしたの、ヨシくん。……きゃあ！」

　ベッドの上に横たわる神沢さんを見つけ、瑞貴さんも悲鳴を上げた。

「樹さん！」

　瑞貴さんはベッドに駆け寄り、神沢さんの肩を揺さぶったが、反応は返ってこない。

「そんな……」

　ベッドの横に座りこみ、瑞貴さんは両手で顔を覆った。その隙間から嗚咽《おえつ》が漏れ始める。たしかに瑞貴さんは性的な倫理観に欠けるところはあるが、それは家族を愛していないという意味ではない。ベッドの中で僕は、よく神沢さんの話を聞かされた。食べたい物を尋《たず》ねても「君の好きなものでいいよ」としか答えてくれないという愚痴、結婚記念日にプレゼントをもらったという惚気話《のろけばなし》。もしかすると僕のように、自分に本気にならなそうな男を捕まえてつまみ食いをしていたのは、彼女なりの家庭円満の方法だったのではないかとも思う。

　ようやく瑞貴さんは立ち上がり、ニットの袖で目元を拭《ぬぐ》った。僕を見て瑞貴さんは言う。

「まさか、こんなことになるなんて……いくら浮気を見つけられたからって、人殺しはダメよ、ヨシくん」

「は？」

真顔で僕は問い返す。

「えっ、だってヨシくんが殺したんでしょ？」

僕は慌てて両手を振る。

「ちがいますよ僕じゃないです」

「は？」

今度は瑞貴さんが真顔で問い返してくる。

「だから、僕じゃないですって。僕は神沢さんを殺してません」

「でも、この部屋に二人きりだったでしょう？　樹さんと争ってるうちに、弾《はず》みで殺してしまったんじゃないの？」

瑞貴さんの疑念ももっともだ。僕は、彼女が逃げたあとに展開された、神沢さんとの攻防戦を説明する。すると瑞貴さんは「ははは」と声を上げて笑った。

「ベッドの下で寝ちゃうなんて、ヨシくん肝《きも》が太いのね」

瑞貴さんに言われたくないですよ、と思ったものの口には出さない。

「突拍子もない話だから信じがたいっていうか、かえってそれらしいっていうか。でも、もしその通りだとしたら、いったい誰が樹さんを殺したっていうの？」

「泥棒、ですかねえ？」

瑞貴さんは部屋を見回す。

「特に荒らされた様子はないけど」

なるほど、泥棒ではない。とすると――。

「瑞貴さん？」

「ひどい！」いきなり瑞貴さんは泣き崩れた。「私を犯人扱いするなんて、ヨシくんそんな人だったのね……」

僕は慌てて「すみませんすみません」と頭を下げ、瑞貴さんを宥《なだ》める。

「じゃあ、瑞貴さんは今までなにをしていたんですか？」

瑞貴さんはすっと泣き止み、離れにいたの、と答えた。安江さんのために建てられた離れだ。

「前に浮気がばれたときも、離れに籠城《ろうじょう》したの。鍵をかけてしまえば誰も入ってこれないし、お風呂もトイレもあるから、生活にも困らないしね。樹さんは気が優しいし、私のことを愛してるから、結局は許してくれるの。だから今回も、とりあえず離れに行ったのよ。でもさすがにヨシくんのことが気になって、ちょっと様子を見てみようと思って来てみたら、こんな状態だったたってわけ」

浮気した側だというのに籠城するという理不尽さを脇に置けば、瑞貴さんらしい行動だ。

「だいたい、もし私が犯人だっていうなら、なんでこの部屋に戻ってくるのよ？　ヨシくんっていう恰好の容疑者がいるんだから、戻ってこないで警察に通報すれば済む話じゃない」

それもそうですね、と僕は相槌《あいづち》を打った。同時に、こういう論理的な説明は瑞貴さんらしくないとも感じる。しかし僕はそれを言葉にしなかった。軽率な言動は危険だ。もし彼女が犯人なら、僕は今、殺人犯と二人きりで相対していることになるのだから。

僕は大きく息を吐き、口を開く。

「まあいずれにせよ、誰が犯人かは警察が調べてくれるでしょう。まずは、警察に通報しないと」

瑞貴さんは頷く。

「……でも、この状況で通報したら、僕、完全に犯人ですよね」

浮気現場に夫が踏みこんできて、間男と二人きりの部屋で夫が死亡となれば、どう考えたって疑われるのは間男だ。

「そうね」

「瑞貴さん、警察に通報しておいてくれますか？　その間に僕、逃げますから。僕は今日、ここには来なかったことにしてください」

「あら、ダメよ。ヨシくんがいなかったら、疑われるのは私じゃない」

それもそうだ。強盗の仕業でないとすれば、第一の容疑者は一緒に家にいた妻だろう。遺産や生命保険金の受け取り人もきっと瑞貴さんだ。

「じゃあ、どうすればいいんでしょう」

「ヨシくんが自首する」

「ちょっとちょっと」

慌てて瑞貴さんに反論する。

「なんで、やってもいないのに僕が自首しなきゃいけないんですか！」

「あら、やっていない、というのはヨシくんがそう主張してるだけじゃない。この家には私とヨシくんしかいないし、私は私が犯人じゃないって分かってる。残る犯人候補はヨシくんだけよ」

「僕だって同じことを言いますよ。僕は自分が犯人じゃないと分かってますから」

「ヨシくん、やっぱりそうやって私を犯人扱いするのね……」

いや別にそういうつもりじゃないんですけれども、と僕は急いで弁明する。

「でも、ほんとに僕じゃないんですよ、信じてください。

無実なのに自首するなんて、そんなことできません」

　瑞貴さんは不満げに口を尖らす。

「じゃあいっそ、こうしない？　この状況で警察に通報したら、どちらも犯人だと疑われるのはまちがいない。だったらとりあえず二人で、自分たち以外に犯人がいる可能性があるのかどうか検討しましょうよ。警察に通報するのは、それからにするの」

　たしかにそれしかないような気がするが、通報が遅れることで、なにか問題にならないだろうか。

「そのくらいごまかしたってばれないわよ。それに『疑われるのが怖くて、通報が遅くなりました』って正直に言ったとしても、ちょっと怒られるぐらいで済むでしょ」

　楽観的すぎる気もするが、かといって警察に通報されて一番困るのは僕なので「分かりました、そうしましょう」と答えた。

　瑞貴さんは満足げにうなずいてから、僕を眺めて言った。

「でもその前に、あなた、服を着たほうがいいんじゃない？」

3

　時計を見ると、時刻はもう八時を過ぎていた。神沢さんが寝室に踏みこんできてから、すでに一時間以上が経っている。僕が眠っていたのは、三十分ほどだろうか。よくそんなにぐうぐう寝ていたものだが、事件がその間に起こったのはまちがいない。

　僕たちはまず、外部から誰かが侵入した痕跡がないか、家の中を調べてみることにした。寝室の窓は閉まってはいるが、錠は下りていなかった。とはいえ、たとえば泥棒が明かりが煌々《こうこう》と点いている窓から侵入したとは思えない。逃げ出すときも、わざわざ閉めていったりしないだろう。二階なのだし。

　二階にある、瑞貴さんの部屋と香菜ちゃんの部屋は、それぞれどちらも窓には鍵がかかっていて、怪しい痕跡も見つからなかった。一階へ降りる。神沢さんが帰宅時に閉めたらしく、玄関には鍵がかかっていた。玄関脇には、主を失った神沢さんのビジネスバッグがぽつんと侘しげに置かれてあった。続けて一階の窓も調べたが、すべてしっかり戸締まりしてあった。

「離れはどうですかね？」

　離れといっても母屋とは廊下で繋《つな》がっているため、外へ出ることなく行き来できる。二人で行ってみたが、離れにある玄関も施錠されていた。だいたい、瑞貴さんがずっと籠もっていたのだから、犯人が出入りできたはずがない。瑞貴さんが寝室に戻ってくる途中、犯人とすれ違った可能性も、とりあえずは考えなくてよさそうだった。何せ、離れの玄関にも鍵がかかっていたのだから。犯人が鍵を持っていなければ、出ていくときに外から施錠できるわけがないのだ。

　結局、事件と関係ありそうな怪しいものはなにも見つからなかった。やはり、外部から誰かが侵入したとは考えにくい。しかしこの家には僕と瑞貴さんしかおらず、どちらも自分は犯人ではないと主張している。いったいどうなってるんだ？

「どうする？」

　瑞貴さんが問いかけてくる。

「遺体を調べてみますか」

　僕らは寝室に戻った。クリーム色の明るい壁紙、部屋の真ん中に鎮座するシモンズのベッド、そこに横たわる神沢さんの遺体。その光景にあらためてぎょっとしてしまったが、気おくれしている場合ではない。僕は恐る恐る死体に近づく。

　神沢さんは、仰向けにベッドに横たわっていた。そのため観察しにくいが、枕が血に染まっているところから見ると、後頭部を何かで殴られたようだ。シーツにも、少量ながら血痕が付着していた。

「この血、洗濯で落ちるかな……」

「シーツぐらい買い換えればいいじゃないですか」

「これ、シモンズ純正のクイーンサイズシーツだから、八万円ぐらいするはずよ」

　八万円⁉　どうりで肌触りがよかったわけだ。瑞貴さんは、枕だけで済めばよかったのに、と嘆いている。そりゃあシーツに比べればピローケースのほうが安いだろうが。

「シーツが八万円って、ベッド本体はいくらなんですか？」

「たしか、マットレスや枕をあわせても、百万円はしなかったと思うけど」

　こんな立派な家を建てるぐらいだから神沢家にとっては無茶な額ではないのだろうが、ベッドひとつでざっと自分の給料四ヵ月分だ。もっとも、こんな立派なベッドだったからこそ僕は神沢さんから逃げ回ることができたので、その点は感謝しなければなるまい。

「あと、気になるのは……なんで神沢さんは、ベッドの上にポケットの中身をばら撒いたんですかね？」

　死体の脇には、財布、ガラケー、鍵、ガムが点々と置かれている。たぶんポケットの中にあったものだろう。

「泥棒が財布の中身を抜いていったんじゃない？　ヨシくん、確認してみてよ」

　指紋がつくのは嫌だったが仕方ない、僕は財布の中を調べた。現金のほか、クレジットカードやキャッシュカードも入っている。とすると、やはり泥棒の仕業ではないようだ。

　だったらなぜ、ポケットの中身がベッドの上に移動しているのだろう。

　そこで僕はふと気づいた。

「神沢さんは……ほんとうにベッドの上で殴り殺されたんでしょうか？　たしかに僕は眠りが深い性質《たち》ですけど、頭上で殺人事件が起こっていたら、さすがに目が覚めると思うんですが」

　目を覚まさなかったということは、事件はこの部屋以外の場所で起きたのだろうか。かといって、ここからあまり離れた場所とも思えない。とりあえず僕は瑞貴さんと廊下に出て、壁や床に何か痕跡が残っていないかどうか確認をはじめた。

「これ、血痕じゃない？」

　少量ではあるが、床に血が落ちていた。どうやら神沢さんは、廊下で何者かに頭を殴られてから、寝室に運ばれたらしい。とすると、ベッドの上に散らばったポケットの中身は、神沢さんを運んだときに落ちたのだろうか。いや、やっぱり不自然だろう。

「廊下が犯行現場だとすると、凶器はなんだったんでしょう？」

　僕らは寝室に戻ると、クローゼットを開けたりシーツをめくったりしてみたが、凶器らしきものは見つからなかった。犯人に突き飛ばされてどこかに頭をぶつけたのではないかとも考えてみたが、そういう痕跡も見当たらない。

「凶器が見当たらないんだから、やっぱり犯人は僕じゃないですね。僕はずっとこの部屋にいましたから、凶器を運び出すことはできません」

「窓から投げ捨てたのかも」

　たしかにその可能性は否定できない。ベッドの頭のほうは窓の下の壁にぴったりと寄せられている。僕は死体に触れないよう注意してベッドに乗り、窓を開けた。

外は薄闇が広がっていた。遠くから車の音が聞こえてくるだけで、他に物音はしない。窓の下はちょうど、玄関を出たあたりだ。二階から見る限り凶器らしき物は見当たらない。だが、広々とした庭に点在する茂みの中に落ちたのなら、ここからでは見えないだろう。

　僕は窓を閉めベッドから降りた。本当に妙な事件だ。間男が隠れているベッドの上で旦那の遺体が見つかった。現場に凶器はなく、玄関は施錠されていて窓も割られておらず、泥棒が侵入した形跡はない。いや、僕が犯人なら妙でもなんでもないが、それがありえないのは自分自身がよく分かっている。となれば、瑞貴さんが犯人という結論になるはずだが、彼女の言動もどうにも犯人らしくない。

「ちょっと別の角度から検討してみませんか。……まず、自殺ではないですよね。自分の後頭部をぶん殴り、凶器を別の場所に隠してからベッドに飛び乗って死ぬなんてありえませんから。頭をぶつけた物も箇所も見つからないので、事故とも考えにくい。つまりこれは、殺人事件です」

　瑞貴さんはうなずく。

「泥棒の犯行とも考えにくい。財布も中身もそのまま残ってますから。となるとやっぱり、知り合いの犯行ということになります。瑞貴さん、神沢さんを恨んでいる人に、心当たりはありませんか」

「動機から考えようってわけね。そうはいってもなあ……頼りないところはあったけど、優しくて人畜無害な人だったから。仕事ばっかりで友達も多くないし、誰かから命を狙われるなんてちょっと思いつかないな」

「瑞貴さんの浮気相手、とか」

　瑞貴さんは黙って僕の顔を指さす。

「いやいや、僕以外に」

「今はヨシくん一筋よ？」

　浮気なのだからそもそも一筋ではない。

「今は、ってことは、過去に他の人もいたわけでしょう？」

「そりゃあね。スポーツジムのインストラクターとか、香菜が通ってた空手教室の先生とか。つまみ食いなら他にもいろいろ」

　どれもこれも、体力自慢の職業ばかりだ。きっと、夫にない個性を浮気相手に求めた結果だろう。僕が選ばれた理由も、それではないか。とはいえ、神沢造園の社員は社長を除いてみな筋肉質だ。一通り「つまみ食い」されていたらどうしよう。

「でも、みんな後腐れなく別れてるし、今さら樹さんを恨むことはないと思うけどな。そっちこそ、会社関係でなにか思い当たらないの？」

　僕は少し考えて、首を横に振る。うちは小さな会社だから、他社とトラブルが起きることもない。社員にしたって、仕事が忙しいとか給料が安いとか愚痴をこぼすことはあっても、命を奪いたいというほど恨みを持つ人間はいないだろう。だいたい僕以外の社員は、いま出張していたり入院していたり福岡の実家に帰っていたりで、社にすらいない。それに鍵を持っていないから、この家に入ることもできない。僕たちが浮気している最中は当然、玄関に鍵をかけていたわけだから。

　そこまで考えて僕は、あることに気づく。

「神沢さんが帰ってくるまで、この家には僕と瑞貴さんしかいませんでした。僕たち以外が犯人だとすると、帰宅した神沢さんが鍵をかけたあと、別の人間がこの家に入ってきたってことですよね。つまり犯人は、家の鍵を持っている人物なんじゃないでしょうか」

「なるほどね」

「さらに言えば、今この家の中には僕ら以外誰もいません。神沢さんを殺害したあと、外へ逃げたわけです。でも、玄関には鍵がかかっていた。つまり、外から鍵を使って閉めた、ってことになります」

「この窓から飛び降りて逃げた可能性はないの？」

　僕は再びベッドに乗り、窓を開けた。つかまれるようなとっかかりはなく、真下には砂利《じゃり》が敷かれている。植木仕事で高いところに慣れている僕でも、飛び降りたら怪我をしたかもしれない。窓の桟《さん》をじっくり見ると、端から端までうっすら埃が積もっていた。窓から飛び降りるのに、桟を触らないということはありえない。

「犯人はまちがいなく玄関を出て、外から鍵をかけたってわけね。でも、どうして逃げるときに鍵をかけていったわけ？」

「言われてみれば、よく分かりませんね……。ひょっとしたら、ただ習慣でなにも考えずにかけてしまったのかもしれません。――まあ、それは置いておきましょう。というわけで瑞貴さん、誰がこの家の鍵を持っているか、教えてくれませんか」

　瑞貴さんは頬を撫《な》でる。

「私と樹さん以外に、鍵を持っているのは二人。一人は、香菜。でも香菜は犯人じゃないと思う。だって今、塾だから」

「なるほど、塾……って、もうそろそろ帰ってきちゃうんじゃないですか⁉」

「それは大丈夫。いつも、帰宅は十時ごろだし」

それならまだ一時間以上ある。とりあえず、慌てる必要はなさそうだ。

「でも、香菜ちゃんが確実に塾に行ってるって保証はないですよ。ずる休みしているかもしれません」

「じゃ、確認してみるね」

瑞貴さんは、自分の部屋からスマホを持ってきて、塾に電話をかけた。

「——あ、はい、そうですか。ちゃんとそちらに到着しているんですね。いや、なんでもないです、ありがとうございました」

電話を切り、僕を見て言う。

「ちゃんと七時前に塾に着いて、今も授業を受けてるって。塾まではバスで二十分かかるから、休み時間を使って往復するのも不可能ね」

「なるほど、じゃあ香菜ちゃんは犯人じゃないですね」

香菜ちゃんの容疑が晴れてほっとする反面、自分以外の容疑者がひとり減って、正直複雑な心境だ。

「もう一人鍵を持っているのは、おばあちゃん」

安江さんは七十過ぎだが、小柄な体でちゃきちゃきと動く元気な人だ。僕の知る限り、嫁姑の仲も特に悪くない。

「おばあちゃんにもアリバイはあるわ。今日は、お花の会のお友達と旅行に出かけているの。おばあちゃん、携帯を持ってないし、こっちも泊まっている旅館までは知らないから、今たしかめることはできないけど」

瑞貴さんの言葉に、僕は首を縦に振る。

「アリバイのあるなしにかかわらず、そもそも安江さんには、今回の犯行は無理なんですよ」

「なぜ？」

「だって、もうお年じゃないですか。神沢さんの体をベッドの上に運ぶなんてできません」

小柄な七十過ぎのおばあさんが、神沢さんの遺体を持ち上げられるとは思えない。そもそも、彼女が撲殺《ぼくさつ》という犯行手段を選ぶこと自体、不自然な気がする。

「だったら、私や香菜も容疑者から外していい？　女の力で男の体を運ぶのは無理でしょ」

「たしかに重労働だとは思いますが……必死になればできないことはない、と思うんですけど、どうでしょう？」

僕の言葉に、瑞貴さんは苦笑を返してくる。

「実は、付き合いで無理に酔わされて玄関でへたりこんだ樹さんを、リビングまで運んだことがあるのよね。ベッドに引きずり上げる自信はないけど、絶対に無理って断言もできないかな」

　空手教室に通っていたスポーツ少女の香菜ちゃんは、きっと瑞貴さんより力が強いだろう。

「まあどっちにせよ、私は犯人じゃないし、香菜にもアリバイはあるんだけどね。――というわけで、鍵の所有者から考えても結局、容疑者がいなくなっちゃうんだけど。やっぱりヨシくんが犯人？」

　いやいや、と否定したものの、僕たち以外は容疑が晴れてしまったのも事実だ。

「鍵、鍵……そういえば、瑞貴さんの鍵はどこにあるんですか？　ひょっとしたら、犯人は瑞貴さんの鍵を使ったのかも」

「バッグの中にあると思うけど」

　瑞貴さんは、自分の部屋からバッグを持ってくる。その中には、たしかに鍵があった。昼間買い物から帰った後、そのままにしていたそうだ。

「神沢さんの鍵はここにありますもんね。……じゃあ、犯人は合鍵を作った？」

「うちのは合鍵作成不可の特殊な鍵だから、それもない。欲しいときに合鍵が作れなくって、困ったのよね」

　きっと、浮気相手に渡すために作ろうとしたのだろう。僕も一度、瑞貴さんから鍵を借りてここにこっそり忍びこんできたことがある。それにしても合鍵作成不可とは、なんとミステリ的に都合の良い設定なんだ。

「……ちょっと待ってください。香菜ちゃんにアリバイがあるから、安江さんが非力だからといって、それらの鍵が使われなかったとは限らないじゃないですか」

「どういうこと？」

　瑞貴さんの目を見て、僕は答える。

「二人が誰かに鍵を貸した、あるいは誰かに鍵を盗まれたってこともありうるでしょう？」

4

　僕の言葉を反芻《はんすう》してから、瑞貴さんは口元に手をやって「たしかにそうね」と頷いた。

「でも、盗まれた可能性は低いと思う。香菜は、ＩＣカードが入ったカードケースと鍵を一緒にしているの。万が一それが盗まれたのなら、香菜はバスに乗れないから、絶対に連絡してくるはず。おばあちゃんは、普段ここの鍵を使うことはないから、通帳や印鑑と一緒に金庫に入れて保管していた。もし盗めたとしても、見ただけじゃどこの家の鍵かなんて分かるはずがないわ」

「だとすると、犯人に鍵を貸した、という可能性が高いですね」

「つまり、香菜かおばあちゃんに共犯者がいるってこと？」

「ええ。ほかの目的で家の鍵を他人に貸した可能性もないわけじゃないですが、ちょっと考えにくいですよね。というわけで、なにか心当たりはありますか？」

瑞貴さんは思案する素振《そぶ》りを見せてから「あるといえばある、かな」と答えた。

「まずは、香菜。実はあの子、最近、カレシができたみたいなのよ」

「え、香菜ちゃんにカレシ⁉」

「なに動揺してるのよ、ヨシくん」

「いえ、別にそんなことありませんけど」

異性として見ていたわけではないが、幼いころから知っている香菜ちゃんに恋人ができただなんて、微妙にショックだ。もう高校生だから、当然ありうる話ではあるのだが。「ま、いいわ」と瑞貴さんは言う。

「門限は十時なんだけど、あの子、最近何回か続けて破っちゃって。問い詰めたら、カレシができたって分かったのよ。樹さん、娘が大好きな子煩悩パパだから、門限を破らせるような男との付き合いは許さん、二度と会うなって怒ったの。一応、それ以来門限は守ってるけど、相手の男とどうなったかは聞いてない。こっそり泣いている姿を見たこともあるし、父親さえいなければ付き合いを続けられる、なんて考えたとしても不思議じゃないわね」

「つまり、そのカレシが犯人だと？」

「そう。香菜にアリバイがある時間を見計らって、犯行に及んだんじゃないかな」

「うーん。理屈は通ってますよ。しかし、いくら付き合いを反対されたからって、高校生がいきなり殺人に走るものですかね？」

「あら、相手が高校生とは限らないじゃない」

「な、なるほど……。では、安江さんのほうは？」

瑞貴さんは頷く。

「実はね、おばあちゃんにも、最近カレシができたみたいで」

なんと、安江さんにもカレシが！　香菜ちゃんとはちがう意味で意表を突かれる。

「老人会で知り合った六十代のおじいさんなんだけど、会では若いほうで、けっこう人気があるらしいの。何度か会ったことがあるんだけど、もともと大工をしていたとかで体つきもがっちりしているし、髪も黒く染めてて、実際より若く見える。なんなら私にとっても守備範囲なんだけどな」

　瑞貴さんの守備範囲の広さに感嘆しつつ、先を促す。

「まあ、カレシっていったって、家で一緒にお茶を飲んだり、二人で映画に出かけたり、そんな程度のお付き合いよ。それくらいなら、おばあちゃんの気持ちだって華やぐだろうし、たいして気にしていなかったんだけど……。そのおじいさん、おばあちゃんに投資話を持ちかけてきたらしいの」

　それはまた面倒な話だ。

「なんて言ってたかな。エネルギー問題を解決する永久発電機関とかなんとか……まあとにかく胡散臭い話なのよ。それでも、おばあちゃんが自分のお金を使う限りは私たちも口を出しにくいんだけど、しまいには旧宅の土地を抵当に入れるなんて言い出しちゃって。もちろん樹さんは大反対、結局その話はなくなったの。おばあちゃん、だいぶそのことをぐちぐち言ってた。ひょっとしたら、樹さんを逆恨みしたのかも」

「つまり、安江さんのカレシが犯人、というわけですね」

「そう。樹さんさえいなければ投資してもらえる、って考えた可能性はあると思う。力も強そうだし、普通に喧嘩したって樹さんに勝てるんじゃないかな」

　そのおじいさんが犯人だとした場合、わざわざベッドの上に死体を運んだのは、非力な安江さんを容疑者候補から外すためかもしれない。しかも安江さんは旅行中で、鉄壁のアリバイがありそうだ。

「うーん、二人のカレシーズのうち、どっちが犯人なんだろう？」シリアスな事件の真っ最中に、そういう妙な呼称を考え出すのはやめてほしい。「どっちも、殺人事件の動機としてはちょっと弱いんだけど、かといってありえない話でもないって感じ」

　ただ、鍵の使用という点を考えれば、もはやカレシーズ以外に容疑者はいない。もっとも、犯行が可能というだけで、特に証拠があるわけではないが。なにか他に手掛かりはないかと必死に頭を悩ませるが、いい考えは浮かんでこない。

　唇を尖らせて、瑞貴さんは言う。

「早く事件が解決しないと困るんだけどな」

「どうしてですか？」

「だって、今週末は旅行の予定だから」

いや行くのかよ。

「いい温泉宿を予約しているの。お部屋も素敵だしご飯もおいしいし、先代のころからお世話になっているところなんで、おばあちゃんに頼んでもらってサービス増量してもらったし。もし行けなくなったら、予約をキャンセルしなきゃいけないじゃない」

「でも、どうせ神沢さんの分はキャンセルするんでしょう?」

「ううん。香菜と二人で行く予定だから。樹さんは留守番」

「えっ、二人だけで行くつもりだったんですか? そりゃ今は仕事が忙しくて、神沢さんに旅行する余裕なんてないでしょうが……」

すると瑞貴さんは、髪を指にくるくる巻きつけながら、

「ちがうのよ」と言いつつ首を横に振った。

「樹さんのほうから提案してくれたの。ここのところ自分の仕事が忙しすぎて家族サービスできていないから、二人で楽しんできたらって」

「そうだったんですね……」

改めて神沢さんの死を実感したのか、瑞貴さんは深くため息を吐《つ》く。

「男らしさにはちょっと欠けるけど、優しくていい人だったの……。それがまさか、こんなことになるなんて」

僕は、生前の神沢さんのことを思った。責任感が強く、社員思いのいい社長だった。今日も、仕事が山積しているにもかかわらず、僕のことを快く送り出してくれた。社長、すみません。僕は心の中で手を合わせた。神沢さんのためにも、なんとしても真犯人を見つけます。

「一度、状況を整理しませんか」

そう僕は提案し、話し始める。

「事件は、鍵のかかった家の中で起こりました。中にいた僕も瑞貴さんも犯人でないなら、これは密室殺人事件といえるかもしれません」

「密室殺人って、テレビドラマみたいね。犯人はなにかものすごいトリックを使ったっていうの?」

「いやいや、密室っていっても鍵がありますから。要は、犯人はこの家の鍵を使うことができた人物である、って言いたいだけです。鍵の所有者は四人。瑞貴さん、神沢さん、香菜ちゃん、安江さん。このうちの誰かの鍵を使ったってことになります」

「でしょうね」

「このうち、神沢さんは被害者ですから、犯人じゃありません。神沢さんの鍵と瑞貴さんの鍵は今、家の中にあるので、外へ逃げた犯人が玄関の鍵を閉めるのに使ったとは思えない。合鍵作成の可能性はない。香菜ちゃんにはアリバイがありますが、カレシにあらかじめ鍵を渡していたのかもしれません。安江さんは神沢さんの体をベッドに上げることができないという点で容疑から外れますが、こちらもそのカレシが共犯者という可能性があります」

　瑞貴さんは、黙ってうなずいている。

「間男と旦那が攻防戦を繰り広げている最中、という珍妙な状況で事件は起こりましたが、他にもいくつか妙なところがあるんですよね。まず、なぜ現場に凶器がないのか。別にそのまま放置してもよかったと思うんです。指紋なら拭い取ればいいだけですし」

「見つかったら即犯人が分かっちゃうような凶器だったんじゃない？」

　なるほど、それはありうる。たとえば、元大工が愛用していた金槌であれば、現場に放置することはできない。

「次の謎です。神沢さんのポケットの中身がベッドの上に散らばっていました。どうしてポケットから飛び出たんでしょう？」

「もし犯人がやったことなら、そのまま財布を持っていけばよかったのにね。そうすれば、泥棒の仕業に見せかけられたかもしれない」

　僕は頷く。

「それと、もうひとつ。廊下で殺害された神沢さんは、なぜベッドの上に移動させられたのか。簡単な作業じゃありません。ただし、安江さんのカレシが犯人で、安江さんを容疑から外すためにそうしたという可能性はあります。――気になることはこれぐらいですかね。なにか、付け加えることはありますか？」

　すると瑞貴さんは「はい」と、教室で挙手する女子生徒のようにまっすぐ右手を挙げた。

「犯人はなぜ、家を出るとき、鍵をかけたのかな？」

「習慣で、かけたんじゃないですか？」

「でもそれは、香菜やおばあちゃんが犯人の場合でしょ？」

　あ、と僕は声を上げる。

「カレシーズのどっちかが犯人だった場合、自分の家じゃないんだし、家を出るときにいちいち鍵なんてかけないんじゃない？　普通は、なにもせず出ていくでしょ。実際それでややこしくなってるんだし」

たしかに、その通りだ。じゃあいったいなぜ、外から鍵はかけられていたのだろう？

「もしかしたら犯人は、ヨシくんの存在に気づいたんじゃないかな？　事件を泥棒の仕業に見せかけるなら、樹さんの財布は持ち去ったほうがよかったし、鍵もかかっていないほうがいい。でももし、ベッドの下で裸でぐうぐう寝ている人を何かの拍子で見つけたら？　いもしない泥棒より、そっちに罪を着せるほうがいいでしょ。だったら、警察が来たとき、家の鍵がかかってるほうが自然よね」

　瑞貴さんは論理的なタイプではないが、ときどきこうして鋭いひらめきを見せるから侮《あなど》れない。偶然目が覚めたからよかったものの、その前に警察に踏みこまれていたら、犯人の思惑通り絶対に僕は犯人扱いされていたことだろう。危ないところだった。

「……ちょっと待ってください」

　背筋が冷たくなる。

「僕の存在に気づき、警察に僕を捕まえさせたい犯人は、現場から逃げてまずなにをするでしょう？」

「警察に知らせるわね」

　まずい。

「逃げます」

「ダメよ」

　瑞貴さんは、逃げようとドアのほうに行きかけた僕のズボンのベルトを、後ろから引っ張った。

「まさか私を一人置いていく気？　あなたに残された道は、警察が来るまでに身の証《あかし》を立てるか、第一容疑者として警察に捕まるか、ふたつにひとつよ」

　なんて状況なんだ。とにかく、一刻も早く解決のとっかかりだけでも見つけなければ。いつ警察がこの家のインターフォンを鳴らしてもおかしくないのだから。

　……とはいえ、僕が遺体を見つけてから、すでに三十分ほどが経過している。まだ警察が来ないなんて、ちょっと遅いんじゃないか？　なんらかの事情があって犯人がまだ通報していないのか、あるいは警察の出動が遅れているのか。

　それとも、そもそも誰も警察に通報なんてしていないのか。

　瑞貴さんは最初に言っていた。「もし私が犯人なら、寝室に戻ってこないで警察に通報する」というようなことを。だがそれに納得してよかったのだろうか？　僕一人が取り残された家に警察が踏みこんできたとする。ベッドの下で眠っていた素っ裸の僕は、真っ青になって「犯人は僕じゃありません。逃げた瑞貴さんが怪しい」と主張するだろう。確たる証拠がない限り、瑞貴さんは逃げようが留まろうが疑われる。いや、逃げたほうが余計に疑われるんじゃないだろうか。家に留まり僕を見張りながら真相を検討する振りをする。それこそ、実は犯人らしい行動なのでは？

　見つからない凶器、散乱していたポケットの中身、ベッドの上に移動した遺体――いくつかある事件の謎は、どれも解けていない。だが、瑞貴さんがこれらのことを行った合理的な理由さえ見つかれば、瑞貴さんを犯人と考えない根拠はひとつもないのだ。

　そんな僕の疑念を知ってか知らずか、瑞貴さんは他人事《ひとごと》のような口調で言う。

「それにしても、おもしろい偶然よね。まさか忍んできた間男がベッドの下でぐうぐう寝てるなんて、犯人だって思っていなかったにちがいないわ。そんな状況で事件が起こるなんて、奇跡じゃない？」

　僕は苦笑して答える。

「いやいや、奇跡っていうのは、幸運な偶然のときに使う言葉ですよ。普通バッドラックには使いませんって」

　その瞬間、ふと、なにかが心に引っかかった。よくよく考えると、これっておかしくないか？

「どうしたの、コシくん？」

　ちょっと待ってください、とだけ言って僕は、うつむいて考えを巡らす。一から順に論理を組み立てていく。

　浮気現場を神沢さんに見つけられたこと、玄関に鍵がかかっていたこと、数時間前の神沢さんとのやりとりのこと。――明らかにおかしい。いったいどういうことだ？

　僕は顔を上げて、切り出す。

「気になること――疑問点が、もうひとつあるんです」

5

　ベッドの上に死体がある、という光景に、たった三十分ほどで早くも慣れてきた気がするから不思議なものだ。とはいえ、その光景が非日常であることに変わりはない。一刻も早く日常を取り戻さなければ。

　ひとつの疑問をきっかけにして、真相への道筋が見えた気がする。最後まで到達できるかどうか分からないが、とにかく僕は話し始めてみることにした。

「気になることっていうのは、この事件の根本的な部分に関する疑問なんです」

「根本的な部分に関する疑問？」

首を傾《かし》げつつ瑞貴さんは問い返す。

「ええ。この事件はそもそも、計画的なものか、それとも突発的に起こったものなのか。瑞貴さん、どう思います？」

「さあ……印象だけなら、突発的に起こったっぽい感じがする。でも、殺意を持って計画的に忍びこんでみたら、たまたまベッドの下でヨシくんが寝ていたって可能性もあるかな」

「そうですね。僕が不運すぎますが、ありえないことじゃありません。直面した妙な状況をうまく利用して僕を容疑者に仕立てた。でも、偶然では片づけられないことがあるんですよ」

「なに？」

「神沢さんが家にいたこと、です」

そう僕は答えた。

「この一ヵ月ずっと、残業続きでしょう？　それが今日は偶然、早く帰ってきた。ちょくちょく会社に顔を出す安江さんも、香菜ちゃんも、神沢さんの帰りが毎日遅いことは知っています。平日の七時に、神沢さんが家にいることなんて期待しませんよ」

「たしかにそうね」

「それだけじゃありません。平日夜だったら、普通、瑞貴さんも在宅してます。計画的犯行なら、神沢さん一人が家にいる機会を狙うべきじゃないですか」

「それはそうだけど、かといって樹さんが一人で家にいる機会なんて……あっ、旅行か！」

その通りです、と僕はうなずく。

「二人が旅行に出かけてしまえば、神沢さん一人が家に残る。香菜ちゃんも安江さんも、旅行のことは当然知ってますからね。事前に計画した犯行なら、旅行中という絶好のチャンスを待たない理由はありません」

「つまり、今回の事件は突発的に起こったってことね。それは分かったけど、結局だからどうなるの？」

「考えてみてください。カレシーズのどちらかを犯人とした場合、犯人はどうやってこの家に侵入するのか」

「おばあちゃんなり香菜なりに鍵を借りる、でしょ」

「そうです。事前に鍵を借りておく必要があるんです。つまり、安江さんも香菜ちゃんもカレシーズも、計画的にしか事件を起こせないんですよ。しかし、今日の事件発生時刻に神沢さんの在宅が期待できなかった以上、今回の事件が突発的に起こったものなのはまちがいない。よって、四人は全員、犯人ではありえません」

そう僕が言い切ると、瑞貴さんは「すごい！」と言って手を叩いた。

「ヨシくん、名探偵みたいじゃない！」

いやあそれほどでも、と僕は頭を掻《か》く。

「でも、ヨシくんの推理が正しいとすると、有力な容疑者がいなくなっちゃうわよ？」

そうなのだ。僕は自らの推理で、四人の無罪を証明してしまった。だが、容疑者はもうひとりいる。瑞貴さんだ。事件が突発的に起こったものである以上、同じ家の中にいた瑞貴さんこそもっとも疑わしい。

僕は、さっき自分が口にした言葉を頭の中で反芻する――この事件はそもそも、計画的なものか、それとも突発的に起こったものなのか。

「ええ、いなくなっちゃいますね。瑞貴さんも犯人じゃありませんから」

瑞貴さんは、怪訝《けげん》な表情を浮かべる。

「そんなの最初から分かってたけど……なにか根拠を見つけたのね？　説明してもらっていい？」

僕は頷き、口を開く。

「瑞貴さんが犯人だとした場合、この事件は計画的犯行なのか、突発的犯行なのか。どちらだと思います？」

「そうねえ。浮気を見つけられたことが動機だとすれば、突発的なんじゃないかな。計画的犯行なら、一緒に住んでるんだし、もっといい機会が他にあるでしょ」

「僕もそう思います。浮気を見つけられたために、突発的に犯行に手を染めたと考えるのが自然ですね。けれどなぜ瑞貴さんは、撲殺という手段を採用したんでしょう？　女性ですから、殴って殺害するのは難しいです。いったん寝室から逃げた瑞貴さんは、いくらでも凶器を準備する余裕がありました。普通なら、包丁かなにかを持ってきますよ」

「それもそうね……だったら、もっと突発的な犯行だったんじゃない？　もともと殺意なんてなくて、手ぶらでこの部屋に戻ってきた。でもそこで言い争いになって、近くにあったなにかで殴り殺したとすれば、不自然じゃないでしょ」

「シチュエーションとしてはありえますね。ただひとつの問題を除けば」

そう言って僕は、寝室を見回す。

「殴り殺そうにも、寝室付近には凶器になりそうなものがなにもなかったんです」

ベッドの下に潜りこんでいた僕を攻撃するため、神沢さんは木のハンガーを使った。ベッドの下にいる人間を殴るのに向いた固くて長いものが、寝室や廊下になかったからだ。仮に寝室や廊下で突発的に言い争いになったとしても、瑞貴さんが思わず摑めるような凶器は存在しなかったはずなのだ。無論、木のハンガーで殴り殺そうとするのは心許ない。どこにも頭をぶつけたような跡は発見できなかったから、突き飛ばして殺したという可能性もない。

「犯行現場は、寝室前の廊下です。神沢さんを殺そうと思ってここに戻ってきたなら、殴るものではなく刃物を持ってくるはず。殺意なく戻ってきて、かっとなって殺すにしても、周りに凶器になりそうなものはありません。よって、瑞貴さんは犯人ではない」

　おお、と言って瑞貴さんはまた、僕に感嘆の拍手を送ってくれた。

「なるほどね。というわけで、私も犯人じゃない、と。どんどん容疑者がいなくなってるけど、大丈夫？」

　大丈夫かと訊かれると、大丈夫ではない。ただ、僕にはほかにも引っかかっていることがあった。

「事件は突発的に起こったもので、なおかつ家の中にいた瑞貴さんは犯人ではない。とすると……ですよ？　さらにもうひとつ、気になることがあるんですよね」

「なに？」

「犯人はなぜ、神沢さんが自宅にいると知ったんでしょう？」

　そう僕は答えた。

「だって本当なら、仕事が山積みで、あんなに早く帰れるはずなんてなかったんですから。ところが帰宅した。会社で一緒に働いていた僕だって驚いたんです。それを、どうやって犯人は知ることができたんですかね？」

「家の前で見張ってたんじゃない？」

「もしそうだったら、犯人は神沢さんが帰宅していることだけでなく、僕までこの家にいることも知っていたはずですよ。わざわざそんな状況で決行しませんって」

「それもそうか」

「神沢さんが早く帰ってきたのは、突発的なことだった。だからそれを知りえたのは、本人だけ」そこで僕は、瑞貴さんの目を見つめた。「なら、神沢さんはなんで、あんな早い時間に帰ってきたんでしょう？」

　瑞貴さんは首を捻《ひね》った。僕は、会社を出るときに神沢さんと交わしたやりとりを思い返す。

「絶対に今晩中に作成しなきゃならない見積書があったん

です。目一杯急いでも十時、あるいは十一時までかかりそうな仕事なのに、それを終わらせずに帰ってくるなんて、変なんですよ」

「浮気現場を押さえるために帰って……それはないか。今日が浮気の日だって、樹さん、知りようがなかったものね」

「もし誰かから教えられたとしても、やっぱり変なんですよ。神沢さんは明らかに間男の正体を知りませんでしたから。浮気の事実と日時を教えてもらい、でも浮気相手のことは知らされないというのはおかしい。密告者が浮気相手の正体だけ知らないというのも考えにくいです。だいいち今日が浮気の日だと知るには、それこそこの家の前で見張って、僕が入っていくのを目撃しないと不可能でしょう」

「なるほど。——じゃあ、樹さんは一時的に帰ってきただけで、また会社に戻るつもりだったんじゃない？　なにか忘れ物に気づいて取りに帰ったとか、軽く食事をしようと思ったとか」

「ないですよ。だって、玄関に鞄がありましたから。また会社に戻るつもりなら、鞄を持ってこないです」

「たしかにそうね。それに、寝室に入ってきたとき『たまには早く帰ってこれる日もあるさ』って自分で言っていたっけ」

　僕もその言葉を覚えている。やはり、一時帰宅ではありえない。

「神沢さんは、自宅に帰ってきた。帰ってくることができた。それは——」頭の中で考えをまとめながら続ける。

「別の誰かが仕事を替わってくれたから、じゃないでしょうか」

「別の誰か？」

　あの責任感の強い社長が、仕事を放り出したとは思えない。しかし替わってくれる人がいたなら話は別だ。では、仕事を引き受けたのは誰なのか。もちろん僕ではない。入院中の社員でも、福岡に行った社員でも、三十八度の熱を出した社員でもない。それらの事情は実は偽装？　いや、ありえない。なぜならこの事件は、計画的なものではないからだ。

「単刀直入に訊きますが」前置きをしてから僕は問う。

「瑞貴さん、専務とも浮気をしたことがありますね？」

　瑞貴さんは驚いた表情を見せる。

「あら、なんで知ってるの？」

「社員と浮気したこともある、って言ってましたから」

　年齢は神沢さんより上だが、現場に出ているだけあって、体つきははるかにがっしりしている。六十代の元大工を守備範囲内と言っているぐらいだから、五十歳を超えたばかりの専務なら、十分瑞貴さんの好みの範疇《はんちゅう》ではないか。

「天候の変化とか資材の調達ミスで、予定外に現場が止まってしまうことはときどきあるんです。たぶんですけど、そういう急な変更があって、専務は会社に戻ってきたんじゃないでしょうか」

　僕はその光景を想像してみる。午後七時すこし前、専務が会社に顔を出すと、社長が一人で見積書を作っていた。きっと、こう言ったのだろう。——連日残業続きで、社長も大変でしょう。今日は私が引き受けますから、たまには早く帰ってくださいよ。

「たしかにありそうな話ね」

「ええ。ところがこれが、結果的に悲劇を呼んでしまったんです」

　早い時間に家に帰れた神沢さんは、妻の浮気現場に出くわしてしまう。僕をベッドの下に追い詰め、相手が眠るのを待つ作戦に出た。だが同時に、他の手も打っていたのだ。

　寝室に、ベッドの下から僕を叩き出せるような物はなかった。なら、誰かに持ってこさせればいいのだ。

「神沢さんは、専務にメールを打ったんじゃないでしょうか。瑞貴の浮気相手を見つけた。あるものを持って、いますぐ家に来てくれ、と。そのメールを受け取った専務は、どう思ったでしょうか。神沢さんはただ、ベッドの下の僕をやっつけるだけのつもりでした。でも心にやましいところのある専務は、勘違いしてしまったんじゃないか。おまえが瑞貴の浮気相手だと告発されたって」

　僕は続ける。

「なぜそんなものが必要なのか分からないまま、言われた通り専務はこの家にやってきました。でも、玄関には鍵がかかってます。神沢さんは寝室の窓を開けて鍵を投げ、専務に渡す。受け取ってこの家に入ってきた専務は、二階の廊下で出迎えた怒り心頭の神沢さんを……なにも言わず持っていたもので殴り殺してしまったんです」

　瑞貴さんは、言葉を失ったように頭を振る。

「いったいなぜ、そんなことを。なにも殺さなくたって……」

「専務は、会社一筋の真面目な人ですから。浮気がバレたからにはもう会社にいられない、こうなったら神沢さんを殺すしか、って考えたんじゃないでしょうか。僕だって神沢さんから逃げ回っているとき、僕だとバレたらまちがいなく会社に僕の席はなくなるって考えてましたから」

　専務は、突然の「浮気」という二文字に、パニックに陥ってしまったのだろう。ついさっき、ベッドの下で僕が墓穴ばかり掘ってしまったように、混乱の中で人は誰しも冷静な思考ができなくなってしまう。神沢さんの話を聞く心の余裕が専務にあれば、こんなことにはならなかったのに。

　いや、あるいは、専務はぜんぜんそんなことは考えてなくて、もしかしたら専務はずっと瑞貴さんのことが本気で好きで、神沢さんさえ死ねば瑞貴さんは自分のものに、と思ったのかもしれない。しかしその推測を瑞貴さんに話すのは、さすがにためらわれた。

「そっかあ……樹さんが送ったメールは残っていないかな？」

「見つかったら致命的な証拠になりますからね。きっと消去したでしょう」

　神沢さんはガラケーで、たしかロック解除のパスワード設定もしていなかった。

「そういうふうにして専務は、半ば衝動的に神沢さんを殺害してしまいました。どうしようと焦ったにちがいありません。ひょっとしたら……ベッドの下に死体を隠して発見を遅らせよう、と考えたんじゃないでしょうか。そうして、僕の存在に気づいた」

　すやすや眠る素っ裸の僕を見つけた専務の驚きは計り知れない。

「しかしこれは、チャンスでもありました。僕という恰好の容疑者を見つけたんですから。社員旅行で同じ部屋だったので、僕の眠りが深いことを専務は知っています。少々の物音では起きないだろうと踏み、神沢さんの体をベッドの上に持ち上げた」

「いったい、なぜ？」

「僕に罪をなすりつけるためですよ。神沢さんはいつもここに帰ってきたとき、中から鍵をかけるはずです。それなのに今日に限って玄関の鍵が開いていたら、外部犯の仕業だと疑われてしまう。中にいる僕に罪を着せるには、なんとかして外から鍵をかけなきゃいけない。鍵は神沢さんのポケットから拝借するとしても、そのまま持ち去るわけにはいきません。だから専務は、玄関を出て鍵をかけたうえで、家の外から、二階の窓のすぐそばに横たわる神沢さんの横に鍵を戻した。神沢さんの遺体をベッドの上に運ぶ必要があったんじゃないんです。窓のそばに鍵を置いても不自然だと思われないよう、そのすぐ近くに神沢さんがいることが必要だったんですよ」

「なるほどね」

「鍵を遺体のそばに置くとき、鍵だけがポケットから出ているのも不自然だと思ったんでしょうね。それをカモフラージュするために、ガラケーや財布をベッドの上に置いたんでしょう」

　ちょっと待って、と瑞貴さんは言葉を挟む。

「窓、ずっと閉まってなかった？」

「ええ閉まってましたよ。でも犯行後、鍵はかかっていませんでした」

「鍵はかかってなかったとしても、窓が開いてなければダメじゃない。でないと、鍵を投げ入れられないでしょ」

　僕は首を横に振る。

「鍵は投げ入れられたんじゃないんですよ。投げ入れたんだったら、寝室の窓は開けっぱなしになっていたはずでしょう？　でもそんなの、犯人がここから何かしたって宣言してるようなものじゃないですか」

「じゃあいったいどうやって、家の外から鍵をベッドの上に置いたの？」

　ちょっと考えてから、僕は言う。

「専務は、神沢さんに頼まれて、あるものを持ってきていたんです。ベッドの下にいる僕を叩き出すための、あるもの」

　そんなもので殴られたら、つつかれたら、さぞ痛かっただろう。いくらベッドが広くたって、絶対に逃げられっこない。

「それは、神沢さんを殺した凶器となりました。それをなぜ現場に残していかなかったのか。いくら凶器とはいえそんなものが寝室に転がっていたら不自然ですし、容疑者も限定されてしまいそうです。しかしそれ以上に、鍵を部屋の中に戻すのに必要な道具だったからです。専務はそれを使い慣れていますから、鍵をベッドの上に落とすのも、元通り窓を閉めるのも、簡単だったでしょう。家の中に持ちこんで神沢さんを殴ることができたにもかかわらず、二階に鍵を運べるくらい長く伸びるもの、です」

　ああ、と瑞貴さんもうなずく。

　僕らは同時に、そのあるものの名を言った。

「高枝切りばさみ」

　その瞬間、遠くからパトカーのサイレンの音が聞こえてきた。

美しさの定義

川《かわ》瀬《せ》七《なな》緒《お》

1970年福島県生まれ。2011年『よろずのことに気をつけよ』で第57回江戸川乱歩賞を受賞。受賞第一作『147ヘルツの警鐘』(のちに『法医昆虫学捜査官』に改題)を刊行。法医昆虫学の女性研究者を主人公にしたこの作品は、現在まで7作を数える人気シリーズになった。他に、警察マニアのイケメン御曹司、元刑事、女性ハンターという異色トリオの活躍を描く『賞金稼ぎスリーサム!』(2019年)、仕立て屋探偵が登場する『ヴィンテージガール』(2021年)などがある。近著に、誘拐犯にされた四人の反撃を描いた『四日間家族』(2023年)がある。(N)

1

「今現在、うちで抱えている未解決事件は十八件。これは殺人事件のみの数だが、その他の犯罪も合わせればかなりの件数になる」

　老眼鏡を曇らせている警部の南雲《なぐも》隆史《たかし》は、マスクの位置を直しながらファイルに目を落とした。

「ここ十年、ほとんどなんの進展もなかったヤマをあらためて検分していたんだよ。事件当時の現場には遺留品が山ほど残されていた。おそらくホシに直結しているであろうものも多いんだが、どれもこれもあと一歩が及ばない。腹立たしいほどにね」

「わかるよ、そのもどかしい気持ち。ぼんやりと影が見えてんのに正体が摑《つか》めない。現に今もそのせいでレベル上げに失敗してるから」

　まっすぐの長い髪を後ろへ払い、水森《みずもり》小春《こはる》はため息混じりに同意した。彼女は登録者数が百万人への秒読みに入っているゲーム実況者であり、古物商界隈《かいわい》でも目《め》利《き》きで名が知れている。異なる二つの経験から世の中を見る目はユニークかつ辛辣《しんらつ》で、小春が何を語るのかを桐《きり》ヶ谷《や》京介《きょうすけ》は密かな楽しみにしていた。南雲も興味深げに小春の顔を見つめ、ひと息ついてから話を先に進めた。

「いやね。現場に残された物証は多方面からさんざん調べ上げられているわけで、言葉は悪いがもはや搾《しぼ》りカスみたいなもんだ。時代の最先端の技術で分析されているから抜けはない。今まではよほどのことがない限り、遺留品を倉庫から引っ張り出して再検分することはなかったんだが、今それを始めてるわけだよ」

「未解決事件専従捜査対策室のあり方を再認識しようという南雲室長の提案です。これはちょっとした改革ですね」

　南雲の部下である八木橋《やぎはし》充《みつる》が、意欲に燃える目を向けてきた。桐ヶ谷は小さく頷《うなず》きながら、つんつんと短い髪を立てている八木橋を流し見た。目鼻立ちがはっきりとした端正な顔立ちにはとてもよく似合っているものの、ジーンズにパーカーというラフな服装も含めて刑事には見えない。殺風景な杉並《すぎなみ》警察署の会議室ではひときわ浮き上がって見えた。

　南雲は腕組みしながら部下の言葉に耳を傾け、呼吸のたびに曇る老眼鏡を外してくしゃくしゃのハンカチでレンズをぬぐった。

「まあ、物証に対する考え方が変わったんだよ。まだまだ隠された情報が眠ってることをきみらが証明してみせたんでね。我々が見て何かがわかるわけじゃないけども、警察は少しでもそういう目を養う必要があると思うわけだ」

「我々もお二人の感覚が掴めれば、新たな着眼点が生まれます。ここが捜査の方向性を左右する重要な部分だと確信していますので」

　八木橋は大きく頷きながら滑舌《かつぜつ》よく喋《しゃべ》った。確かに布地に残されたシワやヨレ、地の目の歪《ゆが》みなどを正確に読み解ければ事件の根幹に近づくことができる。しかし読み違えれば事件解決からは遠ざかり、解決どころか現場は極めて混乱するだろう。桐ヶ谷が釘《くぎ》を刺すべきかと迷っていると、それを察した南雲が目尻を下げて柔和な顔を作った。

「あなたの言いたいことはわかってるからね。生半可な知識でできるようなことではない。僕らは物証の保管状態を見直そうとしているんだよ。段ボール箱にぎゅうぎゅう詰めにしていたものを、少しゆとりをもたせた保管に変えていこうとね」

「なるほど。そうなればたたみジワなんかも減りそうですね」

「そう、そう。できる限りいい状態であなた方には見てもらいたいわけだ」

　南雲が八木橋に目配せをすると、長身でバランスのとれた体軀《たいく》の男はさっと立ち上がった。そして扉の脇に置かれた段ボール箱を抱えてくる。

「今回きみらに依頼したい事件は、まさにうってつけかもしれない。ある意味、服飾業界が絡《から》んだ事件だよ」

　そう言った南雲は、段ボール箱から次々に出される遺品を見てすっと目を細めた。黒っぽいトレーナーが広げられた瞬間、小春がわずかに肩を震わせパイプ椅子をきしませた。トレーナーの胸のあたりには三センチほどの裂け目が口を開けており、前身頃の生地全体が強張《こわば》って紙のような折れ目がついている。トレーナーの色が黒なのではなく、大量の血液が酸化したせいで黒変しているのだった。何かで胸をひと突きにされたことがありありとわかり、桐ヶ谷は思わず自身の胸許を押さえた。

「今回は今までになく生々しいから覚悟してちょうだいね。被害者は刺し殺されているし、相当出血しているから」

　今までの和やかな雰囲気に終止符を打った南雲が、静かに先を続けた。

「今から十年前の二月に起きた事件だよ。被害者は河内桃子《かわちももこ》、当時二十二歳。荻窪《おぎくぼ》のアパートでひとり暮らしをしていた。死亡してからおよそ一週間後に発見されている」

南雲が淡々と説明している間にも、八木橋は遺留品を次々に並べていった。スウェットのズボンやトレーナーの中に着ていたのであろうTシャツ、靴下や下着などがどれもどす黒い錆色《さびいろ》に染まっている。体内の血液が出尽くしてしまっているようなありさまを見て、桐ヶ谷は喉を鳴らした。実際に目の当《ま》たりにする刺殺というむごたらしい死に様《ざま》には、感傷や恐怖などの心情が入り込む余地がない。迫ってくるような現実を受け止めるだけで精一杯だった。

「死因は出血性ショック。傷が心臓に達して大動脈を傷つけていてね。凶器が斜め上から体に入っている。ハサミだよ」

「ハ、ハサミ？」

小春がつっかえながら繰り返したとき、南雲はファイルから一枚の写真を抜いて二人の前に滑らせた。それはべったりと血糊のついた黒い取手の裁《た》ちばさみで、ネジの上に「♡MOMO♡」と名前が彫られている。それを見た桐ヶ谷の胸には鈍い痛みが走った。

「……もしかして、被害者の女性は服飾学校に通う学生だったのでは？」

裁ちばさみの写真を凝視しながら問うと、南雲はそうだ、と頷いた。

「なんでわかったの？」

「いえ、裁ちばさみが新しいし名前にハートマークが使われているのでね。服飾学校は入学時に基本の道具一式をそろえるんですが、ハサミなんかはサービスで名前を入れてもらえる場合があるんですよ。服飾の学生はだいたい変わった文字やマークを入れたがります。星やドクロ、十字架などですね。一般的な名入れは漢字ですから」

「なるほどね。桐ヶ谷さんらしい見解だ」

南雲は感情のない目を合わせてきた。何度見ても慣れることのない、心の奥底をざらざらと浚《さら》うような視線だった。

「被害者は新宿にある服飾専門学校の二年生だった。一週間、無断欠席が続いたためにクラスメイトがアパートを訪ねたんだよ。そこで死んでいる河内桃子を見つけた。胸に裁ちばさみが刺さったままの友人をね」

血液で強張っているトレーナーに目をやり、小春はさっと目を逸《そ》らして両腕を何度もこすり上げた。無残な姿となった友人を発見したクラスメイトたちは、その光景を一生忘れることはできないだろう。桐ヶ谷は首を横に振った。

「最悪の経験だったでしょうね」

「もちろんそうだろうねえ。全員が成人していたが、まだまだ幼さが抜けないような連中だった。アパートへ行った五人のうち三人は直後に学校をやめているよ」

　その気持ちは痛いほどわかる。十年経った今でも裁縫道具を見るだけで記憶の扉が開いてしまう状況かもしれない。犯人は被害者の命を奪ったと同時に、発見者の人生をも変えてしまったということだ。

「荻窪にある六畳一間の木造アパートは全部で六部屋。被害者は二階の真ん中に住んでいたが、両脇は空きで住人はいなかった」

「じゃあ、だれも物音とか叫び声を聞かなかったの？」

　小春の問いに、南雲は腕組みして首を傾けた。

「両脇がいなかったとはいえ、木造の壁が薄い安アパートだからね。どこにいても音は聞こえただろう。住人がいればの話だが」

　南雲は裁ちばさみの写真から顔を上げた。

「犯行は真っ昼間におこなわれたんだろうと我々は見ているよ。解剖医も昼の十二時から五時の間だと死亡推定している。アパートの住人はみんな学生だったし、家を出て遊んでいたわけだ。なんせ土曜の昼間だったから」

「ちょっと待って。昼間って、犯人は返り血を浴びたはずだよね……」

　小春が遺留品を見ながらおそるおそる口にした。真正面から心臓に達するほど深く刺したのだから、全身が血塗《ちまみ》れになったのはだれの目にも明らかだ。しかし南雲は腕組みしたまま少しだけ間を置き、小さく息を吐き出した。

「ハサミは被害者に突き刺さったまま発見されている。もちろんかなりの出血はあったが、凶器が栓になって全身に浴びるほどの血は噴き出していないんだよ」

　なんとも嫌な状況だ。そして南雲は続けざまに言った。

「だが、ユニットバスから血液反応が出ている」

「まさか、犯行後にシャワーを浴びた？」

　信じられない思いで桐ヶ谷が口に出すと、南雲は再び嘆息を漏らした。

「そういうことだろう。血を拭き取ったと思われるタオルも見つかっている。そしておそらく、ホシは夜になるのを待って出ていった。下の住人が、夜中の十二時過ぎに玄関ドアが開く音を聞いているんだよ。死亡推定で割り出した日にだ」

「凶悪すぎる……」

小春が絞《しぼ》り出すような声を出した。裁ちばさみが刺さったまま事切れている人間を横目に、シャワーを浴びたり身支度を整えたりしたということか。凶悪であることは当然だが、普通の神経ではないだろう。

「亡くなった二十二歳の学生がそれほど恨まれていたということでしょうか」

桐ヶ谷はだれにともなく言った。南雲はあいかわらず腕組みしながら口を開いた。

「はっきり言って、この手の殺しは珍しいことじゃない。計画的に犯行を企てたんなら、アパートの住人がいないときを狙うのは当然だ。真っ昼間に起こる殺しはことのほか多いからね。いろんな生活音が味方してくれる。ただ」

南雲は言葉を切って、色素の薄い目を合わせてきた。

「この殺しに限って言えば、計画的犯行ではないように思える。凶器に被害者のハサミを使ったこともそうだが、現場にはうろたえたような痕跡が数多く残されていたんだよ。遺体にはコートが丁寧にかけられていたしね。解剖医によれば、止血を試みた痕もあったそうだ。バスタオルを丸めて傷口周辺に押し当てたような」

「でもハサミは抜かなかったし、救急車も呼ばなかった」

「その通り。出血量からして呼吸停止までそう時間はかかっていない。止血を考えたときにはすでに呼吸停止していただろう。シャワーを浴びたり着替えたりしたと聞くと猟奇的な感じがするけども、おそらくは半ばパニックだったように思う。発作的に刺したんだな。現に、被害者と争ったような痕跡はない」

桐ヶ谷と小春は無言のまま警部の言葉を反芻《はんすう》した。発作的に裁ちばさみを手に取り、心臓に達するまで深く突き刺した。斜め上から刃が入ったということは、大きく振りかぶったのだろう。もともと殺す気がなかったのにそこまでするというのは、よほどの激昂《げきこう》状態だったのだろうか。

すると小春は神妙な面持《おもも》ちのまま言った。

「強盗とかそういう類《たぐい》の犯罪ではないってことだよね。被害者の河内桃子さんが、部屋にみずから招き入れたってこと？」

「そうだよ。顔見知りの犯行で間違いない。現場からは毛髪なんかも山ほど出ているが、クラスメイトと集まったり一緒に何かを制作したり、そういうことがよくあったらしい。例によってＤＮＡが決定打にならない案件なんだよ」

南雲はマスクを外して両手で顔をこすり上げ、再びマスクを着けた。

「被害者の交友関係はほとんど学校絡みでしかなく、特に第一発見者の五人とグループ行動をすることが多かった。駅前の居酒屋でバイトをしていたが、そこでも不審な人物は挙がっていない。恋人もいなかったそうだ」

「ということは、学校関係者とバイト先はかなり調べたということですよね？」

「そういうことだ。どう考えてもホシはその中にしかいないはずなんだよ。被害者は栃木から上京しているし、部屋に招くほど親しい人間は限定される。だが、全員にアリバイがあってねえ。目撃証言もないし迷宮入りするのも早かったよ」

南雲は悔しさを噛《か》み締めるように眉根《まゆね》をぎゅっと寄せた。十年前は日本と海外を行き来することが多かったため、この事件のことはまるで記憶にない。しかし、二十二の学生が刺殺されたとなれば、連日報道されただろうと思われた。

八木橋は細かな遺留品を出し終え、ファイルを開いて指でたどった。

「凶器のハサミから出た指紋は大部分が欠損していて照合は不可です。ユニットバスの扉や玄関のドアノブは指紋を雑に拭いたような痕跡がありました。刺したときはパニックだったとしても、その後はクールダウンして証拠隠滅《いんめつ》を図ったと見ています」

「時間はじゅうぶんすぎるほどあっただろうからね」

南雲が付け加えた。

「さっきも言ったけど目撃証言はほぼゼロ。被害者はバイトで生活費を工面していたようで、スマホやガラケーも持っていなかった。固定電話もなくてね。今どき珍しい苦学生だな」

「服飾学校は何かとお金がかかりますからね」

「そうらしいね。生地やら糸やらをそろえて衣類を制作するみたいだから」

「ええ。同時進行でいくつも作ることになるし、少しでも安い生地を探して日暮里《にっぽり》の生地問屋なんかには学生が通い詰めていますよ」

南雲は頷き、八木橋は桐ヶ谷の言葉を素早く手帳に書き取った。

「授業態度は真面目で問題を起こすような生徒ではなかったようだ。それに根性もある。高校卒業してから二年間バイトして貯めた金で入学した。一時期はバイトを掛け持ちして授業料もほとんど自分で用意したようだから」

そう言ったとき、八木橋が一枚の写真を桐ヶ谷と小春の前に置いた。入学式の写真だろうか。緊張した面持ちで少女が突っ立っている写真だ。長い髪をツインテールに束ね、ピンク色のロリータファッションに身を包んでいる。過度なレース使いのワンピースは精一杯背伸びをして選んだのだろう。ファッションを学ぶ場で、他者に引けを取らないようにがんばった。しかし自己主張にしては中途半端で、全身から漂う垢抜《あかぬ》けない雰囲気がどこか哀愁を誘っている。

「ほかにも写真はありますが、あまり写りがよくありません」

八木橋は数枚を長机に並べていった。数人で撮ったものや、自分で縫《ぬ》ったとおぼしき服を着ているものだが、どれもいちばん端に並び、さらには友人たちの陰に隠れるようなシチュエーションばかりだ。

「前に出ないタイプだったみたいだね」

横から覗《のぞ》き込んできた小春が言った。

「友人関係は良好だったの？」

「仲間はそう言っているよ。なんでも、グループ制作で一緒になったところから友だちになったようだ。黙々と作業する職人みたいで、周りからはおもしろがられていたみたいだね。なんせひとりだけ見た目が地味だから、かえって新鮮だったらしい」

桐ヶ谷は友人たちと写っている桃子をじっと見た。周りは髪を赤く染めたり目の覚めるような奇抜な服装をしているのに対し、彼女はくすんだ色味のワンピース姿だ。入学式に着たロリータファッションを極めることはやめたようだが、それは正解だと桐ヶ谷は思った。目鼻立ちがシンプルで平面的な造作のため、その楚々《そそ》とした涼しげな雰囲気にフリルやレースが似合っていない。控えめな出で立ちがどことなくミステリアスで、その年齢以上に大人びて見えた。

桐ヶ谷は大きく息を吸い込んで、目頭を指で押した。あらゆる犯罪や、ましてや殺人などとは無縁の生き方をしていたはずだ。それなのに最悪の最期を遂げた。夢をもって上京しただろうに、やり切れない結末だ。

桐ヶ谷は再び深呼吸をして気持ちを切り替え、彼女が死亡時に着ていたトレーナーを引き寄せた。

2

なんともいえない重量感に桐ヶ谷はぎくりとした。事件から十年も経っているのに、大量の血液を吸った繊維が膨らんで重さが増しているらしい。完全に水分が抜けても血の成分だけは居座り続け、もはやトレーナーではない何か別のものに変質していた。

　桐ヶ谷は、鉄錆びのような臭いを感じて思わず動きを止めた。まさか気のせいだろうと思って息を吸い込んだが、窓から差し込む太陽にちらちらと反射するものが見えたと同時に再び動きを止めることになった。

「まさかこれは……」

　そう言いかけた桐ヶ谷を遮り、南雲が一本調子の声を出した。

「古くなった血液は土埃《つちぼこり》みたいに舞うからね。こればっかりは止めようがないから、なるたけ吸い込まないようにしなさいね」

「ちょっと！　なるたけ吸い込まないようにしなさいねって軽すぎるでしょ！　人の血を吸い込むなんて普通は一生ない経験なんだよ！　しかも十年前の血なんだよ！」

　小春が騒がしくわめきながらパイプ椅子を引き、マスクの隙間《すきま》を塞《ふさ》ぐようにハンカチを押し当てた。桐ヶ谷は長机に落ちている黒っぽい粉を凝視し、マスクの中で唇を引きつらせた。血液が水分を失って固体になっているのだから当然だが、これはかなり厄介だ。なるべくトレーナーに負荷がかからないように指先でつまみ、目の前まで滑らせた。

「手袋を使いますか？」

　八木橋がラテックスの手袋を差し出してきたが、桐ヶ谷は首を横に振った。

「いえ、大丈夫です。手袋は指先の感覚が変わってしまうので、なるべく着けたくないんですよ」

「そう、そう。洗えば済む話だからね」

　あくまでも飄々《ひょうひょう》としている南雲をねめつけた小春は、マスクと顔の間にハンカチをねじ込んだ。

「桐ヶ谷さんも気をつけな。こういうとこからゾンビ化が始まるんだよ」

「確かに、映画で言うならまさに序章だよね」

　桐ヶ谷は血液の染み込んだトレーナーに目を落とした。表地は三十番手、裏地は十番手の糸で組織された裏毛《うらげ》起毛のスウェットで、ごく一般的に売られているものだ。が、質感はもはやごわごわした皮革のようになり、保管されていたたたみジワがはっきりと刻まれていた。

　裾をめくって裏側に目を走らせ、縫い糸にも染み込んだ血液を見ながら口を開いた。

「傷が大動脈を傷つけていたのに、現場には血溜まりがなかったんじゃないですか？」

　桐ヶ谷の問いに、南雲はにやりとした。

「その着衣からそんなことまでわかるの？」

「ええ。このトレーナーは30／10《さんまるとおばん》の裏毛と呼ばれる生地で、表生地の天竺《てんじく》と裏生地のパイルを編みながらつなげているんですよ。かなり複雑な工程なんですが、スウェットとしてはおなじみですね。そして裏のループには起毛がかけられている」

　桐ヶ谷はトレーナーの裾をわずかにめくって見せた。

「こういう素材は吸水性に優れていますから、糸の一本一本に水分がめいっぱいまで染み込みます。状態をみると、相当量の血液がこの一着に入っている」

「被害者の近くにクッションもあったから、これらの布に血が染み込んで絞れるほどだったよ。あなたの言うように、ぱっと見は心臓をひと突きにされた現場ではなかった。普通は床全体が血まみれになるからね」

　南雲の言葉を頷きながら聞いていた八木橋は、現場写真に目を走らせた。

「確かに刺殺された現場ではないですね。血液が極端に少なく見える。桐ヶ谷さんのおっしゃるように、このトレーナーとインナーTシャツにガイ者の血が集中して吸われているんでしょう」

　桐ヶ谷は目の前にある変色したトレーナーを見つめた。まさにその通りで、血液で染色したような様相だ。そっと袖を持ち上げて脇に視線を走らせ、手首のリブ編み部分を検分した。遺留品を動かすたびにするパリパリという耳障《みみざわ》りな音は、血液を吸い込んだ繊維が折れて発しているものだろう。洗わずに十年間放置された生地は血によって朽《く》ち、本来ならば残されていたはずのシワやヨレなどをすっかり消してしまっていた。

　桐ヶ谷は残された痕跡を見つけるために隅々まで探ったが、犯人につながる一本のシワどころか被害者の癖すらも読み取れなかった。

「すみません、今回はまったく何もわかりません。繊維が血を含んで膨張して固まってしまったために、本来残されていたはずの記録が捻《ね》じ曲げられているんですよ」

「やっぱりそうだよねえ」

　南雲は半ば予測していたように口を開いた。

「血がついてない場所を探すほうが難しいぐらいだからね」

「南雲さん。いつもみたいに隠してることはないの？　情報が少ないほうが桐ヶ谷さんは研ぎ澄まされるとか言ってないで、今回ばっかりは出し惜しみしないでよ」

小春がいつものようにずけずけと言い放ったが、南雲にわずかに落胆の色が見えたことで桐ヶ谷は申し訳なさが加速した。

「何も隠し事はないんだよ。この事件は我々もどん詰まり。きみらですら何もわからないとなると、いよいよ完全に迷宮入りになるだけだ」

迷宮入りという言葉が今回ほど重く聞こえたことはない。これだけの凶悪な罪を犯しておきながら、犯人はもう捕まらないだろうと高をくくっているはずだった。十年が経過し、警察の影すらも見えない生活を謳歌《おうか》しているのではないか。

桐ヶ谷は顔の見えない犯人が安堵しているさまを思い浮かべながら、被害者の写真に目をやった。常に一歩下がるように生きていた彼女には夢があったはずだ。栃木から上京し、服飾を学んで何をしたかったのだろうか。強固な目的があったからこそ、バイトを掛け持ちしてでも技術を学んでいたはずだった。

被害者に思いを馳せているとき、小春が長い髪をかき上げながら言った。

「顔見知りの犯行だとすれば、学校とバイト先と実家の栃木。でも、そのあたりの人間に犯人はいなかった。南雲さんは否定したけど、やっぱり強盗に遭《あ》ったことも考えられるよね」

「そこだよ。もちろん強盗の線も洗ったが、財布とかバイト代なんかがそのまま残されていたんでね。そうなると残りは怨恨《えんこん》だが、そこまでの深い付き合いが被害者にはない。金の貸し借りもなく、遊びに行く間も惜しんで学校の課題をこなしていた。つまり彼女にはほころびがないんだな」

南雲は自身に言い聞かせるようにひとつひとつ羅列した。

「まあ、被害者にはなんらかの隠し事があったんだろう。家族も友だちも知らない非日常に首を突っ込んでいた。そうとしか考えられない」

南雲の言葉を考えた。抵抗した痕跡もなかったのだから、何者かがむりやり押し入ったのではないことは明らかだ。見知っている人間に、いきなり刺された情景が浮かぶ。当人にはなんの危機感もなかった。しかし、南雲が語ったように非日常のなかで起きた事件なのだろうか。服飾とは無関係なのか？

桐ヶ谷は遺留品を見つめながら考えを巡らし、ふいに顔を上げた。

「現場の写真を見せてもらえませんか？」

「被害者が写っているもの？　それとも現場検証の写真？」

　すかさず返してきた南雲の問いに、桐ヶ谷は「どちらでも」と答えた。警部はいかめしい顔のままファイルをばさばさとめくり、少し間をおいてから何枚かを滑らせてきた。警戒している小春を横目に、桐ヶ谷は写真を取り上げた。事切れている被害者の姿はない。すべて現場検証の写真で、アルファベットと数字の書かれた札が部屋の所々に置かれている。

　桐ヶ谷は写真を食い入るように見つめた。六畳の部屋の奥には正方形の小さなテーブルが置かれ、その上にミシンとロックミシンの二台が背中合わせにセットされている。床には平型のアイロン台があり、コンセントに挿さったままの業務用アイロンがシリコンマットの上に置かれていた。

「このアイロンの電源は入っていましたか？」

　その質問と同時に、八木橋が書類をめくって目を走らせた。

「いえ、スイッチはオフの状態でした。ミシンも電源が落とされていたそうです」

　桐ヶ谷は頷き、再び写真と相対した。すると南雲が、ずり落ちたマスクを直しながら興味ありげな声を出した。

「現場は徹底的に検証されているよ。チリひとつも残さないで持ち帰っているからね」

「ええ。警察が抜けのない捜査をしていることはわかっています。僕は僕なりの目線で事件現場を検証します。つまり、服飾の分野ですが」

「あなたはそれが事件にかかわっていると思ってる。そういうことでいい？」

「わかりません。でも彼女は、自分で授業料を払いながら苦労して技術を学ぼうとしていた。そういう意志のある人間が、殺人の起きるような状況に首を突っ込むとは思えないんですよ。彼女の人生の中心には常に服飾があったはずですから」

　桐ヶ谷は言い切った。入学時はありがちなロリータファッションに身を包んで背伸びしていた彼女が、都会で時を経るごとに地に戻っていった。これは服飾やファッションというものの表層よりも、その奥にある本質に目を向けはじめたからではないか。まさに創る側へまわったのだ。おそらく彼女は服飾にどっぷりとのめり込み、自分のためにならないことはしていない。

桐ヶ谷は、小春が差し出してきたルーペを当てて写真を寸刻みで見ていった。六畳の部屋は洋服を作るアトリエと化しており、物を縫って仕上げるために最適な配置を編み出している。ミシンの周りには生地やパターンとおぼしきものが重ねられ、どこでどう寝ていたのかわからないありさまだった。プラスチックのケースには、ボタンやファスナー、梵天《ぼんてん》や芯地《しんじ》などの服飾付属がサイズ別に収められている。

二台のミシンはどちらも工業用で、かなりのパワーがあるものだ。桐ヶ谷はかろうじて部屋から読み取れる情報をひとつひとつ頭に刻み、やがて顔を上げた。

「この部屋からなくなっていたものはなんでしょう」

南雲は首を横に振った。

「さっきも言ったが金目のものはすべて残されていた。そのほかはよくわからないね。両親に遺品を確認してもらったが、なくなったものはわからないとのことだ」

「そうですか。ちなみに、彼女が制作していたものや学校へ提出していたようなレポートの類はありますかね。授業で使っていたものがかなりあると思いますが」

「そういう一時的に押収したものは全部返却しているよ。ミシンとかアイロン、あとは被害者が作ったとおぼしき服やなんかだな。栃木の両親が引き取っている」

「ぜひそれを見せていただきたいですね」

南雲は目尻を下げて薄くなった頭を掻いた。

「桐ヶ谷さんならそう言うと思ったけども、遺族が今も保管しているかどうかはわからないよ。父親と祖母がなかなか気性の激しい人間でね。事件に巻き込まれた娘を恥だと言い切っていたから」

「ずいぶんひどいこと言うね。最悪の犯罪に巻き込まれた娘に対してさ」

小春が眉をひそめると、南雲は小刻みに頷いた。

「なんせ小さい田舎町だし、噂《うわさ》に尾ひれがついておもしろおかしく広がることを恐れてるんだろう。人間は被害者の落ち度を探す生き物だし、今の時代、他人の不幸は娯楽として消費される。残念だが、遺族は何よりもそんな世間体を重んじているんだよ」

なんとも胸の悪くなる話だが、この手の感覚もわからないではなかった。強固な共同体の中で生きている者にとって、理由がなんであれそこからはみ出すことは恐怖でしかないのだろう。

「まあ、ともかく」

南雲は首をまわして関節を派手に鳴らした。

「先方には協力を依頼するしかないねえ」

「わたしも栃木に同行するから」

小春は勢い込んで言った。

「今回はわたしの出番はなさそうだけど、こんなときこそ桐ヶ谷さんの援護射撃を徹底すべきだからね」

「援護射撃？」

桐ヶ谷が繰り返すと、小春は腰に手を当てて首を縦に振った。

「警察は先制部隊として現地に切り込む役割。桐ヶ谷さんはいつもみたいに自分の世界に入ってもらって、あとはわたしにまかせな。必ず生かして帰すから」

いったいどういう比喩なのかがわからない。南雲は急に仕切りはじめた小春を眺め、写真を重ねて八木橋に渡した。

「もちろん、現地には水森さんにも行ってもらうつもりだよ。あなたがいると実にばかばかしくて気が休まるからね」

南雲はさらりとそう言い、長机の上で手を組んだ。

「何回も言ってるけども、このヤマは顔見知りの犯行で発作的な殺人だと我々は見ている。でも、桐ヶ谷さんはそれを聞かなかったことにしてね。僕も経験したんだけど、顔見知りってとこに縛られると、まったく前に進めなくなるのよ。この十年、状況証拠に振りまわされっぱなしだから」

「了解ですよ」

桐ヶ谷は相槌を打ったものの、顔見知りの犯行なのはまず間違いないはずだ。問題は、被害者に近しい人間がどうやって警察捜査の網をかいくぐっているのか。それに尽きる。

3

一週間後の三月二十日。東北自動車道の鹿沼《かぬま》インターチェンジで高速を下り、そこからさらに数十分ほど進んだところに河内桃子の生まれた家があった。高円寺《こうえんじ》から車で三時間足らずの場所は四方を山々に囲まれた肥沃《ひよく》な土地であり、活き活きと繁《しげ》る新緑が目を癒《い》やしてくれる。都会の喧《けん》騒《そう》とは無縁の小さな町は、木々や土の濃密な匂いに満ちていた。

桐ヶ谷は、久しぶりに味わった新鮮な空気をめいっぱい胸に入れた。小春はレースのあしらわれた薄手コートを羽織り、桐ヶ谷と同じく深呼吸を繰り返している。桃子の実家は農家のようで、瓦葺《かわらぶ》きの母屋の奥にはいくつものビニールハウスが並んでいるのが見えた。斜向《はすむか》いにある作業場の前に軽トラックや一輪車などが雑に横付けされ、枝ぶりのいい柿の木の横には蔦《つた》の絡んだ古そうな土蔵が建っている。先祖代々、この土地に根付いて生きてきたのだろう。目に映るすべてが自然豊かな景色に溶け込んでいた。

「あの蔵にはお宝が眠ってそうだよ。気配でわかる」

小春は風情のある土蔵に目を向けた。

「地方の蔵は常に狙われてるからね。そこらの悪徳古物商に安く買い叩かれないことを祈るばかりだよ」

古いものに並々ならぬ愛情を注いでいる彼女は、職業魂が騒ぎ出しているらしい。古物界隈の闇はよく話題に上るが、小春は悪徳業者撲滅のために日々闘っている。すでに趣味の域ではないゲーム実況もそうだが、やり始めたらとことんまで突き詰めるという人間だった。その繊細な見た目からは想像もつかないのだが。

どこからともなく聞こえる川のせせらぎに清々しさを感じていたとき、現実に引き戻すように白いマスクを着けた南雲が口を開いた。

「さて、ここからが始まりだからね」

言葉の意味を量りかねて横に目を向けると、下刈りされている細い私道の先から作業着姿の男が歩いてくるのが見えた。背丈はないががっちりとした筋肉質の体軀で、短いがにまたの脚で地面をがっちりと捉えている。泥だらけの長靴で雑草を踏みしめながら、東京からの一行に目を据えた。その勢いだけで気圧《けお》されるし、お世辞にも機嫌がいいようには見えない。

二人の刑事が一歩前に出て会釈《えしゃく》をした。八木橋は珍しくスーツを着込んでおり、髪もおとなしめにセットされている。

「こんにちは。今日はご協力感謝します。そして、未だ娘さんの事件を解決できなくて申し訳ありません」

南雲と八木橋は頭を下げ、桐ヶ谷と小春もそれに倣った。

「ああ、やめてくれや。そんなことにはなんの意味もない」

マスクをしていない桃子の父親の声は、がらがらに嗄《か》れている。四人が顔を上げると、グレーの作業着の胸ポケットからひしゃげた煙草の箱を取り出した。一本をくわえてうつむきながら火を点け、鼻から豪快に煙を吐き出している。

「十年も経っちまえば、犯人の野郎だって事件なんか忘れて楽しくやってるだろ」

「そうさせないためにも全力を尽くします。お電話でお話しした通り、今日は我々と契約している専門家も同行しましたので」

　南雲がそう言うなり煙草をくわえた男は顎《あご》を上げ、桐ヶ谷と小春を不躾《ぶしつけ》なほど見まわした。日々太陽に晒《さら》されている肌は見事な赤銅色《しゃくどういろ》で、顔全体が乾いて細かいシワで覆《おお》われている。エラの張った四角い顔がたくましさを強調しているが、同時に偏屈さや頑固さも垣間見えていた。歳のころは五十代の後半ぐらいだろうか。娘を失った苦悩がまったく見えないのは、粗野な振る舞いで巧妙に隠しているからかもしれない。

　桐ヶ谷はあらためて会釈をした。

「はじめまして。桐ヶ谷と申します。今日はお時間をありがとうございます」

「時間なんてないんだよ。これから種まきの準備とハウスの調整をしなけりゃならん。来月の頭から一斉に作付けが始まるからな。うちみたいに身内だけでやってるかんぴょう農家に休んでる暇なんかないわけだ」

「なるほど。確か栃木は、かんぴょうの生産量が全国一位でしたよね？　昔、授業で習いましたよ。ユウガオの実が原料だということもそのとき知りましたし」

　男は土埃と手垢《てあか》で汚れたキャップをかぶり直し、桐ヶ谷をことさらじろじろと見た。

「チャラついた長髪の男でも役所と契約できるんだな。しかも民間人が殺人の捜査とくる。いい時代だよ」

　小春にも目をくれ、彼は煙草を揺らしながら皮肉めいた笑みを浮かべた。桐ヶ谷はひとつに束ねた長い髪を後ろへ払い、真正面から男の窪《くぼ》んだ目を見つめた。

「ここまで長く伸ばすと、なかなか切る決心がつかないんですよ。ですが、仕事は抜かりなくやらせていただきます」

「彼らはすでに、未解決事件を何件も解決へ導いていますからね。我々は、能力さえあれば見た目なんてどうでもいいんですよ。たとえ髪がピンク色だったとしてもね」

　南雲が間《あい》の手を入れると、桃子の父親は鼻を鳴らしてまだ長さのある煙草を足許に吐き出した。

「お堅い警察も必死ってわけか。まあ、そりゃそうだな。十年も悪党を自由にさせてるんだから」

　被害者遺族と南雲との関係は、悪化の一途をたどっているらしい。娘の遺留品を見せてもらえるのだろうかと不安が首をもたげたとき、作業場から小さな老女が出てくるのが見えた。花柄の割烹着《かっぽうぎ》を着て手ぬぐいであねさまかぶりをし、ほとんど直角に曲がった腰の後ろで手を組んでいる。桃子の祖母だろう。敷地内に駐めてある捜査車両の黒いアコードを睨《にら》むように見つめ、顔を横に振りながらこちらにやってきた。

「このご時世に、東京ナンバーの車がうちに駐まってたらよそさまはなんと思うかね」

老女は割烹着のポケットからくしゃくしゃのマスクを取り出し、大仰に着けてため息をついている。四人が挨拶《あいさつ》をしようとするも、枯れ木のように節のある手をひと振りしてそれを遮った。

「犯人が捕まった知らせかと思ったら、今さら桃子の遺品を見たいって話だ。こういうことをされるとな、近所じゅうの噂になるんだよ。隣なんてもうよそへ電話かけてるぞ」

老女は自宅の裏のほうへ顎をしゃくった。長年の農作業で腰が曲がって膝《ひざ》も悪いようだが、それをものともしないほどの活力がある。彼女にも孫を失った苦しみは見えず、警察への敵意と近所への警戒心がにじみ出ていた。

「お忙しいところ申し訳ありませんね。桃子さんの事件を、別の観点からも見てみようということになったんですよ。ご協力をお願いします」

南雲と八木橋に次いで、桐ヶ谷と小春も頭を下げた。ずっと気になっているのだが、桃子の母親の存在がまるっきり見えない。それに、この二人を見ていると遺留品を処分してしまった可能性が現実味を帯びてくるからたまらない。

最悪の事態を想定して焦りを覚えていたが、桃子の祖母の繰り言が始まって思考がまた中断した。

「まったく、桃子も都会にかぶれて出ていった挙げ句にこのザマだ。二十歳そこそこの娘が殺されるなんてなあ。まともな生き方をしてたら絶対にないことなんだ」

「お言葉ですが、犯罪に巻き込まれることはだれにでもあり得るんですよ。悪意によって普通の生活が一変してしまうんです」

口を挟んだ南雲の言葉を無視し、老女はマスクを動かしながら捲《まく》し立てた。

「孫は人殺しをするような人間と付き合いがあったってことだ。犯人は通り魔でも強盗でもないんだからな。河内家が始まって以来の恥なんだよ。ご先祖さんにも申し訳がたたんし、世間様にも顔向けできん。たったひとりの婿《むこ》取りだったってのに、この家の血を終わらせた大馬鹿もんだ」

　聞くに堪えない毒まみれの言葉は聞き流すしかない。桐ヶ谷は意識的に下腹へ力をこめたが、横で小春が怒りを燻《くす》ぶらせているさまが伝わり目で制止した。ここでの議論は無意味だし、彼らの考えを変えさせることに神経を使うのは無駄だ。それよりも、遺留品を見せてもらえるかどうかがこの二人にかかっていることが歯がゆかった。

　老女はまるで長年の鬱憤《うっぷん》を吐き出すかのように孫娘を罵倒し、父親は一切口を挟まず暴言を許している。いくらなんでもひどすぎやしないか。この狂った時間があとどれくらい続くのかと辟易《へきえき》しはじめたとき、父親が新しい煙草をくわえて火を点けた。

「ともかく、勝手に見て勝手に帰ってくれ。娘のアパートから引き揚げてきたもんは、ぜんぶ土蔵に入ってる」

　すると父親は母屋に顔を向け、「幸子《さちこ》！」と山々にこだますするほどの大声を張り上げた。しばらくすると痩《や》せて貧相な女性が顔を出し、やや前屈《まえかが》みになりながら小走りにやってきた。

「この人らを土蔵に案内してくれ。ほっとくわけにもいかねえからな。鉢の準備はもうできてんだろ？」

「ええ。裏に並べといたから」

　そう言って彼女はこちらに向き合い、深々と頭を下げてきた。桃子の母親だということは、顔の造作を見てすぐにわかった。彫りの浅い平面的な骨格で、重い一重まぶたの目許がよく似ている。そして、娘以上に寂しげだった。

　それから作業場のほうへ去っていく二人を見送り、彼女は恐縮するようにまた頭を下げた。

「お茶もお出ししないですみません。東京からわざわざ来てくださったのに」

　見た目通りの覇気《はき》のない声色だ。

「お気遣いだけいただきますよ。こちらこそ事件解決に時間がかかっていて申し訳ありません」

「いいえ、ずっと娘を殺《あや》めた犯人を捜してくださってありがとうございます。定期的な電話や手紙にはどれだけ救われたかわかりません。南雲さんのおかげで今まで生きてこられました」

「その言葉は犯人が逮捕されたときにまた聞かせてください」

「ええ、ええ。その知らせを待っています……」

　桃子の母親は涙ぐみながら声を詰まらせた。それを見た桐ヶ谷も目頭が熱くなるのと同時に、心の底からほっとした。母親だけは娘の死を悲しんでいる。いや、悲しみを表に出せると言ったほうが正しいだろう。父親と祖母は、桃子を悪く言うことで心の均衡を保っている。そう思いたかった。

　四人は彼女に連れられて土蔵の中へ入ることになった。震災の影響なのか壁には大きなひびが幾筋も走り、元は積み上げられていたのであろう木箱の類が床に下ろされている。蔵の中はひんやりとした空気で満たされ、カビや古物特有の臭いが漂っていた。

　母親は天井から吊るされた鎖を引いて裸電球を点けた。

「散らかり放題ですみません。片付けようと思ってもなかなか手がつけられなくてね」

「蔵というものに初めて入りました」

　ずっと無言だった八木橋が、周囲に目を走らせながら言った。土蔵は木梯子《きばしご》がかけられた二階建てで、いつからここにあるのだろうと思うような古物が隙間もなく収められている。修理すればまだ使えそうな蓄音機や八ミリの映写機、飴色に変色したたくさんの木箱には毛筆で中身が記されていた。大皿などの瀬戸物が多いけれども、ふいに雛人形という文字が目に入って胸の奥がちくりと疼《うず》いた。河内家のひとり娘である桃子は、さぞかし大切にされていたのだろう。雛人形のほかにも三歳と七歳で身につけた七五三の着物や成人式の振り袖、髪飾りや草履といった祝い事の一式が、長持に入れられて厳重に保管されている。

　白髪の目立つ母親は奥に並んでいる箱などをずらして空間をつくり、立ち上がって腰を叩いた。

「ここにあるものが全部東京のアパートから持ってきたものです。食器やタオル、桃子の衣類なんかは、知らない間にばあちゃんが処分してしまったんです。それでも大丈夫ですか？」

「大丈夫です。彼女が学校の課題で提出したレポートとか制作物とか、そのあたりが見たいんですよ。警察も押収しなかったものです」

　南雲の言葉に、彼女は「はあ」と曖昧な返答をよこした。そしていくつかの段ボール箱の蓋《ふた》を開け、四人のほうへ押しやった。

「この箱がそうです。教科書なんかもそのまま入っていますので……」

　そう言いかけた彼女は、箱の中身を見下ろしてさっと目を逸らした。手を握りしめて何度も深呼吸をしていたが、やがて口許を手で覆って大粒の涙を落とした。

「す、すみません。何年ぶりかで見たものですから。も、桃子の書いた字が下手くそで、ずっと昔からお習字を習ってたのにちっともうまくならなくて、と、東京の学校へ行ってもおんなじ字を書いていたんだなあと思って……」

　母親は流れ落ちる涙を止められず、チェック柄のエプロンの裾でぬぐった。

「あ、あの子は本当に不器用なんですよ。針仕事なんていちばん向かないのに、あ、ある日突然、東京の学校に行きたいって言い出して。洋服のデザイナーになるんだって言うんです。そ、そんな夢みたいなこと言って、こんな田舎から東京に行っても苦労するだけなのに、わ、わたしには目標ができたからって」

　彼女は堰《せき》を切ったように喋り出し、嗚咽《おえつ》しながら急《せ》くように先を続けた。

「父ちゃんもばあちゃんも猛反対で、ただ都会に憧れてるだけだって取り合わなかった。で、でもわたしは、あの子をこの家から出してあげたかった。わ、わたしが兄弟を産んであげられなかったばっかりに、桃子は家に縛られることになったんです」

　桐ヶ谷の涙腺はもう限界で、涙が見る間にあふれてきた。小春は彼女の腕にそっと触れ、丸くなった背中を無言のままさすっている。母親は子どものようにしゃくり上げてむせび泣き、セーターの胸許をぎゅっと握り締めた。河内家の嫁としても、言葉では言い尽くせぬような苦労をしてきたのがわかる。特に跡継ぎのことでは、多方から責められたのではないだろうか。

　彼女はなんとか落ち着こうと大きく息を吸い込んだが、まったくそれは叶わなかった。

「学費も仕送りも何もしない。勝手に行け。結局はそう突き放しました。父ちゃんもばあちゃんも、それで桃子が諦めると思ったんです。でも、あの子は諦めなかった。奨学金を借りてアルバイトをして、た、たったひとりでやっていく決意をしたんです」

「でも、お母さんは仕送りをしていましたよね」

　南雲が静かに言葉を発すると、彼女は小さく頷いた。

「それぐらいしかしてあげられなかったんですよ。こっそりお金を送ることしか。で、でもそれは間違っていた。あ、あのときわたしも本気で止めていれば、こんなことにはならなかった。まだ二十二年しか生きてないのに、と、東京のちっちゃい部屋でたったひとりで死なせてしまった……」

　彼女は泣き崩れ、小春は肩を支えて南雲のほうへ振り返った。彼女はもうここにはいないほうがいい。目でそう語っているが、桐ヶ谷も同じ考えだった。娘を失った傷はまるで癒えてはおらず、この場所に封印していた遺品を見ることのできる精神状態ではない。南雲も小さく頷いた。

「お母さんは家で待っていてください。ここは我々で進めます。許可いただけますか？」

母親は止めどなく涙を流しながら小刻みに頷き、小春とともに蔵を出ていった。そして数分後に小春が走って戻ってくる。

「桐ヶ谷さん、大丈夫？」

もはや号泣に近い桐ヶ谷の顔を覗き込み、夜空の模様のタオルを差し出してきた。マスクを外して受け取ったタオルで顔を拭き、細く長く息を吐き出した。

4

「……まったく大丈夫ではない。でもやるべきことはやらせてもらう」

桐ヶ谷は再び顔をぬぐってマスクを着け直し、気持ちになんとか区切りをつけて段ボール箱から中身を取り出した。いくつもの黒いファイルが無造作に入っているが、中身はすべてレポートだ。母親の言う通り、お世辞にも字がきれいとは言えない。特徴のある丸文字で紙面がびっしりと埋まり、縮尺の展開パターンやラフ画などが所々に添えられていた。

「服飾学校って服を作る技術を教わるだけじゃないんだね。これなんかまるで世界史のレポートだよ」

小春が見ているものには、細かな年表が記されている。十五世紀から現代までの服装の移り変わりをまとめたものだった。

「西洋服装史だね。衣服の歴史と背景を知ることは無駄にならない。小春さんも仕事に役立ってると思うけど」

「さすがにここまでの知識はないよ。でも、もっとさかのぼって知るべきかもしれないな。買い付けのとき相手を言い負かすのに役立つからさ」

桐ヶ谷は脱力して笑った。どうやら彼女は、気分を変える手伝いをしてくれているらしい。桐ヶ谷は「よし」と言って肩をまわし、隙あらば反応してしまう感情に蓋をした。

レポートをめくりながら桃子が学んでいたことを確認し、彼女が目標としていたことを探っていった。レポートを見る限り真剣に授業を受けていた様子が窺える。講師の言葉をひと言も漏らさぬ勢いで書き留めており、それを理解したうえでまとめたレポートにはほとんどすべてにA＋

の評価がつけられていた。

「真面目だな……」

桐ヶ谷はぼそりとつぶやいた。すべての科目に手抜きがなく、この状態にまで仕上げようと思えば徹夜しても時間は足りなかっただろうと思われる。日々、彼女は体力気力がぎりぎりの状態で過ごしていたことが見て取れた。

「ここから何かわかったのかい？」

南雲もレポートを繰りながら問うてきた。

「ええ。彼女の精神面がなんとなくわかりました。服飾を学びたいという気持ちはホンモノで、そのためにさまざまな犠牲を払っていたように見えます」

「犠牲を払う？」

「はい。おそらくろくに寝ていなかったんじゃないかな。服飾学校で出される課題は膨大です。一年間でクラスの約三分の一がやめますからね。そのまた一年後には半分がいなくなる」

「それはついていけないという理由で？」

「そうですね。履修学科が十あれば十個の課題が同時に出される。しかも物を作ることが基本ですから、実技とレポートがセットになるんですよ」

南雲は少し考えて言葉を継いだ。

「それほどたいへんなことには聞こえないけどね。要は縫い物とレポートでしょ」

「学生がやるのは仕立て屋と同レベルの専門的なことなので、ちょっと軽く何かを縫うのとはわけが違うんですよ。プロでも一着作るのに日数がかかることを、同時進行でいくつも進めなければならない。だいたいは生地を縮絨《しゅくじゅう》するところから始めますからね」

「なんだい、縮絨ってのは」

「買ってきた布地を湯通しして縮める作業のことです。物理的に丸一日を要しますよ。これをしないと、出来上がった服を洗ったとたんに縮んで着ることができなくなる。市販の衣類も縮絨されてはいますが、工程が甘いものは一回洗濯しただけで着られなくなりますね。袖や着丈が縮んでしまった経験はありませんか？」

桐ヶ谷は端的に説明した。

「学生は日々仕立て屋レベルの作業に追われることになり、そして次々に挫折していく」

「なるほど、初めて聞きましたよ。服飾デザインなんて華やかな世界にしか思っていませんでしたから」

八木橋は裸電球の下で手帳にペンを走らせた。

「この業界は地味で過酷です。その第一関門が学校なんですよ。河内桃子さんは学費を稼ぐためにバイトもしていましたから、どう考えても時間が足りなかったはずです。学校とバイト以外はあの部屋にこもって必死に作業をしていた。相当な精神力だと思いますね。なかなかできることではありません」

　桐ヶ谷はファイルを閉じて、箱の奥で潰れている紙袋を取り出した。中身は作りかけのコートらしく、分厚い赤のウール生地が裁断されて切りじつけがほどこされている。それを一瞬見ただけで、手先が器用ではないことがよくわかった。

「お母さんの言葉は当たっていますね。娘は不器用だったという点です」

　桐ヶ谷はみなに見えるように袖のパーツを箱の上に置いた。

「パターンに沿って白い糸が点々とついていますが、これは切りじつけというものです。ミシンで縫製するための案内ですね」

「これはまた繊細だな」と八木橋は顔を近づけた。

「しつけ糸で本縫い線を粗く縫ってから糸を切る。生地の表面ぎりぎり見える程度に切って蒸気を当てると、糸が膨らんで生地の断面に残るんです。ほんの一、二ミリの糸ですね。それを目印にミシンで縫製し、あとから糸を毛抜きで抜いていくというわけで」

「ペンで印つければ済む話だと思うけど。どうせ裏側で見えないんだしさ」

　小春が首を傾げた。

「家庭で縫うぶんにはそれでじゅうぶんだけど、これは『英国式仕立て』の正統な技術だからね。衣服を裏側から見ても、たとえ分解してもすべてが美しくなければいけない。世界じゅうのテーラーがやっている基本なんだよ」

　桐ヶ谷は桃子がつけた切りじつけをじっと見た。

「縫い方が不均等で糸の向きが定まっていない。縫う前に糸が抜けてしまっている部分もあります。これは手先の器用さの問題で、苦手な人は何年経ってもできないんですよ。そういう意味で、彼女は細かい仕事が得意ではなかったように見えます。それとこれ」

　袖のパーツを取り上げて生地の端を指差した。

「縫い代《しろ》に切り込みが入っていますが、これは合印《あいじるし》です。パーツとパーツを縫い合わせるための目印ですよ。合印は生地に対して垂直に入れるべきですが、彼女はすべて斜めになってしまっている。切り込みの深さもまちまちで、これでは目印として機能しませんね」

「時間に追われてるし睡魔にも襲われるし、手許が狂ったとか？」

「いや、これは癖だな。生地の裁断面も斜めになっている。たぶん、ハサミの持ち方が独特だったんだと思う。全部の指でハサミを支えていないから、ハサミにも彼女の癖が移ってしまっている」

　おそらく、裁ちばさみの持ち手に三本の指しか入れていなかったのだろう。子どものころからの癖として定着してしまったと思われる。そのせいで切りじつけや合印など、切るという作業に特有の角度が生まれていた。

　桐ヶ谷は、裁断した生地や縫い目などから河内桃子という人物を絞り込んでいった。手先は不器用だが何事にも真剣に取り組み、目標へ邁進《まいしん》していたのは間違いない。故郷には戻らないと決意していたのではないか。婿を取って河内家を継ぐことから逃げていたというよりも、本気で叶えたい夢があったのだ。では、その夢とはなんだったのだろうか。

　桐ヶ谷は彼女のレポートや作りかけの作品をつぶさに検分し、何がそうまで駆り立てていたのかを探った。おそらくがむしゃらに叶えたい『夢』に近いところに犯人がいる。なんの根拠もないけれどもそう確信していた。警察が唯一、捜査しなかったこと。それが桃子の夢や目標の部分だからだ。

　課題として制作した衣類は、どれもお世辞にも仕立てがよいとは言えない。レポートの評価は高いものの、実技はほとんどがCでせいぜいB止まり。いっしょうけんめい縫ったことは伝わるが、技術がまったく追いついていなかった。

「縫製技術者向きではないな……」

　桐ヶ谷はつぶやいた。桃子には緻密さがないのだ。が、かといってデザイン性に優れているわけでもなく、言葉は悪いが見るべきものがないのが正直なところだ。彼女の作品を次々と袋から出し、そして段ボール箱の底に貼りついていた小さなスケッチブックを取り上げた。中身はすべてデザイン画だが、それを見た桐ヶ谷ははたと動きを止めた。

「どうしたの？　なんか見つけた？」

　小春が手許を覗き込んでくる。デザイン画にはすべてタイトルがつけられ、細かに注釈がつけられていた。ハムレットのオフィーリア、夏の夜の夢のハーミア、レ・ミゼラブルのコゼット、嵐が丘のキャサリン……。有名な古典演劇とヒロインの名前が書かれた数々のデザイン画は、どれも独創的で活き活きとしていた。

「なるほど」

桐ヶ谷は薄ら寒い蔵の中で顔を上げた。

「彼女は舞台衣装のデザイナーを目指していたのかもしれない」

「舞台衣装？」

すぐさま反応した南雲が、八木橋に目配せを送った。部下はリュックサックから捜査資料を取り出し、素早くめくって手を止めた。

「河内桃子は観劇が好きだったようです。部屋からチケットの半券が二枚だけ見つかっていますね。ええと、テンペストとオペラ座の怪人。そのほか、手帳にも公演の予定などがいくつか書き込まれていました」

「苦学生の唯一の楽しみは演劇か」

南雲は顎に指を当てながら言った。

「まあ、しょっちゅう観に行けるほどの余裕はなかっただろうがね」

「ええ。彼女は演劇というより舞台衣装を観に行きたかったんでしょう。彼女が考えていたデザインは独創的です。すべて着物を合わせたものですよ」

桐ヶ谷はスケッチブックをみなに向けた。古典的なドレスと鮮やかな友禅を大胆に組み合わせ、個性あふれるヒロイン像を作り上げている。スパンコールや金糸、サテンや絞りなどの主張の強い素材同士を融合させているのに決してうるさくはなく、むしろこの衣装で演技をする役者を見たくなる。不思議な世界観の舞台衣装は、きっと世界に通用しただろうと思うとやりきれなかった。才能のある惜しい人材を失ったのだから。

「これは出来上がりを見たい衣装だね。オフィーリアがミニ丈の着物ドレスとか、観客の度肝を抜きそうだよ」

「まったくだね」

小春に頷きかけると、南雲が腕組みして目を細めた。

「被害者が観た演劇については一応当たってはいる。座席の情報からひとりで観に行ったことがわかっているし、周囲にいた客は河内桃子とは無関係だ。桐ヶ谷さんは、この線を疑っているというわけかい？」

「いえ、それはわかりません。ただ、河内桃子さんが必死に学校へ通っていた理由は、舞台衣装の仕事に就きたかったから。これは新しい情報ではありませんか？」

桐ヶ谷が南雲と八木橋を交互に見やると、二人はいささか難しい面持ちをした。

「確かに新しい。警察はそういう目線で捜査をしていなかったからね」

「そこですよ。警察が捜査し尽くしたところに犯人はいない。彼女の遺品はそれを語っているように見えます」

　桐ヶ谷は空になった段ボール箱を脇に寄せ、次に奥に置かれているミシンに目を据えた。埃をかぶったミシンはこの十年間、何も縫うことなくこの場所で静かに眠っていたのだろう。いわばこれは桃子の相棒も同然だった。

　ねずみ色のケースからミシンを出した桐ヶ谷は、屈み込んで状態を確認した。当然だが糸巻き案内や天秤など金属の部分には錆びが浮き、つけられたままの針は鈍色《にびいろ》に変色している。糸立てには濃紺の絹糸がかけられ、桃子が最後に使っていた状況がそのまま保存されていた。

「このミシンは調べましたか？」

「血痕や指紋が残されていないか、科学的な検証はされているよ」

「いえ、そうではなくミシン自体の検証です」

「機械的なことを調べたかどうかなら、答えはノーだ。そこまでする理由がないからね」

　桐ヶ谷はわかりました、と言って立ち上がった。

「小春さん。悪いんだけど河内さんに聞いてきてほしいことがあるんだ」

「お母さんに？」

「そう。桃子さんの部屋に残されていたものはこれで全部かどうか。作りかけの作品を処分していないかどうか。この二つなんだけど」

「オーケー。ちょっと待ってて」

　小春は言うより早く踵を返し、蔵の外へ走り出した。そして三分と経たずに舞い戻ってくる。

「処分したものは生地類。課題で使ってた端《はぎ》切れとか残反《ざんたん》が山のようにあって、それはばあちゃんが勝手に捨てたみたいだね。桃子さんが作ったものはその箱にあるもので全部だよ。以上」

「ありがとう」

　桐ヶ谷は小春に目礼し、刑事二人に目を向けた。

「桃子さんが殺されたのは二月。学校の課題としては重衣料の制作が主流だったはずです。学校のカリキュラムはほぼ季節とリンクしていますから。必要なら学校に確認を取ってください」

　そう説明しながら、癖のある切りじつけがついた作りかけのパーツを取り上げた。

「彼女はレンガ色のコートを作ろうとしていた。裁断と印つけ、芯貼《しんば》りが終わり、前身頃にアウトポケットを縫いつけたところで止まっています。このウール生地はかなり地厚ですね」

「そうだが、そこに何か気になることでもあった？」

南雲が訝《いぶか》しげな声を出した。

「ミシンを見てもらえばわかる通り、濃紺の糸がかけられていますよね。糸の色がコートと合わないと思いませんか？」

刑事二人は顔を見合わせた。

「確かに赤い糸ではないが、それが重要事項だとは思えないねえ」

「重要ですよ、とても。おそらく事件の根幹にかかわっています」

南雲と八木橋は目を大きくみひらき、疑問を口にしようとした。しかし桐ヶ谷は手を上げて「待ってくださいね」と言い、ミシンの前に膝をついて基部を検分しはじめた。裸電球がひとつだけの蔵の中は薄暗く、細かい部品に影がかぶってなんとも見づらい。それを見ていた八木橋が横からペンライトを当て、期待を隠さず親指を立ててみせた。

「ミシンにかけられている紺色の糸は六十番手で針は七号。これは極めて薄い生地を縫製するときの仕様です。さらに送り歯」

桐ヶ谷は、針の真下にあるギザギザした金属部分を指差した。

「これは縫製の際に生地を後ろへ送り出すためのパーツです。送り歯のピッチ、いわゆるギザギザひとつぶんの寸法は通常で一・五ミリ。もしこのコートを縫っていたのなら、かなりの厚手なので送り歯のピッチは二ミリのものに替えるはずです。でも、桃子さんのミシンに設置されている送り歯は一・一五ミリ。高さも低く設定されている。ここです」

「この針の下のところだね。これの高さも生地によって替えると」

「一般的には替えませんが、仕立てを突き詰めようと思う者なら道具もカスタマイズするのが当然です。彼女はポリエチレンの細かい送り歯を選んでいる。ギザギザで生地を傷つけないように、特殊なものを選んだんですよ。このミシンが語っているのは、彼女は亡くなる直前までかなり薄手の生地を縫っていたということです」

するとじっと考え込んでいた小春がはっとして顔を上げた。

「いや、ちょっと待って。遺留品のなかに作りかけの薄手アイテムなんてなかったはずだよ」

桐ヶ谷は嬉しくなって彼女に微笑みかけた。

「そうだね。ミシンは薄手に特化したカスタマイズがされているのに、肝心のアイテムが見当たらない。僕は、犯人が持ち去ったんじゃないかと見ています」

その言葉は蔵のなかを張り詰めた空気に変えたが、南雲は綿毛のような薄い髪をなでつけて首を横に振った。

「ホシが持ち去ったとする根拠が弱い。過去の僕なら間違いなくこう言っていただろうね。だが、桐ヶ谷さんの指摘は警察が完全に素通りしたことだ。要は捜査されていない」

桐ヶ谷は頷き、ミシンの押え金を上げて錆びついた針を外した。そして送り歯の脇にある角板《かくいた》を滑らせて、内部からボビンケースを引き抜いた。

「これは下糸です。ミシンというのは、上糸と下糸の二本を絡ませながら縫っていく仕組みなんですよ。小春さん、ピンセットを持ってる？」

そう言うなり、小春は当然のように商売道具のピンセットを差し出してくる。桐ヶ谷は内釜《うちがま》にピンセットの先を入れ、中に溜まっていた埃を掻き出した。八木橋はすかさずビニールの小袋を胸ポケットから出して、ミシン内部の微物を収めていった。

「お願いがあります。このミシンから出た埃とかゴミを、科学的に分析していただけませんか？」

「それはもちろんかまわないが、それにどういう意図があるの？」

「ミシンで生地を縫っていくと、針が貫いた部分の生地がこすれて下に落ちるんです。ほんのわずかですが、ミシンを使えば使うほど内釜には布から出た埃が溜まっていく。これは河内桃子さんが最後に何を縫っていたのかを知る唯一の手がかりです。犯人につながる最後の物証でもあると思っています」

桐ヶ谷はそう断言した。桃子が縫っていた何かを欲しがっていた者がいる。殺してでも奪わなければならなかった理由が犯人にはあるのだろう。南雲は険しい面持ちで黒っぽい埃を凝視し、そして胸ポケットに入れた。

5

刑事二人が突然訪ねてきたのは、栃木から帰った翌日の夜だった。店にある裁断台の上は仕事関係の書類で埋め尽くされており、床にも落ちて荒れ放題だ。明日の朝までに決着をつけなければならない依頼があるのだが、南雲と八木橋の真剣な顔を見て仕事をする手をあっさりと止めた。

「どうも、どうも。夜分にごめんなさいねえ。それになんだか忙しそうだね。間が悪いところに来ちゃったかな」

　南雲がくたびれたベージュのステンカラーコートを脱いでいるちょうどそのとき、髪を振り乱した小春が勢いよく店に駆け込んできた。はあはあと肩で息をしながら、もつれた長い髪を後ろへ払っている。そして刑事二人を睨みつけた。

「アポを取りなよ、アポを！　今から桐ヶ谷さんとこへ行くからあなたも来てねって、今何時だと思ってんのさ！」

　壁の時計に目を向けると、もう十時を過ぎていた。

「久々にゲーム実況を始めたってのに、途中で止めたから登録者数が二千八百人も減ったわ！」

「まあ、まあ。百万人近くもいるんだからそのぐらいいいじゃないの。しかし、あの手の実況動画がなんで百万人から支持されてるんだかねえ」

　南雲は飄々と無礼なことを口にし、小春の神経をさらに逆撫《さかな》でした。桐ヶ谷は散らばった書類をかき集めて棚の上に載せ、丸椅子を出して三人を促した。

「何か進展があったんですか？」

「何もない。だが、あなたがミシンから取り出したゴミの分析が挙がってきたんだよ。超特急仕上げだ。解析結果を専門家に渡す前に、すぐ伝えたほうがいいかと思ってね」

　南雲が八木橋に目をやると、彼はリュックサックの中からクリアファイルを出して上司に渡した。

「この成分分析にどういう意味があるのかわからないけども、とりあえず読み上げるよ。ええと……」

　南雲は胸ポケットから老眼鏡を出してかけ、書類に印字された表に指を走らせた。

「まずはセルロース、リグニン、カルシウム」

「紙ですね」と桐ヶ谷は即答した。「針葉樹から作られた紙の化学組織です。たぶんハトロン紙だな」

　桐ヶ谷は棚にある図面ケースを取り上げ、蓋を開けて薄い紙を一枚取り出した。

「パターンを引く紙はほとんどがこれです。ミシンの中からこの繊維が出たということは、薄物の生地を紙と一緒に縫ったということでしょう。薄い布がミシン針に負けて巻き込まれないように、紙ごと縫ってあとから破いて外す方法です」

　八木橋は桐ヶ谷の言葉を高速で書き留めていた。

「初めて聞くことばっかりだよ。ええと次がフィブロインとセリシン」

「絹です」

「なるほど。次。数値的にはこれがいちばん多い。鉄分だよ。科捜研によれば、ミシンの金属が摩耗して入ったんじゃないかということだったけども」

桐ヶ谷は頷いた。確かにミシンオイルや鉄粉などが混入していてもおかしくはない。しかし次の分析結果を聞いたとき、一瞬にして背筋に寒気が駆け抜けた。

「最後がタンニン酸」

「タンニン酸……」

頭のなかで、桃子が縫っていた生地が瞬く間に織り上がっていくのがわかる。鉄分とタンニン酸。これは複雑な工程を踏んだ古代植物染色の生地に違いない。じっと一点を見つめて固まっている桐ヶ谷に、小春はおそるおそる声をかけてきた。

「桐ヶ谷さん？　大丈夫？」

桐ヶ谷ははっと我に返って何度も頷き、ちょっと失礼と言って奥の洗面所へ行った。マスクを外して顔を洗う。自分の考えが正しければ、事件は一気に進展する。冷たい水をしばらく浴びせ続けているうちに、頭のなかの仮説が完璧な一本の線となって押し寄せてくるのを感じた。

店に戻ると、三人はそれぞれ探るような目を向けてきた。期待や不安がないまぜになっている。桐ヶ谷は定位置に腰を下ろし、順繰りに三人と目を合わせた。

「河内桃子さんが死に際まで縫っていたのは大島紬《おおしまつむぎ》ですよ」

みなの顔には一斉に疑問符が浮かんだ。桐ヶ谷は先を続けた。

「奄美《あまみ》大島では、昔から養蚕《ようさん》が盛んで紬が生産されていた。日本でもっとも長い歴史のある絹織物です。車輪梅《しゃりんばい》という木の樹皮を煮出した煎汁液《せんじゅうえき》で染色するんですが、この成分がタンニン酸です」

小春は固まったように動かず、黙って耳を傾けた。

「車輪梅で染めたものを乾燥させ、今度はそれを泥で染める。この泥の成分が鉄分で、タンニン酸と化学反応を起こさせることで大島紬の深い色が生まれます。分析結果で出ている鉄分は、おそらくこの泥のものですよ」

「成分が合致するというわけか。だが、それだけでピンポイントに大島紬だと絞り込めるものなのかどうか。成分的に似通ったものもあるはずだと思うが」

「その心配には及びません。なぜなら、世界でこの成分が含まれる生地は大島紬だけなんですよ」

八木橋がメモを取っていた手を止め、ゆっくりと顔を上げた。

「その大島紬を使った作品も生地も、桃子の遺留品のなかにはなかったということですね？」

「ええ、そうです。ミシンの設定から考えれば、透けるように薄い夏大島を縫っていたと推測できます。でもそのアイテムがどこにも見当たらない」

　桐ヶ谷は天井を仰いで大きく息を吸い込んだ。すでに持ち去った人間の見当がついている。心拍数が上がって息苦しいほどだが、なんとか気持ちを落ち着かせてスマートフォンを手に取った。あるキーワードを入れて検索すると、たちまち複数の画像で画面が埋め尽くされる。深い藍色の生地には桜吹雪が織り込まれ、絣《かすり》が紗《しゃ》をかけて息を呑むほど美しい絹織物だ。それが大胆なミニ丈のドレスに仕立てられ、華やかさのなかにも静けさのあるミステリアスな雰囲気に仕上がっている。まさに日本の伝統美であり、存在感のある衣装だった。

　桐ヶ谷は画像を見つめてため息をつき、スマートフォンをみなの前に置いた。とたんに小春が椅子から腰を浮かせ、信じられないという顔で口許を引きつらせた。

「う、うそでしょ。これ、ミス・ユニバースの日本代表じゃんよ……」

「そう。十年前の日本代表だよ」

　とたんに南雲も立ち上がった。

「いや、ちょっと待て。まさかこの女が？」

「犯人かどうかは、このドレスを見てみないとわかりません。ただ、彼女のことはよく覚えていますよ。本選に進んだ彼女は、このドレスを自作したことをアピールポイントにしていた。独学で洋裁を学び、日本の文化である大島紬を世界に知ってほしいとね。当時、フランス人の僕の知り合いが大島紬の美しさに目をつけました。彼女を見たからですよ。そのぐらいインパクトのあるスピーチだった」

　このドレスで堂々と舞台に立っていた彼女を思い出す。自分の仮説が当たっているなら、彼女は桃子を殺してこのドレスを奪ったはずだ。ただ、そうまでした理由がわからない。単なる服飾学校の学生が作ったものを、そして決して器用ではない桃子が作ったドレスを何が何でも手に入れたかった。類似のものをよそで仕立てることも可能だったはずだ。しかしそうしなかったのには確固たる理由がある。

　考えを巡らしていると、スマートフォンを操作していた八木橋が興奮していささかうわずった声を出した。

「このミス・ユニバース日本代表は平林《ひらばやし》優華《ゆか》、当時二十四歳でスポーツジムのインストラクターです。身長は百七十六。エキゾチックな容姿にも注目が集まっていたようです」

「被害者とは住む世界がまるっきり違う。接点がない」

　南雲は腕組みしながら押し殺した声を発した。今後の動きをめまぐるしく考えているのだろう。しばらく黙り込んでいたが、やがて書類をしまってステンカラーコートを手に持った。

「今日は夜遅くにごめんなさいね。わかってると思うけども、きみらはくれぐれもこのことは口外しないように」

「了解ですよ」

「また連絡するからね。じゃあ、そういうことで」

　口調はいつもと変わらないが、八木橋に目配せする南雲の顔が今までとは違っていた。色素の薄い目はぞっとするほど無感情で、嵐の前の静けさを感じさせた。

6

　新規取引に忙殺されている間に三月も終わっており、残念なことに桜の盛りも過ぎていた。事件はあれからどうなったのかと気にはかかっているのだが、こちらから刑事に問い合わせるのもためらわれる。小春も落ち着きのない日々を過ごしているようで、連日のように桐ヶ谷にメッセージが送られていた。

　小春によれば、ミス・ユニバースに上位入賞した平林優華は現在結婚して一児の母であり、アートディレクターという肩書きで舞台衣装などの監修やデザインを手掛けているらしい。まさに河内桃子が歩きたかった人生を横取りしたように見える。まだ平林優華が犯人と断定されたわけではないけれども、まず間違いないだろうと思っていた。

　桐ヶ谷は海外から送られてきたプレゼン資料や熱いメッセージを確認し、すでに独自交渉が決裂しているという富山の機屋《はたや》へ再交渉するべく綿密に計画を立てていた。今はこの仕事に集中しなければならない。ノートパソコンに向かってキーを叩いているとき、スマートフォンが振動しながら着信音を鳴らした。画面に南雲の名前があるのを見て、桐ヶ谷はひったくるように電話を耳に当てた。すると、拍子抜けするほどのんびりした声が流れてきた。

「どうも、どうも。桐ヶ谷さん、今電話は大丈夫？」

「ええ。その後どうなりました？」

　桐ヶ谷は開口一番そう言った。

「そのことで電話したんだよ。平林優華が自供した。河内桃子を刺したとね」

　桐ヶ谷は喉のつかえがようやく取れたような気がして、無意識に胸のあたりをさすった。

「時間がかかったんですね」

「そうだねえ。慎重に進める必要があったんだよ。平林優華の夫は現職の国会議員でね」

「そうらしいですね。小春さんから聞いています。彼女はちょっとした情報屋ですよ。毎日そういう話を僕に送ってくれるので」

　南雲は苦笑し、咳払いをしてから先を続けた。

「捜査が難航したいちばんの理由は、平林優華を尋問するほどの決め手が我々にはなかったことだ。直結するような物証もなく、ミシンから出たゴミと桐ヶ谷さんの推測がすべてなわけだからね。下手に動けば証拠隠滅もあり得るし、議員の夫もどう動くかわからない」

　電話の向こうで、南雲は何かを飲むような音をさせた。

「そこで、ミスコンで着た衣装を調べることになった。彼女の生まれ故郷である川越《かわごえ》市の地域博物館に寄贈されていたよ。だが、平林優華は講演で食ってるようなもんで、衣装はしょっちゅう当人に貸し出しているというわけでね。戻ってくるのを待って調べたから時間がかかったんだよ」

「そうでしたか。それで、繊維の成分はすべて合致しましたか？」

「ああ。見事に一致だ。桐ヶ谷さん、またあなたの手柄だよ。うちの八木橋なんて雄叫《おたけ》びを上げてガッツポーズしてたからね」

　桐ヶ谷は複雑に思いながらも薄く笑った。

「被害者のミシンから出た微物との完全一致と、桐ヶ谷さんが言っていた合印というものね。縫い代に切り込みを入れるやつ」

「それも一致したと」

「そういうことだ。遺留品にあった作りかけのコートに残されたものと、大島紬で作ったドレスに残された切り込みが一致。これは科捜研が、切り込みの角度やハサミの刃の傾きなんかを徹底的に調べたからね。生地の断面も分析した結果、同じ人間の手によるものだとわかったんだよ」

　不器用で細かい作業が苦手だった桃子の特殊な癖が、十年後に犯人を指し示したという事実が感慨深い。桐ヶ谷は胸がいっぱいになっていた。服飾というものは、作った者や身につけた者の痕跡を包み隠さず記録する。それをあらためて思い知らされた。

「被害者と平林優華の接点だが、演劇だった。ミスコンの審査に活かすために、優華は当時片っ端から古典劇を観ていたんだよ」

そういうことだったのか……。最後まで残っていた謎がようやく解き明かされた。

「被害者の自宅にあったチケットの半券、テンペストとオペラ座の怪人だが、このどちらにも行ってるんだよ。河内桃子の後ろの席になったとき、劇中、ずっとスケッチしていることに優華は気がついた。終わってから声をかけたそうだ。デザイン画を見せてもらえないかと言ってね」

桃子ががむしゃらに夢を追ったことが、死へのカウントダウンにつながっている。桐ヶ谷は首を横に振った。

「本当にやり切れないな。彼女にはなんの非もなかった」

「犯罪というのはそういうものだ。悪意ある者の目に留まったら終わり。世間はそれを隙と呼ぶが、だれにでも起こり得ることだよ」

南雲はきっぱりと言い切り、説明を続けた。

「平林優華はコンテストへのアピールポイントとして、和装に力を入れようと思っていた。日本文化を発信できるうえに、文化の保存も声高《こわだか》に訴えることができる。この時期、そんな活動もしていたようだね。もちろんそれらにはなんの興味もなかったが、勝ち上がるために自分をプロデュースしたというわけだ」

「まあ、それはよくあることなので見破れなかった審査側に問題があります。彼女は河内桃子さんに衣装の制作を頼んだということですか？」

「いや、桃子のほうから作らせてくれと頼んできたそうだ」

南雲は書類をめくる音を立てて、くぐもった声を出した。

「桃子がスケッチしていたデザイン画を見て、平林優華はぴんときたと言っている。和装ではなく、着物とドレスを合わせて自作したことにすればさらに注目度は上がるんじゃないかとね。自分がミスコンに出ることを桃子に話し、デザイン画を譲ってくれないかと頼んだそうだ」

「そこで自分が作ると名乗りを上げたと」

「そういうことだ。言ってみれば利害の一致だよ。舞台衣装の仕事を夢見ていた自分の作品が、世界の舞台に上がるかもしれない。こんな機会はなかなか巡ってこないだろうからね。これは二人だけの秘密だと口止めをして、平林優華は桃子と手を組むことになった」

「まさか、その約束を破ったことが殺人の動機ですか？」

桐ヶ谷が急かすように問うと、南雲は違うと即答した。

「平林優華は見事、ミス・ユニバースの日本代表に選ばれた。世界大会へ向けて着々と準備を進めていたとき、桃子が急に自分の名前を出さなければ衣装を使わせないと言い出した」

　野心に目覚めたのだろう。ミス・ユニバースという大舞台で自分の名が表に出れば、今後のキャリアに箔《はく》がつく。しかし、平林優華にしてみれば、苦心して作り上げた自己設定が崩れ落ちてしまう。

　南雲は淡々と言葉を送り出した。

「あの日、平林優華は交渉するために被害者のアパートへ行った。世界大会まで日数が迫っているし、企画書類も提出済みだから今さらアピールポイントやスピーチを変えるわけにはいかないとね」

「桃子さんはそれを突っぱねた」

「そう。自分の名前を出さなければドレスを渡さないし、舞台裏を暴露するともね。平林優華は追い詰められた。桃子の要求を呑んでも呑まなくても、コンテストでの結果は最悪のものになる。そして発作的にハサミで刺した。そのときのことは、よく覚えていないと言っているよ」

　二人の女性が自分の夢を摑むために必死だったことはわかる。互いを認め合って二人で称賛を享受する道もあったはずだろう。しかし、どちらもチャンスを独占したがった。その結果、桃子は命を落とし、優華の摑んだ栄光は破滅への道が約束されたものとなった。

「桃子さんの母親は、これを聞いたらなんと思うんでしょうね」

　桐ヶ谷は、この成り行きを知った母がまた傷つくさまを想像するのも嫌だった。

「欲は人間を変えてしまうが、河内桃子は真っ当な主張をしたと思っているよ。もっとうまくできたはずだとも思うがね」

「そうですね。桃子さんは初めから条件をつけるべきだったと思います。それに苦学生がデザインしたドレスという事実のほうが、コンテストでは目を引いたんじゃないかな」

　桐ヶ谷は重苦しい気持ちのままため息をついた。

「まあ、なにはともあれ、桐ヶ谷さんの能力には感心したよ。今回ばかりは難しいかと思ったけども、ミシンの中にあった埃とか合印とか、あなたはまたとんでもないところに目をつけた。まだまだ捜査すべきところは残されている。それを思い知らされたよ」

「お力になれてよかったですよ。小春さんも知らせを待ちわびていますが」

「また後日、報告会を開かせてもらうからね。そして、今夜杉並署で会見があるから世の中が騒がしくなる。元ミス・ユニバース日本代表の殺人犯と、現職国会議員の夫。マスコミの過熱はしばらく続くだろうし、世界にも発信されることになる」

　この事件は多方面にしこりを残すことになりそうだ。挨拶をして電話を終了しようとしたとき、南雲が思い出したように言った。

「そういえば、あなた方の表彰が決まりそうだよ。水森さんは断固拒否してきそうだから、桐ヶ谷さんがなんとか丸め込んでくれない？　僕のメンツもかかってるから、無下にされると困っちゃうからね。じゃあ、そういうことで。はい、ごめんください」

　また厄介な注文をさらりと残していく。桐ヶ谷はひとしきり事件の余韻《よいん》に浸り、「よし」と気合いを入れ直して仕事へ戻った。

神の光

北山猛邦《きたやまたけくに》

1979年岩手県生まれ。第24回メフィスト賞受賞作『「クロック城」殺人事件』（2002年）を引っ提げ、22歳の若さで颯爽とデビュー。機械式・建築設計的な仕掛けを凝らした、いわゆる物理トリックに強いこだわりを持ち、「物理の北山」なる二つ名で呼ばれることも。2021年、コロナ禍ならではの不可能犯罪を描いた「すべての別れを終えた人」で第74回日本推理作家協会賞短編部門の最終候補に残る。本作「神の光」は、北山自身二度目の同賞同部門候補作。一夜にして消えたカジノの街の秘密に迫るとき、われら読者の目も眩《くら》む……!?（K）

一　二〇二〇年――ニューヨーク・ブルックリン

指先で弄《もてあそ》んでいたコインが、ふいに俺の手から滑り落ちた。そいつは床の上を逃げるように転がって、隣のテーブルの下に消えていった。

ツイてない。

今夜の俺はとことん、ツキから見放されているようだ。

俺は見失ったコインを探すために、カウンター席から立ち上がった。隣のテーブルの下を覗《のぞ》き込む。すると同時に、見知らぬ男がテーブルの向こう側で腰を屈《かが》め、そこに落ちていたコインに指を伸ばそうとしていた。

「これは君のかい?」

男は俺に気づいて云った。

拾ったコインを俺に差し出す。

「ああ、すまない」

俺はコインを受け取った。

ともあれ相手が俺のコインを掠《かす》め取るようなくそったれじゃなくてよかった。こんながさつなバーには、くそったれじゃない奴の方が珍しい。

「珍しいコインだな。何処《どこ》の国の硬貨なんだ?」

「ただのスロットコインさ」

俺は苦笑する。

五セント硬貨くらいの大きさ(約二十一ミリ)で、見た目は銀色。裏表ともに、林檎《りんご》の模様があしらわれている。他に数字や刻印などは一つもない。

「カジノか」男は云った。「しかし勝利の美酒って風情ではないな」

「勝ってたら、もっと高い店に行ってる。そうだろ?」

俺は捨て台詞のように云って、カウンター席に戻ろうとした。すると男が片手で俺を制した。

「一杯おごらせてくれ」

男は真っ黒なサングラスを外して、それを丁寧に折り畳むと、目の前のテーブルに置いた。得体の知れない紺色の瞳で俺を見つめる。ブロンドの短髪。三十前後の白人男性。知らない顔だ。

意図を測りかねて俺が黙っていると、男はバーテンダーにウイスキーを注文して、二つのグラスを手にテーブルまで戻ってきた。片方のグラスを俺に突き出す。

「遠慮するな」

「悪いが俺は今、誰かと話したいって気分じゃないんだ」

「それじゃあ、こういうのはどうだい？」

男は黒い革ジャンのポケットから何かを取り出して、テーブルの上に置いた。

百ドル札が一枚——

「私と賭けをしないか？」

「なんのつもりだ？」俺は警戒心を隠さずに云った。「俺をカモろうって魂胆か？」

「いやいや、金を巻き上げるつもりなら、君よりも向こうでビリヤードをやってる学生たちを狙った方がいくらかマシに思えるね」男は冗談めかして云う。「たとえば『次に店に入ってくる客は男か女か』とか『ライターを十回連続で着火できるか』とか、そんなありふれたお遊びで暇潰しをしたいわけじゃないんだ。私が求めているのは、ちょっとしたスリルだよ」

「それで？　俺となんのゲームがしたいんだ？」

「賭けの対象は、君が抱えている『謎』だ。できれば君自身もその答えを知らない『謎』の方がいい。もしもその『謎』が解けたら私の勝ち。解けなければ、この百ドル札は君のものだ」

想定外の提案に俺は言葉を失う。

理解が追いつかない。

俺が抱えている『謎』だって？

「制限時間は、そうだな……この店が閉まるまで、というのでどうだい？」

「ちょっと待ってくれ」俺は乾いた唇を湿らせるためにグラスに口をつけた。「要するに俺が何か問題を出して、あんたが答えるってゲームか？」

「その通り。ただし出題範囲は君の人生にまつわるものに限らせてもらう。そうでなけりゃ『天国はどこにある？』なんて、とりとめのない話になってしまう可能性があるからな」

「仮に俺すら答えを知らない『謎』を出題したとして、誰が勝ち負けを判定するんだ？」

「それは君に任せるよ。私が出した答えに、君が納得できないというのなら、私の負けだ」

「あんたがどんな答えを出しても、俺は納得したと云わないかもしれないぜ？」

「その場合は、君を説き伏せられなかった私に落ち度がある。甘んじて敗北を受け入れよう」

「謎解きに自信があるのか？」

「ギャンブルと同じくらいにはね」

男は口元に笑みを零《こぼ》した。

話を聞く限り、俺に有利な賭けに思える。

特に勝敗の決定権を俺が握っているというのが大きい。いくらでも都合のいい結果を選択できる。しかもこれはバーの片隅で行なわれる、たった百ドルの勝負だ。大したリスクは伴わない。酒を飲むついでのちょっとした火遊びと考えれば、悪くないスリルだ。

しかも俺には、とっておきの『謎』がある。

俺の祖父が体験した不思議な出来事――

それはあまりにも現実離れしていて、誰かに話したところで到底信じてもらえないような与太《よた》話だ。俺は友人にその話をして、散々からかわれた経験がある。だからいつの頃からか、その話を人前ではしないようになっていた。

そうしてずっと胸の奥にしまっておいた『謎』。

俺にも正解はわからないが、この男がどういう答えを導くのか、聞いてみたい気はする。

しかし――俺はズボンのポケットに手を突っ込んで、ふと我に返る。なけなしの小銭しかない。

「悪いが受けて立つ《コールする》だけの手持ちがないみたいだ」

「ふむ」男は思案するように十秒ほど沈黙してから、口を開いた。「ではこうしよう。今回の賭けにおいて君は『親』であり、参加費《アンティ》となるチップを支払うだけでよいとする」

「チップ？」

「たとえば……その林檎のコインなんてどうだい？」

俺が指先で弄んでいたコインを、男は指差した。

「これ？　云っておくが、これには一ドルの価値もないぜ」

「私は構わないよ」

男は肩を竦《すく》めてみせた。

俺は手元のコインを見つめる。

祖父が遺した『謎』の象徴だ。俺はこいつをラッキーアイテムのつもりでいつも持ち歩いていたが、振り返ってみるとロクなことがない。今日だって結局、ギャンブルに負けてここに流れ着いたのではなかったか？

物心ついた頃から一緒にいるこいつを手放すのは惜しいが……

いや、勝負に勝てばいいだけの話だ。そもそも負ける理由がない。俺はちょっとした昔話をして、百ドル札を持って帰る。それだけだ。男がどう出ようと、俺は勝ちを宣言すればいい。

「いいだろう。コールだ」

俺はコインをテーブルに置いた。

「そうこなくちゃ」

男は嬉しそうにグラスを呷《あお》った。

ビリヤードをしている学生たちの笑い声が湧き起こる。

それを横目に見ながら、辛気臭い顔をした男たちがビールを片手にテーブルの上をピスタチオの殻《から》で一杯にしている。カウンター席の若いカップルが二杯目のカクテルを注文した。そして時計は真夜中へ向けて静かに針を進めていく。

「今から話す『謎』は、ちょうどこのコインにまつわる話だ」俺はおもむろに口を開いた。「物語の主人公は俺の祖父、ジョージ。最初に断っておくが、祖父は俺が生まれる前にすでに死んでる。だから直接、祖父からこの話を聞いたわけじゃない。なんでも祖父は死の床で、息子に――つまり俺の父に、自分が若い頃に体験した奇妙な体験談を語って聞かせ、最後にこのコインを手渡したそうだ。俺は誓って嘘は云わないが、話はすべて伝聞だってことは留意してくれ」

「オーケイ」

「それじゃ、まずは祖父が生まれ育った場所について話そう。俺は別に運命論者じゃないが、祖父がその街に生まれたのは、何か特別な意味があったんじゃないかと思う。何《な》故《ぜ》って？　最後まで話を聞けばわかるさ。その時にはきっと、あんたも同じように思ってるはずだぜ。そう、その街の名は――」

二　一九三〇年――ニューメキシコ・ロズウェル

ジョージはロズウェルの牧場主の家に長男として生まれた。

牧場主といっても、痩《や》せた土地にわずかな家畜を飼って暮らす生活は、けっして裕福だったとはいえない。その頃アメリカは世界恐慌により、どん底の経済状況にあったが、しかしウォール街から二千マイル（約三千二百キロメートル）離れたロズウェルにおいては、その影響はさほど大きくはなかった。そもそも恐慌が始まる前からジョージの家は貧乏だったし、恐慌が過ぎ去ってもなお貧乏だった。

そんな事情もあって、ジョージは学業よりも仕事を優先した。彼の青春時代は、若さを犠牲にして安い賃金を得るという日々だった。

やがて世界は大きな戦火に包まれていったが、ジョージは年齢的に徴兵されることもなく、遠く離れた太平洋で何が起きているのか知る由もなかった。

　この時代のジョージについて、取り立てて語るべきことはない。ただ一つだけ、彼が十七歳の時に体験した奇妙な出来事を除いては――

　それは六月の夜だった。

　数日前に家畜の牛が死んでいるのが発見され、コヨーテの仕業だと踏んだジョージは、猟銃を片手に牧場内を見回っていた。夜も更けて、そろそろ家に帰ろうかという頃、ふと北の空を見ると、巨大な光の塊《かたまり》が一筋の光を引くようにして彼方へ消えていった。ほんの一瞬の出来事だった。流れ星というにはあまりにも大きく、しかもそのあと少し遅れて、空を震わせるような轟音《ごうおん》まで聞こえてきた。それはジョージにとって未知の体験だった。

　そのことを家族に伝えると、おそらく隕石《いんせき》の一種だろうと云われた。ジョージの父も母も、祖父までも、同じようなものを見たことがあるという。それでその時はジョージも納得したが、それから数週間後、地元の新聞にある記事が載り、もしかしたらあの光こそがそれだったのではないかと考えるようになった。

『陸軍航空隊がロズウェルで空飛ぶ円盤を捕獲』

　今でこそ有名なロズウェルのＵＦＯ事件だが、当時は大した話題にもならなかった。最初の報道から数時間後、アメリカ軍は『空飛ぶ円盤』を否定し、捕獲したのは気象観測用の気球だったと訂正したため、すぐに話題は立ち消えになった。

　この事件が世界的に有名になるのは、三十年以上経ったあとだ。当時の関係者が、ロズウェルの牧場に墜落したＵＦＯを軍が回収したと告発し、全世界的なＵＦＯブームを巻き起こすことになる。

　けれどそれ自体は、ジョージの人生にはあまり関係がない。ジョージは二十五歳でロズウェルを出て、死ぬまでその街には戻らなかったし、ＵＦＯブームの頃にはもうこの世を去っていた。

　もし彼がＵＦＯブームの時代まで生きていたら？

　自分の見たものこそ、ＵＦＯだったと周囲に吹聴していたかもしれない。あるいは、誰にも語らずに胸に秘めていたかもしれない。彼が死に際に息子に語ったのは、あの『光』はとても神々しく、人智を超えたものに感じたということだけだった。

　ところでジョージは、どうしてロズウェルを出たのか。

それはギャンブルのためだった。

　彼は二十歳を過ぎた頃から、地元のスクラップ工場で働く傍《かたわ》ら、ひたすらギャンブルに明け暮れていた。

　ただし破れかぶれで人生を投げ出していたわけではない。彼はほとんどの場合、賭けに勝っていた。

　彼にはギャンブルの才能があったのだ。

　ジョージは小さい頃から記憶力が優れていた。牧場の手伝いであまり学校に通えなかった彼が、落第せずに優秀な成績で卒業できたのは、一度教科書に目を通すだけで、丸ごと暗記することができたからだ。

　しかし家庭の事情もあって、その才能を発揮する場所には恵まれなかった。学費が払えず、大学に進学するのを諦めて就職したスクラップ工場では、記憶力はなんの役にも立たず、給料にも結び付かなかった。

　ギャンブルを知ったのは、工場の同僚に連れられて酒場に飲みに行った時のことだ。酒場の隅でトランプを使ったギャンブル――ブラックジャックが行なわれていた。最初に二枚のカードが配られ、合計が二十一になるように手札を調整していくシンプルなゲームだ。

　ジョージは同僚がプレイするのを背後から眺めているうちに、すぐにこのゲームで勝つ方法を思いついた。

　ブラックジャックでは、プレイヤー全員の手札がオープンにされた状態でゲームが進む。そして一ゲームが終わると、使用されたカードは脇に寄せられ、山札から新たに手札が配られるという流れになっている。

　つまり使用されたカードをすべて記憶してしまえば、残りの山札の中に眠っている未使用のカードがわかるという寸法だ。当然の理屈だが、人並外れた記憶力がなければ成立しない攻略法である。たとえば山札の中に絵札が多く眠っているとわかれば、次のゲームで自分に配られるカードの合計が二十一に近づく確率は高くなる。そうなれば賭け時だ。もし確率が低い場合には、席を立つか、最低限のチップで回せばいい。

　特に正規のカジノですらない、場末の賭場では、使用されるトランプは一組だけということも少なくない。この場合、ゲームはたった五十二枚のカードだけで行なわれる。それはジョージにとって、もはや結果の見えているギャンブルも同然だった。

　ジョージはこの手法で、ブラックジャックに勝ち続けた。一晩で工場の給料ひと月分を稼ぐこともあった。今まで貧しさによって得られなかったすべてを取り返そうとするかのようにギャンブルで稼ぎまくった。

やがて彼の名は、酒場では知らない者はいないというほど有名になっていた。

しかし有名になればなるほど、稼ぎにくくなるというジレンマに陥っていく。彼を知る者は、彼とゲームをすることを避けるようになった。イカサマを疑われ、暴行されそうになったこともある。そしてほとんどの酒場で、彼は出入り禁止となってしまった。

そのため少し遠いカジノへ足を運んで、目をつけられない程度に勝ち、時にはわざと負けるという手法で小銭を稼いだ。

まったく、馬鹿げた話だ。夢がない。大金の詰まった麻袋を目の前にしながら、その小さな穴から零れ落ちるコインを一枚ずつ拾い集めているようなものだ。どうせなら麻袋を丸ごと手に入れるべきではないか。

ジョージはそのための行動を始めた。スクラップ工場でこつこつと稼ぎ、それを元手にカジノで少しずつ増やして、およそ五年の間、軍資金を貯め続けた。

そして二十五歳になった彼は、ありったけの金を抱えて、ついにロズウェルを飛び出した。

目的地はラスベガス。

理由はもちろん、その街を訪れる者の多くが夢見ているそれ――一攫千金《いっかくせんきん》のためだった。

三　一九五五年――ネバダ・ラスベガス

一九五〇年代のラスベガスといえば、『カジノの街』としての創成期にあたる。ある一人の野心家が、砂漠の真ん中にネオンの輝くリゾートを夢想し、『フラミンゴ』という名のホテルを建てたのが一九四六年。それから十年ほどのうちに街は変貌《へんぼう》した。まるで楽園のような庭に、涸れることのない噴水、きらびやかなショー・ステージ、人々の歓声が飛び交うカジノ、色とりどりのネオン看板といった、まさに夢のようなリゾートホテルが無数に立ち並ぶようになった。やがてその街はハリウッドのセレブたちにも人気の巨大リゾートとして広く知られるようになっていった。

しかし当時のラスベガスは、今ほどクリーンな街とはいえなかった。カジノ経営の裏には少なからずギャングの影があり、街が発展していく傍らで、ギャング同士の抗争も絶えなかった。例の『フラミンゴ』を建てた男もギャングの一員であり、彼は自らが作り出した街の発展を見る前に、身内の抗争によって暗殺されている。

　そんな街だからこそ、一般客向けのカジノの裏で、違法な高レートの闇カジノがあちこちに存在していることを、ジョージは知っていた。

　狙いは一発大勝《ジャックポット》。

　ちまちまと安く勝っても人生は変えられない。田舎で寿命をすり減らして骨になっていくだけなんてごめんだ。この旅にすべてが懸かっている。

　生きるか死ぬか。

　それはまさに、引き返す道のない、一世一代のギャンブルだった。

　汽車の長旅の末に、ラスベガスに到着した彼は、駅舎をくぐり抜けたその瞬間、きらびやかな街並みに圧倒された。ロズウェルでは到底見たこともないような高い建物が連なり、高級車が道路を行き交う。かつてここが不毛の砂漠だったとは思えないほど洗練された都市だ。もしかしたらニューヨークやワシントンよりも最先端を行く街かもしれない。ここには富がある。はっきりとそれを見せつけられた。

　ジョージは早速、その街で一番安いカジノホテルに部屋を借りた。安いといっても、普通のモーテルと比べて二十倍は値段が違う。ベッドは当然のようにキングサイズで、真っ白なバスタブやバーカウンターまで設えられた夢の世界だ。

　宿泊費でギャンブルの元手を擦り減らすのは本望ではなかったが、もとよりここに長居するつもりはない。中途半端な勝ちをだらだらと続ければ、また目をつけられる。しかも今回の相手はギャングだ。下手を打てば何をされるかわからない。

　だから一回の賭けで一生分の儲けを得る。それが済んだら、すぐにこの街を出る。

　ジョージは休む暇もなく併設されているカジノに出向いた。

　そこは今まで見たどのカジノよりも広く、人々の熱気に満ちていた。無数のスロットマシンがリールを発光させながらくるくると回り、あちこちで山のようにチップが積み上げられ、カードやダイスが宙を飛び交う。辺りに漂っている独特な匂いは葉巻か香水か、それともマリファナだろうか。

　ラスベガスの空気に酔いながら、ブラックジャックのテーブルを物色する。当然ながらカードの山札は四デッキ以上、すなわち最低でも二百八枚ある。一つのテーブルに張り付いて、用心深く確率を計算しなければ、飲み込まれる可能性が高い。

ジョージは試しにテーブルの一つに座ってみた。ディーラーは黒人で、カードを操る手つきは恐ろしいほど繊細《せんさい》だった。

まずは少額ベットで様子を見る。

使用されたカードを頭に刻みながら、次の展開を予想してみるが、うまく当たることもあれば外れることもあった。疲れや緊張もあるだろう。これでは普通にギャンブルをしているのと変わらない。

しばらく同じテーブルで粘ったが、不審がられては困るので、きりのいいところで席を立った。

勝負に出る前にカジノからつまみ出されたらおしまいだ。慎重に行動しよう。ジョージは休憩するためにバーカウンターの席に着いた。

ウイスキーを舐《な》めながら作戦を練っていると、カウンターに飲み物を取りに来た二人組の男の会話が耳に入ってきた。どちらも上等なスーツを着ていて、片方の男には聞き慣れない訛《なま》りがあった。

「出発は何時だ？」

「明日の午前六時。大勝負に備えて、今日は早めに休んだ方がいいぞ」

「なんだってそんな早く……しかもバスで大移動だって？」

「一般客にバレないように、って配慮らしい。場所も秘密なんだと。レート十倍二十倍は当たり前のカジノだからな。金を持ってない客は最初からお断りなのさ」

男たちはワインを呷りながらホールに戻っていった。

これだ！

ジョージは拳を握り締め、心の中で快哉《かいさい》を叫んでいた。

一般客が立ち入ることのできない高レートカジノ！　どうやら特別な客だけを、特別な方法で招待しているようだ。

ジョージは弾かれたようにカウンターを離れ、さっきの男たちを探した。彼らはポーカーのテーブルにいた。彼らに直接高レートカジノのことを問い質《ただ》そうかとも考えたが、トラブルになるのは目に見えている。そこで近くのスロットマシンの前に陣取り、男たちを観察した。

さっきの会話から考えて、そう長居はしないはずだ。すると案の定、男たちは勝負が一段落ついたところで席を立ち、カジノを出ていった。

ジョージは男たちの後をつけた。

彼らは歩いて五分ほどの場所にある高級ホテルに入っていった。おそらくあれが彼らの宿泊場所だろう。それさえわかればいい。明日の朝になったら、ホテル前で彼らを待ち伏せし、こっそり後をつけて高レートカジノの場所を突き止める。

　ジョージは自分の部屋に引き返し、明日に備えて休むことにした。いよいよ本当の勝負が始まる。頭をクリアにしておくためにも、ちゃんと眠った方がいい。けれどそう考えれば考えるほど寝付けなかった。

　気づくと朝の五時になっていた。

　ジョージはベッドを飛び出すと、有り金を詰め込んだバッグを抱えて、ホテルをチェックアウトした。その足で昨日の男たちが泊まっていた高級ホテルへ移動する。ロビーのソファに腰かけ、いかにも友人を待っているような素振りで、その時を待つ。

　午前六時まで、あと五分。

　ついに昨日の男たちが現れた。

　彼らはトランクを片手に、さっそうとロビーを横切り、外へ出ていった。

　ジョージもすぐに彼らを追うように外へ出る。

　すると出入り口のすぐ目の前に、大型バスが横づけされていた。順番を待つ乗客たちが列をつくっている。その中に、さっきの男たちもいた。

　カジノ行きのバスはこれで間違いない。

　バスの乗降口には添乗員らしき人物がいて、客を一人一人チェックしていた。やはり招待を受けている者しか乗せられないというわけか。

　ジョージは構わず乗客たちの列に並び、素知らぬ顔でバスに乗り込もうとした。

　しかし添乗員に呼び止められる。

「申し訳ありません。こちらは招待状をお持ちの方のみの送迎バスになります」

「え？　ああ、間違えました」

　とぼけたふりして引き下がる。

　バスのすぐ横で、運転手らしき男が貨物スペースに乗客の荷物を押し込んでいた。

　貨物スペースにはまだ空きがある。

　あそこに忍び込むことができれば――

　貨物スペースのシャッターの取っ手に、開錠された状態のダイヤル錠がぶら下がっているのを、ジョージは見逃さなかった。単純な四桁の数字錠だ。記憶するのは息をするより容易い。

いったんバスから離れ、物陰から様子を窺《うかが》う。

運転手が最後の荷物を載せ終わると、貨物スペースのシャッターを閉じて、さっきのダイヤル錠をかけた。そして添乗員とともにバスに乗り込んでいく。

チャンスだ！

ジョージは身を屈めて車体の背後からバスに近づき、貨物スペースのダイヤル錠を素早く回した。あっさりと開く。すかさずシャッターを開けて、貨物スペースに飛び込むと、うずくまった状態のまま中からシャッターを閉じた。

耳元近くでエンジンが唸《うな》り始め、バスが動き出す。

うまくいった。これくらいのリスクをためらっている余裕はない。人生を懸けてここまで来たのだから。

それから一時間近く、ジョージは荷物の間で揺られることになった。思いがけない長旅だ。窮屈《きゅうくつ》で真っ暗な場所に押し込められ、延々と揺さぶられ続ける苦行に、根性を試されているような気になった。勝負はもう始まっているのかもしれない。

やがて時間の感覚が薄れ始め、眠気と疲労で意識がおぼろげになり始めた頃、エンジンの震えが止まるのをはっきりと身体に感じた。

ジョージは意識を取り戻し、素早く貨物スペースから飛び出した。

たちまち日光に目を焼かれる。熱を帯びた風に、乾いた大地の匂いがする。ここは何処だろう。ジョージは眩《まぶ》しさに目を細めながら、貨物スペースのシャッターにダイヤル錠をかけ直して、すぐにその場を離れた。

目の前に木造の小さな建物があったので、ジョージはひとまずそこに身を潜めた。

次第に目が慣れてくる。

バスが停まったのは、道路上に設けられた入場ゲートのような場所だった。木製のバーを上下させる遮断機が、垂直に上げられたままになっている。ジョージが身を潜めたのは守衛の詰め所と思われたが、室内は空っぽで誰もいなかった。もしも誰かいたら面倒なことになっていただろう。どうやら今日はツイてるらしい。

詰め所から頭だけを出して、周囲を窺う。

ゲートの向こう側は道路が真っ直ぐ伸びているだけで、周囲は荒涼とした礫《れき》砂漠になっている。おそらくバスはこの道を走ってきたのだろう。

ゲートのこちら側には、煉瓦《れんが》や木造の建物が立ち並んでいた。カジノホテルのような高層ビルは見当たらないが、建物それぞれに控えめな看板や電飾が掲げられていて、いかにも秘密めいた場所といった風情だ。

　バスから降りた一団は、添乗員の先導で通りの先へと歩き出していた。合計で二十人ほどだろうか。ジョージはさりげなく彼らの最後尾に紛れ込み、彼らの後についていった。

　やがて一団は、平べったい木造の建物に入っていった。古い劇場といった趣の外観で、ラスベガスが誇る洗練された最新の建築物とはまるで対照的だ。もしかしたら西部開拓時代の建物だろうか。世間に忘れ去られたゴーストタウンをギャングたちが根城《ねじろ》にしているというのはよくある話だ。あるいはこの街も、そういったいわれがあるのかもしれない。

　一団に続いて薄暗いエントランスを抜けると、急に視界が開けた。今までの冴《さ》えない印象から打って変わって、豪華なシャンデリアの下に、スロットマシンやカードテーブルの並ぶ一流カジノの光景が広がっていた。すでに先客たちがゲームに興じていたが、大声で騒いでいる者は一人もおらず、誰もが上品に笑っていた。

　到着した客たちが早速現金をカジノチップに替えて、それぞれのテーブルに散っていった。見たところ外国人が多い。フランス語やドイツ語、あるいは東欧の言葉を話している者もいた。あらゆる人種が同じテーブルで、酒を片手に笑い合っている。もしかしたら天国というのはこういう場所なのかもしれない。

　ジョージはありったけの現金をチップに替えた。特に身元確認されることもなく、店側の人間が飛んできて追い出されるということもなかった。

　これでよし。あとは勝負するだけだ。

　ジョージは五つあるブラックジャックのテーブルを観察した。怪しまれるのを避けるため、テーブルの見える位置にあるスロットマシンで遊びながら、それぞれプレイに使われたすべてのカードを記憶していく。

　次第に有利なテーブルと不利なテーブルがはっきりとしてくる。ジョージはその中から、特に確率的に有利なテーブルに座り、より決定的な勝機を狙って、少額ベットで様子を窺う。

「お客さん、どちらから？」

　赤髪の若いディーラーが話しかけてくる。ジョージは煩わしく思いながらも、警戒されるのを避けるために柔和に応じた。

「ニューメキシコから」

「おや、アメリカ人か」ディーラーは意外そうに云う。

「ここに呼ばれるなんてラッキーだったね」

「そうかい？」

その回の勝負は、あえてディーラーに勝たせた。

それから何ゲームか経て、ジョージはいよいよ覚悟を決めた。計算では確実にチャンスの波が来ている。単なる雰囲気とか思い付きとかではなく、記憶に裏打ちされたデータだ。

今ここで勝負しなければ、いつする？

さあ、飛べ。大金を手にするために。

「次は大きく賭けてみるよ」

ジョージは手元のチップを上限一杯まで場に出した。

同じテーブルに座っている他の客たちが息を飲む。ただでさえ高レートのテーブルで、狂気じみたベット。最高に興奮するショーだ。

ディーラーは少しだけ驚いたような顔をしたが、すぐにポーカーフェイスを取り繕った。

「よろしいですか？」

ジョージは無言で肯いた。

最初のディール。

おそらくこれで勝負が決まる。

手元に配られた二枚は――

ハートのJとダイヤのA。

ナチュラル・ブラックジャック！

最初の二枚で合計二十一になることをそう呼ぶ。

文句なしに最強の手だ。

ディーラーは二十一に達しなかったので、この時点でジョージの勝ちが確定した。

ジョージの目の前にチップがどっさりと積み上げられる。

数年の間、夢に描き続けた光景は、わずか数秒で現実となった。あまりにもあっけない終着点。もしかしてこれは夢の続きなのか。いや――このチップの重みは本物だ。紛れもない現実だ。

他の客たちから拍手が起こる。その音で、半分夢心地だったジョージの意識が覚醒《かくせい》する。

急げ、急いでここを離れた方がいい。

大金が動いたとなれば、店側は神経質になる。ジョージの攻略法はイカサマとは違うが、店側が難癖をつけてゲームの無効を宣言する可能性がないわけではない。相手はギャングだ。彼らはいつだって、話がこじれたら弾丸で解決すればいいと考えている。

ジョージはチップの山を抱えて換金所へ向かった。数百枚のチップが、数千枚の百ドル札の束になって戻ってきた。受け取る手が震える。まるで銀行強盗がやるように、札束を大急ぎで二つのバッグに詰め込み、それらを両肩にかけて、ジョージはカジノを飛び出した。

建物を出たところで、ふと考え込む。

どうやって帰ろう？

来た時と同じようにバスの荷物スペースに潜む？　これだけの大荷物を抱えて、前と同じように乗り込めるだろうか。そもそもバスがいつ発車するかわからない。できれば早くここを立ち去りたい。

誰もいない通りを駆けながら思案していると、煉瓦造りの建物の前に、バイクが停められているのを見つけた。幸運なことに、鍵がささったままだった。

周囲に人がいないのを確認して、シートにまたがる。アクセルを回すと、エンジンがかかった。

やはり今日はツイてる。

ジョージはバッグを両肩にかけたまま、バイクを発進させた。停車中のバスを横目に、上がったままのゲートをくぐり、未舗装の車道を駆け抜ける。

最高だ。砂漠の風が冷や汗を吹き飛ばす。輝かしい未来への疾走。空は何処までも青く晴れ渡っている。

しかし街からほんの一マイル（約一・六キロ）ほど走ったところで、バイクの調子がおかしいことに気づいた。エンジンから異音がする。このまま走り続けたら、最悪の場合、走れなくなってしまうかもしれない。いったん停めて、様子を見た方がよさそうだ。

しかし車道に停めるのはさすがに目立ちすぎる。振り返ればまだはっきりと街の姿が見える位置だ。せめてもっと街から離れてから――

ふと車道脇の小高い丘を見上げると、丸太を雑に組み上げたような小屋が見えた。

ちょうどいい。あの陰でバイクを調整しよう。

ジョージは車道を逸《そ》れ、ごつごつとした岩やサボテンを避けて、丘を駆け上がった。

丸太小屋に近づく。せいぜい六フィート（約一・八メートル）四方くらいの大きさで、丸太をそのまま並べただけのような屋根がついている。牧場で見かける飼料小屋のようだが、荒涼としたこの土地にもかつては牧場があったのだろうか。

ジョージは小屋の少し手前でバイクを停めて、誰かいないか――こんなところに人がいるはずもないが――様子を窺った。

やはり人の気配がないので、小屋の脇に隠すようにバイクを置いた。ずっしりと重いバッグをその場に下ろし、小屋の中を覗く。

入り口に扉はなく、人一人がやっと入れる程度に隙間が開いている。乾いた藁《わら》が床に敷き詰められ、調度品の類は一切ない。北側の壁に八インチ（約二十センチ）四方ほどの大きさの穴が刳《く》り貫《ぬ》かれており、ちょうど窓のように外を見渡すことができた。

窓からは、カジノの街が見下ろせた。街までは二マイル（約三・二キロ）はあるだろうか。視界を遮るものがないので、この距離でもはっきりと建物の形が確認できる。例のカジノがあったメインストリートを中心に、左右に二ブロック程度の小さな街だ。

この辺りの土地は、周囲を丘に囲われた円形の盆地のようになっていて、街はその中心に位置しているようだ。見たところ、その街以外には何も構造物は見当たらない。

あんなところに秘密のカジノがあるなんて、誰が想像できるだろうか。その場所を知らない者には、見つけ出すことは不可能に思える。だからこそ、めちゃくちゃなレートのギャンブルがまかり通っているのだろう。

ジョージは小屋を出て、バイクを確認した。そもそもバイクにはほとんど乗ったことがないが、スクラップ工場で何度もそれを解体したことがある。構造なら完璧に記憶している。初めて工場での仕事が役に立ちそうだ。しかし工具なしでどこまで修理できるだろうか。

エンジンをいじっているうちに、次第に日が傾いてきた。

やがて丘の下に見える車道を、例のバスが通り過ぎていく。ホテルへ帰るのだろう。こんなことならやはり、貨物スペースに隠れておくべきだったかもしれない。

うっすらと空が紺色に染まっていく。

星が輝き始めた頃、バイクはようやくまともに動くようになった。

しかし砂漠の夜道ほど危険なものはない。うっかり車道を外れれば事故になるし、たとえ無事に走行できても遭難する可能性がある。

夜明けを待って、ここを出よう。

思い返せば、昨夜からほとんど寝ていない。疲労も深刻だ。休むのにちょうどいい小屋もある。

ジョージは大金の詰まったバッグを小屋に運び入れ、それを抱いて寝ようと考えた。

けれどふと、不安がよぎる。

もし誰かがこの小屋に来たら？　カジノの関係者がジョージを追ってきたら？　あるいはまったく無関係の悪党が現れたら？　このバッグを見逃してくれるだろうか。

いや、間違いなく奪われてしまうだろう。

そこでジョージは、小屋の出入り口から正面に見える大きな岩の陰にバッグを隠すことにした。ちょうど窪《くぼ》んでいる場所にバッグを押し込み、大きめの石をその前に積み上げて目隠しにする。ちょっと見ただけでは、自然の風景と何も変わらない。

これなら万が一、何者かに寝込みを襲われたとしても、一方的にバッグを奪われるということはないだろう。隠し場所は自分しか知らない。バッグが手元から離れるのは少し不安だが、隠し場所は目の届く位置にある。

これでようやく休める。

横になる前に、何気なく窓から街を見下ろした。

申し訳程度の灯《あか》りがぽつんぽつんと灯っている。カジノの関係者はあの街で暮らしているのだろうか。そういえば通りでは誰ともすれ違うことがなかった。そもそも街として機能しているのか。あるいはギャングの根城という想像も間違いではないのかもしれない。

次の瞬間、街の上空を小さな光が高速で横切った。

今のは――

流れ星にしては大きすぎる。やはり隕石か。いわゆる火球と呼ばれる現象だろうか。ある程度の大きさの隕石が大気圏に突入すると、摩擦熱で燃え上がるという。

単なる自然現象。

そう納得して、ジョージは藁の上に横になった。たちまち睡魔に襲われる。その時彼は、夢と現実の狭間で、十七歳の時にロズウェルの夜空で見た、あの光のことを思い出していた。

人智を超えた光。

そして空気を震わせる音。

奇妙な振動――

関係ない。人生をひっくり返すほどの金を手に入れたんだ。何が来ようと怖くない。ここはもうロズウェルではないし、工場に働きに出る必要もない。

今日が人生の転換点。

さあ、生まれ変わった朝を始めよう。

小屋の入り口から、まばゆい光が差し込んでくる。

ジョージは目を覚ました。

ゆっくりと身体を起こし、強張《こわば》った首を大きく回す。時計がないので時刻はわからないが、太陽はすでにだいぶ高い位置にあるようだ。

小屋の正面に見える岩に、特に異変はなかった。積み上げた石も、バッグを隠した時のまま動かされてはいないようだ。まずは一安心。

ジョージは立ち上がり、バッグを確認するために外へ出ようとした。

その際に、ちらりと窓の外を見て――驚愕する。

そこにあるはずの街が、なくなっていた。

周囲を丘に囲われた盆地の中央に、昨夜までは確かに存在していたカジノの街が、今日は何処にも見当たらなかった。

これは夢の続きか？

それとも蜃気楼《しんきろう》か何かの影響か？

ジョージは小屋を飛び出し、直に街を見下ろす。

やはり、ない。

街が一つ、丸ごとなくなっている！

そんな馬鹿な。これはどういうことだ。ちくしょう、何が起こっている。ジョージの頭の中で、様々な悪態や疑問が交錯する。

まさかカジノの街なんて最初から存在しなかったのか？　たとえば砂漠の熱に浮かされて、悪い夢を見ていただけだったとか？

ジョージはそう考えたところで、その馬鹿げた考えを否定する方法を思いつく。

バッグだ。

すぐ目の前にある岩の窪み。

ジョージは急いでそこに駆け寄り、昨夜積み上げた石をどけた。

バッグはそこにあった。

震える手で開けると、中には札束が詰まっていた。

ある！　間違いなくカジノで稼いだ金がここにある。ということは昨日のブラックジャックは夢でもなんでもない。すべて現実だ。

それなら何故……街は消えた？

立ち上がり、あらためて丘の下を見下ろす。その先にあるはずの街は、やはり存在しない。

街が本来あったはずの場所は、何もなかったかのように、周囲と同じ礫砂漠の一部になっている。その辺りだけ大きく窪んでいるように見えるが、もともと盆地の中央なので、最初からそうだったと云われればそう見えなくもない。

ジョージはバッグを両肩に提げると、急いでバイクにまたがった。額からは脂汗《あぶらあせ》がにじんでくる。喉がからからだ。そういえば昨日から飲まず食わずだった。

今すぐこの場を立ち去ろう。

ジョージはアクセルを回す。

何が起きたのかわからないが、とにかく恐怖を感じた。本能が逃げろと云っている。

だが――

このまま何もわからず、人生を過ごせるだろうか。

今日は新しい人生の出発点になる日だ。

そんな日に、こんなわけのわからない謎を突きつけられて、一生それを抱えて生きるのか。

ジョージはバイクの向きを変え、街があったはずの場所へと走り出した。

この目で確かめてやる。

もしかしたら蜃気楼だとか逃げ水だとか、その手の自然現象によって大気が歪《ゆが》み、そこにあるはずの街が見えなくなっているだけかもしれない。

しかしバイクでいくら近づいても、街は見えてこなかった。

しかも最悪なことに、バイクのエンジンが異音を上げ始め、一マイルほど走ったところで、とうとう煙を上げて止まってしまった。

やはり素人が工具もなしに修理できるはずもなかったのだ。ジョージは仕方なくバイクを路肩に停め、そこから歩いて盆地の中央を目指した。

少なくとも車道は存在している。

しかしその先に街はない。

ただ開けた土地が広がっていて、昨日までは建物の陰になって見えなかった奥の丘陵まで見える。

周りの風景は昨日と同じだ。おそらく――さすがに人並外れた記憶力を持つジョージでも、代わり映えのしない砂漠の景色を、完全に記憶することは難しい。それでも特徴的な岩やサボテンは、やはり昨日と同じ場所にあるように思える――

ジョージは額の汗を拭いながら、ふらふらと車道を進んだ。

めまいがする。

砂漠の熱にやられたのか、それとも極度の疲労か。

気づくとジョージはその場に膝をついて、虚空を仰いでいた。

宇宙まで見透かせそうな、瑠璃《るり》色の空。

ふいに、空の彼方で銀色の光が明滅するのが見えた。

すると光はものすごい速度で丘の向こうからこちらに飛んできて、瞬く間にジョージの頭上に到達した。

次の瞬間、ジョージは光に包まれたかのように意識が真っ白になって、気を失った。

次に目が覚めた時、ジョージは真っ白な部屋に寝かされていた。壁も天井も真っ白で、まるで白い光の中に浮いているような感覚がした。

朦朧《もうろう》とする意識の中で、どうにか自分の身体を確認しようとする。どうやら服を脱がされ、全裸にされているようだ。しかし身体を動かそうにも、まったく動かすことができない。

それから途切れ途切れになる意識の中でかろうじて見たのは、全身が灰色の奇妙な人間らしき者たちに囲まれている光景だった。彼らはジョージの身体をくまなく調べている様子だった。そして注射器のようなもので、ジョージの足首辺りに針を刺した。痛みはなかった。痛みを感じるほどジョージの意識は覚醒していなかった。

そしてジョージは再び深い眠りに沈んだ。


再び目が覚めた時、まず耳に入ってきたのは、雑踏の騒音だった。うるさくて、何処か懐かしい雑音。人の気配。ありふれた日常――

ジョージははっとして、弾かれたように身体を起こした。

周囲を見回す。

広い建物の中だ。大きな荷物を提げた人たちが、急ぎ足で何処からか来て、何処かへ去っていく。そんな人の流れから少し外れたベンチの上で、ジョージは焦点の定まらない目をさまよわせていた。

「君、大丈夫かね？　顔色が悪いが……」

隣のベンチに座る老人が、心配そうにジョージを覗き込んでいた。ジョージはもつれる舌をどうにか動かして訊き返した。

「こ、ここは……何処ですか？」

「マッカラン飛行場だよ。ラスベガスの空港だ。君もカジノで羽目を外しすぎたクチかね」

老人は笑いながら云った。

カジノ！

そうだ、バッグは？

ジョージは慌てて周りを探す。

ない――

ない！

「すみません、この辺に大きなバッグを見ませんでしたか？」

「いや、見てないな」

老人は答える。

ジョージはそれから周囲の人々に尋ねて回った。しかし迷惑そうな顔で首を横に振られるばかりで、バッグは見つからない。

一体、何が起こった？

わけもわからずベンチに座り直した時、ふとジーンズの尻ポケットに違和感を覚えた。手を突っ込んで確かめると、茶色の封筒が入っていた。

ポケットから出して、封筒の中身を確認する。

百ドル札が十枚と、ニューヨーク行きの航空券が一枚。ちょうど次の便の航空券だった。日付を確認すると、ジョージがラスベガスに降り立った日から、一週間が過ぎていた。

そんな……

まさかラスベガスで体験したことすべてが夢だったのか？

あの大金は？

あの消えた街は？

そして――あの光はなんだったのか？

光に包まれたあとに起きた出来事は？

ジョージはベンチに座って考えた。けれどいくら考えたところで、答えは見つからない。

ニューヨーク行きの飛行機の時間が迫る。

何もかも失ってしまった。

一度は摑みかけた幸運が、すべてこの手から零れ落ちた。

いや、最初から何一つ得られてはいなかったのではないだろうか。

航空券を手に、搭乗ゲートへ向かう。

無から来て、無へ帰っていく。

ただそれだけのこと。

さようなら、ラスベガス。

もう時間だ。

こうしてジョージの短い旅は終わった。

四　二〇二〇年――ニューヨーク・ブルックリン

俺が祖父の話を語り終えると、賭けを挑んできた男は満足そうに笑みを零して、大きく二度三度肯いた。

ビリヤード台の学生たちも、カウンター席のカップルたちも、気づけばもういなかった。辛気臭い男たちだけが相変わらずピスタチオを齧《かじ》っている。

「楽しい謎をありがとう」男はわざとらしく拍手してみせた。「なるほど、ロズウェルから始まった物語は、ここニューヨークで終わるわけか。実に不思議な話だ。しかし、そのコインは？　話の中には出てこなかっただろう？」

「それについては、こんな後日談があるんだ」俺はコインを指先で弄ぶ。「飛行機でニューヨークに着いた祖父は、とりあえずその足で安いホテルに泊まったんだ。そしてその夜、シャワーを浴びようと服を脱いだ際に、こいつを見つけた。どうやらジーンズの折り返した裾《すそ》に紛れ込んでいたらしくてね。一体いつ何処で紛れ込んだのかと思い返してみると、例の高レートカジノでブラックジャックのテーブルを観察している時、ディーラーたちに怪しまれないようにスロットマシンを回したことを思い出した。その際に手からコインが零れ落ちたんだろう。このコインのデザインは他のカジノでは使われていない。覚えている限り、あの消えたカジノだけだった。つまりこいつは、祖父の体験が夢や幻ではなく、すべて現実だったという証拠にもなるんだ」

「林檎のコインか――古くから人間の歴史が大きく動く時、そこに必ず林檎がある。アダムが林檎を齧ったことで歴史が始まり、ニュートンは落ちる林檎で現代科学の基礎を作った。まあ、どちらも諸説あるがね」

「たった二例しかないじゃないか」

「そんなことはないよ。神話はもとより、人類史には何故か林檎がつきものなんだ。最近で云えば、ほら」

男はテーブルに置いてあった俺のスマホを指差した。

「そこにも林檎がある」

「それが何か関係あるのか？」俺はiPhoneを手に取って、ポケットにしまった。「謎解きはどうなったんだよ。まさかこのスロットコインが、何か歴史に大きく関わってるとでも云うんじゃないだろうな」

「まあね」男は不敵に笑って、二杯目のウイスキーに口をつけた。「謎解きの前に、いくつか確認しておきたいことがあるんだが」

「俺が知ってることなら答えよう」

「君のお祖父さんは、かなり若くして亡くなったみたいだね。ニューヨークに流れ着いた後はどういう人生を送ったんだ？」

「職を転々としながらニューヨークで生活を続けたらしい。一年くらいはそんな調子だったみたいだが、細々と貯めた金で再びカジノに挑み、見事に大金を摑んだって話だ」

「そいつはすごい」

「今でこそ祖父のブラックジャック攻略法はカウンティングという名前で広く知られているが、当時はそこまで認知されてはいなかったらしい。普通は思いついたところで真似できない」

「君もカウンティングはできるのかい？」

「云ったろ？　勝ってたらこんなところにいないって」

「そうだったな」

「で、祖父は二十八歳の時に結婚して、その年に息子が生まれる。俺の父だ。それから十年後、三十八歳の時に、病気で亡くなった」

「癌《がん》？」

「その通り。祖父は普通じゃない生き方をしたが、死に方は案外普通だったみたいだ」

「そうか、うん。大体わかってきたよ」

「は？　嘘をつけ」俺は反射的に云っていた。「何がわかったって云うんだよ」

「まずは謎となるポイントを絞ってみよう。要点は二つだ」

　そう云って男は指を二本立てた。

　１『カジノの街が一晩で消え去った謎』

　２『ジョージが体験した光の謎』

「コインが実在する以上、砂漠の真ん中にカジノの街が存在したのは事実だろう。その街はたった一晩で跡形もなく消え去った。街が丸ごと一つ消えるなんて、前代未聞の謎だよ」

　男は興奮気味に云った。

「それで、あんたの見解は？」

「そうだね……ぱっと思いつくのは、夜のうちに何者かによってジョージが別の場所に移動させられていたパターンだね。たとえば『カジノの街が存在する盆地Ａ』と、風景はそっくりだが『街が存在しない盆地Ｂ』があって、夜の間にＡからＢに運ばれたんだ。砂漠なんて何処も似たような景色だし、ＡとＢの違いなんてほとんどわからない。しかもジョージはかなり疲れて熟睡していたみたいだし、多少乱暴に移動させられたところで目は覚めなかっただろう」

「残念だがそれはないな」俺は待ってましたとばかりに反論する。「大金の入ったバッグを岩陰に隠したという話があっただろ。夜に隠したバッグは、翌朝そのまま同じ場所にあった。これは一種の目印、マーキングと考えていい。目印が動かされた形跡がないのは明白だ。つまり場所は変わってない。移動説は却下だ」

「確かにその通りだな。それは認めるよ」男はわざとらしく肩を竦めて云った。「ジョージはたまたま機転を利かして岩陰にバッグを隠した。これを第三者があらかじめ予測して、計画に組み込んでおくというのはさすがに無理がある。たとえ予測できたとしても、そっくり同じ岩を用意して、ジョージに勘付かれないようにバッグを隠し直すことができたとは思えない」

「だろ？」俺は鼻で笑う。「大丈夫か？　この調子じゃ謎は解けそうにないぜ」

「論理学的には間違いも前進だ。少なくとも街の消失が確認された観測地点に、なんらかの欺瞞があったという可能性は、これで潰せたというわけだ」

「なんか小難しいこと云ってるけど、全然答えになってないな。どうして街が消えたのか、もっとわかりやすく説明してくれよ」

「ちなみに君も、この答えは知らないんだね？」

「ああ。ただ、それっぽい解答ってのは、あるにはある」

「へえ、それは君がたどりついた答えなのか？」

「いや、実はこの謎に挑戦しようとしたのはあんたが初めてじゃないんだ。今からちょうど四十年前、俺の父がこのコインを持って、ある探偵のもとを訪ねた。おそらく父もずっと、ジョージの遺した謎が気がかりだったんだろう。父は探偵に『消えた街』の謎解きを依頼した。探偵はなんとその日のうちに答えを用意してみせたが……何故か姿を消してしまった」

「今度は探偵が消えたって？　これまた面白そうな話じゃないか。ぜひ聞かせてくれないか」

「別に構わないが……」

五　一九八〇年――ニューヨーク・マンハッタン

ジョージの息子、ジャックは父親と違って、いっさいギャンブルには手を出さなかった。父のようにはなるまいと、学生時代は堅実に勉学に励み、大学も首席で卒業した。

しかし学費の面でなんの苦労もせずに済んだのは、父がギャンブルで摑んだ大金と、彼にかけられていた生命保険金のおかげであることを、ジャックは知っていた。

　彼は一人前の社会人になったその日にジョージの墓を訪れ、一度きりの恩返しを誓った。

「親父が死に際に話してくれた、あの不思議な物語の謎を、僕が責任をもって解いてみせるよ」

　その頃ちょうどテレビでは、ロズウェル事件に関するドキュメンタリー番組が連日放送されており、それに触発されたというのもある。ジャック自身、父の体験した不思議な出来事について、論理的な解答を得たいという欲求もあった。

　しかし謎を解くといっても、何から手をつけたらいいかわからない。そこで知り合いの弁護士に相談してみると、マンハッタンに住む高名な探偵を紹介された。

　八十七丁目の雑居ビルの最上階。そこでジャックを迎えたのは、かくしゃくとした背の高い老人だった。ジャックが名乗ると、老人はまるで舞台俳優のような大振りな態度で握手を求め、魅力的な声で笑った。

「私のことはＱと呼んでくれ。君と私で、ＪとＱ。なかなかのコンビだと思わないかね」

　ジャックは早速ジョージの物語を話して聞かせた。

　するとＱは即座に『消えた街の謎』を解いてみせた。話を聞き終えてから、わずか三十秒。謎はあっさり解体された。

　ジャックはＱの手腕に感服し、チップを払おうとした。するとは彼はそれをやんわりと拒否した。

「代わりと云ってはなんだが、少しの間コインを預からせてもらえないか？　詳しく調べれば、よりはっきりとした答えを出せると思うんだが」

　ジャックは肯き、コインを彼に渡した。

　それから一週間が過ぎた。

　しかしＱから連絡はなく、電話をかけてもまったく繋がらない。そこでジャックは再び八十七丁目のビルを訪ねてみた。

　すると最上階にあったはずの探偵事務所は空っぽになっていた。もちろんＱの姿など何処にもない。

　慌てたジャックは、ビルの他のフロアを訪ね、最上階の人物について聞いて回った。

　ビルの住人たちによると、最上階はここ何年もずっと無人だという。

　しかしある住人が、興味深い証言をした。

一週間ほど前、全身真っ黒なスーツを着た男たちが、最上階に上がっていくのを見たという。彼らはまるで、最近ＵＦＯ番組でよく取り上げられている『黒ずくめの男たち(men in black)』のようだった、と語った。彼らはＵＦＯ関連の事件が起きると何処からともなく現れ、目撃者の口を封じたり、証拠を隠滅したりするという。

結局その日以降、Ｑという探偵が姿を見せることは二度となかった。

六　二〇二〇年——ニューヨーク・ブルックリン

バーテンダーがカウンターのグラスを片付け始め、ピスタチオを齧っていた男たちもいつの間にか姿を消していた。

俺は父の体験した話を喋りながら、目の前の男がいつ笑い出すだろうかと身構えていた。しかし男は最後まで笑わなかった。

俺は時計を確認する。

「なあ、閉店までもうあまり時間がないみたいだぜ？　この勝負は俺の勝ちってことでいいのか？」

「いや、時間はまだある。それより一つ訊きたいんだが、ジャックがＱにコインを渡したのに、なんでそれを君が今も持っているんだ？」

「そこが父の高慢というか、抜け目ないところだ。実は父がＱに渡したのは、そのへんのカジノのコインだった。つまりニセモノさ。父は最初からＱという人物の実力を試すつもりで、ニセモノを用意していったんだ。それに——父の形見をそう簡単に他人に預けるわけがないだろ、ってさ」

「しかしＱの謎解きは、ジャックを納得させるだけのものだったんだろう？」

「いや、どうかな。父はそれで納得したと云ってたけど、腹の中じゃそんなこと全然思ってないかもしれない」

「ちなみにＱの答えは？」

「それを俺が喋っちまったら、ゲームにならないだろ」

「迷彩とか？」

「おい、なんでわかった？」

「やはりそうか。まあそんなところだろうと思ったよ。いかにもインチキ探偵の考えそうなことだ。砂漠模様の迷彩が描かれた布で街全体を覆えば街が消えたように見える、とでも説明したんだろう」

「あ、ああ、確かにその通りだ」

「まあ一般人を黙らせる程度に説得力はあるね。違法カジノを運営するギャングが、周囲の目から街を隠すために迷彩で街を覆っている、と考えれば筋も通る。ギャングの資金力があれば、多少大きな迷彩布も用意できるだろうし、布で覆う作業も大人数なら一晩でできるかもしれない」

「まるでＱの説明を聞いてきたかのような口ぶりだな。いや、まったくその通りだよ。百点満点の模範解答だ」

「しかし君は納得がいっていないようだね」

「当然だろ」俺は吐き捨てるように云う。「確かに二マイル先の街が迷彩で覆われていたら消えたように見えるかもしれないが、祖父はわざわざ丘を降りて街へ向かっているんだぞ。視点が変われば見え方も変わってくるし、近づけば近づくほどボロが出るはずだ。そもそも布で覆ったところで建物の形はそのままなんだぜ。日差しの方向によっては影がはっきりと見えるだろうし、何よりも祖父は『昨日までは建物の陰になって見えなかった奥の丘陵まで見える』と云ってるんだ。これはつまり、そこにあったはずの建物が消えてなくなってるってことだろ？」

「鋭い指摘だね」男は云った。「私も君の意見に賛成だよ。ところで『ジョージが体験した光の謎』については、Ｑはなんと云っていたんだい？」

「熱中症による譫妄《せんもう》。要するにありもしない幻覚を見たって話だ」

「確かにジョージは肉体的にも精神的にも弱っていた。熱中症で倒れる危険性も高かっただろう」

「その点に関しては、俺もあまり否定できないな。だって考えてもみろよ。まさかＵＦＯに連れ去られて怪しい人体実験をされました、なんてことがあるはずないだろ。それが幻覚じゃなかったとしたら、なんだっていうんだ」

「現実に起きた出来事かもしれない」

「冗談はよしてくれ」

俺は苦笑する。

「じゃあ訊くが、砂漠の真ん中で倒れたジョージを誰が助けて、空港まで送り届けたんだ？」

「それは……」

「少なくとも何者かが、砂漠でふらつくジョージにコンタクトを取ったのは間違いない。そうそう、コンタクトといえば、『黒ずくめの男たち』についてはどう説明する？」

「それを解くのはあんただぜ？　ますます謎が深まったように思えるが、ホントに解けるのか？」

「問題ない。もう解けてる」

「……は？」

「あとは君に説明するだけだが、どうする？　勝負を続けるかい？」

「当然だ。今ここで勝負しなければ、いつする？」

俺は力強く云った。

俺には確かに、ジョージの血が流れている。

七　二〇二〇年――ニューヨーク・ブルックリン

「いいかい、『カジノの街が一晩で消え去った謎』と『ジョージが体験した光の謎』、二つの謎を解くのに重要なキーワードは『時代』と『場所』だ。この二つにさえ注意を払えば、ジョージの物語はある一つの真実を見せてくれる」

「『時代』と『場所』……？　そんなもの最初からはっきりしてるじゃないか。『時代』は一九五五年で、『場所』はラスベガス。それのどこに真実があるんだ？」

「だから、注意を払えと云ったろ？」

男がそう云った時、バーテンダーがラストオーダーを確認しに来た。俺たちはミネラルウォーターを注文した。

「まずは『時代』からみてみよう。一九五五年。その頃、我が国が戦争の真っただ中にあったことは知っているね？」

「戦争？　太平洋戦争は一九四五年までだし……朝鮮戦争？　それともベトナム戦争か？」

「いや、どちらも違う」

「他に戦争なんかあったか？」

「冷戦だよ。アメリカとソヴィエト連邦の間で四十年以上にわたって水面下で繰り広げられた戦争だ」

「ああ、云われてみれば……でもそれが俺の祖父となんの関係があるって云うんだ？」

「それを知るヒントは『場所』にある。そこでジョージの行動を思い出してほしい。彼はどうやって高レートカジノの街へ行った？」

「バスの貨物スペースに忍び込んで……」

「そうだ。しかしそのせいで、途中の道のりは把握できなかった。だから彼自身、自分が今何処にいるのかはっきりとはわかっていなかっただろう」

「ラスベガスの砂漠には違いないだろ？」

「もっと具体的に云えば、ラスベガスから一時間ほど車で移動した砂漠だ。仮にバスの速度が時速五十五マイル（約九十キロ）程度だとすると、それくらい離れた場所ということになる。あとはバスがどの方角へ向かったのかわかれば、ジョージが訪れたカジノがどの辺りにあったのか判明する。しかしこれについては今のところ推測するしかない」

「結局わからないってことか？」

「いや、ここで『ジョージが体験した光の謎』についてあらためて考えてみよう。彼が何度も見た『空を横切る光』とはなんだったのか？」

「俺は答える係じゃないぞ。答えがわかってるなら教えてくれ」

「『空を横切る光』――それは未確認飛行物体、ＵＦＯだよ」

「ははっ、とうとう勝負を投げたのか」

「ところがこれこそが真実なんだ。冷戦という歪んだ時代に生み出された未確認飛行物体――それがステルス戦闘機だ。もちろんそれを作っていたのは異星人ではなく、航空会社や軍の関係者たち。では何故、ただの戦闘機が異星人の乗り物と誤解されたのかというと、やはり徹底した秘密主義にある。特に最新兵器の開発現場では、どんな小さな情報も漏らすわけにはいかない。ましてや冷戦下、諜報戦がもっとも激しく行なわれていた時代だ。現場に持ち込まれるネジの一つさえ厳重に管理されるような場所だ。しかしかえってその秘密主義が、異星人を匿《かくま》っているだとか、ロズウェルに墜落したＵＦＯの残骸《ざんがい》を運び込んだとか、様々な憶測を呼ぶことになった」

「それってまさか……『エリア51』ってやつか？」

「そう『エリア51』というのは、ネバダの砂漠にある軍事施設内の一区画のこと。冷戦下において、ここでは極秘にステルス戦闘機が作られ、何度もテスト飛行が行なわれてきた。ちなみにステルス戦闘機のボディにはチタンが使われているんだが、初期の試験機は塗装もされず、チタン剝き出しの機体だったので、全体が銀色に光って見えたという。それはまさに『空を横切る光』そのものだった」

「それじゃあ祖父が見た光というのは……」

「ステルス戦闘機の試作機だろうね。ちなみに『エリア51』はラスベガスの北西約百二十マイル（約百九十三キロ）の位置にある。ジョージがバスに乗っていた時間から計算すると、『エリア51』には届かないが、彼がその光を見たことから考えて、少なくともバスはそちらの方角へ向かったと考えてもいいのではないだろうか」

「つまり……何が云いたいんだ？」

「これで『消えた街』の大体の位置がわかっただろう？　おそらくラスベガスの北西五十五マイル（約九十キロ）の

砂漠にあった、と考えられる。ここまで異論はあるかい？」

「オーケイ。さて、問題はその『消えた街』についてだ。ジョージが訪れたその街には高レートのカジノがあり、招待客たちがゲームに興じていた。ここであらためて考えてみたいんだが、このカジノ、少し変じゃないか？　ジョージはカジノの運営にギャングが絡んでいると思い込んでいたが、はたして本当にそうだったんだろうか。あらためて街の位置を思い出してほしい。ラスベガス北西に広がる砂漠のほとんどは、『エリア51』をはじめとして、ほぼ全域が軍の管轄になっている。そんなところにギャングのカジノなんてあると思うかい？」

「確かに変だな」

「通常、民間人すら立入禁止の場所だ。となれば、もう答えは明白だろう。『消えた街』のカジノは軍の施設だった」

「軍がカジノを……？」

「そう考えると辻褄《つじつま》が合う。もちろん軍の施設で一般客を集めて商売しようなんてつもりはないだろうから、何か特別な意図があって、カジノは作られたとみるべきだろう」

「じゃあカジノにいた客たちはサクラだったのか？」

「いや、おそらくほとんどの客が、無作為に選ばれた、ラッキーな金持ちだったのだろう。彼らは軍の施設とも知らずにただギャンブルを楽しんだだけ。その証拠に、カジノでは実際にゲームをプレイすることもできた。もし全員がサクラだったとしたら、わざわざ本格的なプレイ環境を作る必要はない」

「よくわからないな。カジノが作られた『特別な意図』ってなんだよ」

「軍が必要とする重要人物をカジノの客に紛れ込ませて、基地へ運ぶこと。それがあのカジノの役割だったんだ」

「そんなことのために……？」

「スパイや密告者は何処に潜んでいるかわからない。冷戦下ならではの大掛かりな欺瞞作戦だ」

「ここまでやらなきゃならないほどの人物が招かれていたのか？」

「だろうね。ジョージの話では、カジノの客は外国人が多かったという。おそらく招聘《しょうへい》された重要人物も外国人だったんじゃないか」

「誰なんだ、それは」

「個人名まではわからない。けれど彼らに与えられた役割については想像がつく」

「役割？」

「ここでまたステルス戦闘機の話に戻ろう。さっきも云ったようにステルス戦闘機の機体にはチタンが使われているんだが、当時チタンの最大の産出国といえばソヴィエトだった。つまり大量のチタンを手に入れるためには、敵国ソ連から掠め取らなきゃならない。そこで行なわれたのが――チタン争奪作戦だった」

「チタンを奪う？」

「そう、そのために世界各国から主要なメンバーが招集され、カジノの客に混じって集結した。彼らの役割は、ソ連と関係の深いヨーロッパ諸国にダミー会社を建てること。そして利用目的を偽ってチタンを仕入れ、アメリカに横流しすること。もちろんこれは国際的な犯罪であり、万が一ソ連に見つかった場合、追及は免《まぬが》れないだろう。最悪の場合、戦争になる。だからこそ作戦には細心の注意が必要だった」

「つまり……祖父が訪れたカジノの街は、チタン争奪作戦のメンバーを基地に集めるためだけに用意されたダミーの街だったのか？　たったそれだけのために？」

「情報操作のためなら金も手間も惜しまない。彼らは銃ではなくトリックで戦っていた。そういう時代なんだよ」

「……で？　どうやって街が一晩で消えたのか、その謎は解決してないぜ？　たとえ軍を動員したって、一晩で片付くものじゃないだろ？」

「それについては、あらためて『場所』について思い出してほしい。軍の作戦によって『作られた街』は、ラスベガスの北西五十五マイルの辺りにあった。ここまでわかれば、あとは地図を見るだけでも謎は解ける。この辺りはちょうど、軍の核実験場になってるんだ」

核実験場――

俺の頭の中で爆発が起こる。

周囲を丘陵地帯で囲われた砂漠。

たとえばその地下、地表にほど近い場所で核爆発が起きたとしたら？

爆発によって地表に巨大なクレーターが出現するだろう。もしそこに街があったとしたら。きっとすべて破壊し尽されるはずだ。やがて街の残骸は、爆発によって吹き上げられた土や灰とともにクレーターを覆い尽くし、ちょうど大地に蓋をするように埋もれていく。

街を消すのに一晩も必要ない。

たった一瞬でいい。

そういえば祖父は寝ている間に、異様な光や振動を感じていたふしがある。しかし目を覚ますことはなかった。もし核爆発が空気中で起きていたら、さすがにそうはいかなかっただろう。きっとその実験で用いられた核爆弾は、地上の街を破壊して、すっかり埋め立てるのに必要最低限の規模を計算して作られていたはずだ。

「当時、ネバダの砂漠では週に一度のペースで核実験が繰り返されていた。それらの中には、核爆発による建築物への影響を観測するため、砂漠の真ん中にあえて一つの街を作って、破壊するという実験もあった。カジノを破壊したのも、そういった実験の一環だろう。チタン争奪作戦の証拠となる街を消すついでのね」

　男はちらりと壁の時計を確認した。

　閉店の時刻まであと五分。

「さあ、どうだい？　私の謎解きに納得してくれたかな？」

「い、いや、まだわからないことがある。祖父が光に包まれたあと、まるでUFOに誘拐されたかのような幻覚を見たのはなんだったんだ？」

「ジョージが倒れたのは熱中症か極度の疲労とみていいだろう。問題はそのあとだね。おそらく彼は軍の関係者によって救助され、医務室に搬送された。灰色の異星人のように見えたのは、おそらく放射線防護服を着た医療スタッフだろう。ジョージは核爆発直後の爆心地の近くで倒れていたから、被曝《ひはく》の可能性があった。そのための治療が行なわれていたというわけだ」

「祖父が若くして癌で死んだのは、もしかして……」

「無関係とは云えないかもしれないな」

　男は目を閉じてゆるゆると首を振る。

　俺はグラスに残ったわずかなウイスキーを呷って、両手を広げた。

「あんたの勝ちだ。この百ドルは諦めるよ」

「そいつはどうも」男はそう云って、テーブルの上のコインに手を伸ばした。「それじゃあ約束通り、これは私がもらうよ」

「あ、ああ」

　それは祖父から父、そして俺へと受け継がれてきた形見だったが、謎が解けた今となっては、さほどこだわるほどのものでもないだろう。むしろここで手放した方が、親子三代にわたる物語のオチとしてはいいかもしれない。

「人類がたわむれに齧った林檎は、我々が責任をもって処分しておくよ。それじゃ、お先に」

　男はコインを黒い革ジャンのポケットにしまった。それからテーブルの上に置いてあった黒いサングラスをかける。

店のドアを開けて、男は一足先に外へ出た。彼の全身真っ黒な姿は、夜の街によく溶け込んでいた。

それはまるで『黒ずくめの男たち』のようだった――

赤の追憶

櫻《さくら》田《だ》智《とも》也《や》

1977年北海道生まれ。埼玉大学大学院修士課程修了。Webメディアのライターとして活動後、2013年、第10回ミステリーズ！新人賞を「サーチライトと誘蛾灯」で獲得。同受賞作を表題とする短編集で2017年に単行本デビューを果たす。〝日本のチェスタトン〟こと泡坂妻夫の衣鉢を継ぐ有力新人と目され、第二短編集『蟬かえる』（2020年）で第74回日本推理作家協会賞と第21回本格ミステリ大賞をダブル受賞した。本作「赤の追憶」は、花屋で季節はずれのポインセチアに目をとめる客人を描いて、至極エモーショナルな作品だ。（K）

雨脚がつよくなった。予報は晴れだった。とびだしていったばかりの娘に、やっぱり傘をもたせればよかった。

　そう思ったとき、男性がふらりと店に入ってきた。風は弱く、雨はまっすぐ降っていたから、店のドアは開けたままだった。

「いらっしゃいませ」

　雨宿りがてらの冷やかしだと感じて、それ以上はとくに声をかけなかった。青いキャップと服の肩が、濡れて色濃くみえた。

　丸めて抱えたアウターや背負っているバッグは、総じてアウトドア系のものだ。その雰囲気が、街の花屋になんとなくそぐわない。コンクリートの床に濡れた足跡をつけながら、男性は店内をうろうろしはじめた。ちらりと眺めた壁時計の針は、午後四時半をまわったところだった。

　人口十万を抱える長野県南部の都市。隣接する静岡県に加え、愛知県との経済的結びつきもつよく、市内には多くの企業が事業所をかまえている。ショッピングモールや総合病院の立ちならぶ国道沿いに、翠里《みどり》が店主をつとめる花屋〈フルール・ドゥ・ヴェール〉はあった。

　彼が欲するようなものは、たぶんここにはないだろう――翠里はそう判断して男性客から目を逸らし、また娘のことを考えた。

　彼女とは、ここしばらく喧嘩《けんか》ばかりだった。仲が悪い。そういってしまってもいいくらいに。

　なのに気になってしまう。娘とはいえ、間もなく三十歳になろうとしている立派な大人だ。その彼女が、たかだか傘をもっていなかったことくらいで……。

　不愉快さだけが残った先刻のやりとりを思いだしそうになり、翠里は首を横に振った。ちょうどそのとき、新たな客が丁寧《ていねい》に傘をたたんでから店内に入ってきた。今度は女性だった。

「いらっしゃいませ」

　大きめの黒いバッグを肩からさげ、ベージュのコートに紺色の傘。鮮《あざ》やかな花に囲まれて、コートと同じ色のパンプスに撥《は》ねた泥が悲しい。四十代半ばだろうか、自分より五、六歳は若そうだと感じた。

　店内をさっと見回した女性客の目が、こちらを向いてとまった。もしかして何度かきたことのある人だろうか？　そう感じ、問いかけのつもりでかすかに首を傾《かし》げた。

だが女性は、それに応えることなく、翠里が立つ店奥のレジカウンターへと、まっすぐ向かってきた。そのときようやく、女性の視線が自分にではなく、自分の背後にある飾り棚に向けられていたことに気づいた。

「それって……ポインセチアですよね？」

女性が、信じられないといった表情で訊ねてきた。翠里も相手の視線を追って振り返った。棚にはラッピングのほどこされた、季節はずれの真っ赤なポインセチアの鉢がある。

「桜の時期にポインセチアだなんて……嘘みたい」

「ええ。じつは……」

翠里が事情を説明するより先に、女性は見開いていた目をゆっくりと細め、

「それ、いただけますか」

と微笑《ほほえ》んだ。

「申し訳ありません。お売りできないんです」

翠里はそういって頭をさげた。

「え？」

「じつは、もう予約が入っていて」

「ああ……そうなんですね」

わかりやすく肩を落とした女性が、ひと回り小さくなったように感じ、翠里は申し訳ない気持ちになる。

「春でも花を咲かせるんですね」

「海外からの取り寄せ品なんです」

去年のうちに問屋にお願いをして仕入れた鉢植えだった。女性は名残《なご》り惜しそうに、けれど納得した様子でうなずいた。

「それじゃあ、春らしい明るい花束をつくっていただけますか。可愛らしい感じで」

「お見舞いのお花ですか？」

歩いて十分足らずのところに大きな病院があり、そこへ花を買っていく客が多い。

「いえ、そうじゃないんですけど」

「失礼しました」

お見舞いに適切な花もあれば、逆にタブーとされるものもある。タブーとまではいかなくても、色や香りのつよすぎるものは病人にも病室にも相応《ふさわ》しくあるまい。それを気にしなくてよいのなら、選択肢はいくらでもひろがる。

翠里は女性のリスエクトにこたえて、色鮮やかなオレンジとピンクのラナンキュラスを指にとった。バラに似た幾重もの花弁が春の高揚感を伝える。腰のベルトにさげた鹿革のケースからハサミを抜き、シンクのバケツのなかでそ

れぞれの長さをととのえつつ、水揚げをした。

もうひとつの主役は、いまにも開こうと蕾《つぼみ》を柔らかくしたレモン色のチューリップ。花弁の先が縁どられるように赤いのが特徴の、愛らしい品種だった。

それらシトラスカラーの花々を包み込んでまとめる役には、清涼なスノーボールの緑を選んだ。最後にアクセントとして、淡い桜色が可憐《かれん》なシレネを散らすように添える。

「シンプルですけど、いかがでしょう」

ラッピングはバターのような黄色にした。

「とってもいいです。ありがとうございます」

女性の顔がほころんだのをみて、翠里はほっとする。

「濡れないように、カバーをしていただけますか」

「ええ。もちろんです」

彼女は抱えた花束に満足そうな様子で店をでていった。最後にもう一度だけポインセチアを振り返って。

店内に仄《ほの》かな化粧の匂いが残った。それが花の香りにまぎれてわからなくなるまで、翠里は飾り棚を眺めていた。

壁時計の針が、午後四時四十五分をさした。

「あのう」

不意に男性客に声をかけられ、彼の存在をすっかり忘れていた翠里は、驚いて振り返った。

「は、はいっ。なんでしょう」

正直なところ「まだいたんだ」と思った。ところが男性には、ちゃんとお目当ての品があった。

「あの……クワガタはどこにいますか？」

「はい？」

「おもての黒板に『ミヤマクワガタ入荷しました』と書いてあったものですから、それで……」

「ああ。それならこちらに」

なるほど山歩きが好きな人間であれば、ミヤマクワガタに興味があってもおかしくない。翠里は客を隅のコーナーに案内した。

「ふだんはこのとおり切り花ばかりなんですけど、時期によってはこういう商品を仕入れることもあって――」

説明しながら、はたと気づいた。

男性が、なんともいえぬ渋い表情を浮かべていることに。

翠里はいったん唇を閉じた。ちょっと待てよ、もしかしたらこの客は……。

「あの、こちらがミヤマクワガタなんですけど……」

ビニール製の黒い鉢《ポット》を手で示す。それをじっとみつめた男性は、数秒ほど固まってから、おもむろに口を開き、

「ええと……幼虫か蛹《さなぎ》がいるんでしょうか。その、ポットの土のなかに……？」

と、確認してきた。その戸惑いの声色に、申し訳ないと思いつつ翠里は吹きだしてしまった。案の定、彼は勘違いをしていたのだ。

「やだ、ごめんなさい。笑ったりして。この植物の名前が、ミヤマクワガタっていうんです」

「え？　……ああ！　そうか」

男性は、かぶっていたキャップのツバをあげて、ひたいを掌《てのひら》でぺちと叩いた。

「四月に、しかも花屋さんで、なぜクワガタムシを扱っているのかと不思議に思ったのですが……なるほど。これが花のほうのミヤマクワガタですか」

彼はやけに感心した様子で腕を組み、幾度も深くうなずいた。


ミヤマクワガタは深山鍬形と書く。

深山の字から推測できるとおり、高山植物の仲間だ。自生の場合は初夏、六月あたりから紫色の小さな花を房状に数多く咲かせる。栽培下だと開花はもう少しはやく、ちょうどいまの時期からだ。

ここでいう鍬形というのは農作業の道具ではなく、日本兜《かぶと》にみられる左右一対の角《つの》状の装飾を意味している。一般に、花の萼《がく》の形状がその鍬形に似ているのが名前の由来とされているが、二本の雄蕊《おしべ》を鍬形に喩《たと》えたのだという説も聞いたことがあった。

地味な山野草ではあるが、高山植物にしては丈夫で、栽培は比較的むずかしくない。数年前にガーデニング愛好家から問い合わせがあって以来、この季節になると、ポット植えの苗を数株入荷することにしていた。案外売れるものなのだ。

「ちなみに昆虫のほうの深山鍬形も、涼しい高地を好むとされています」

男性はキャップをとって、恥ずかしげに髪をいじりながら、わざわざそんな解説を入れてきた。

「虫に目がないもので、まんまと引っかかってしまいました」

こちらはもとより引っかけるつもりなどないのだが。

「申し訳ありません。ご期待に添えなくて」

娘、女性客、そしてこの男性。今日は誰の希望も叶えられない日のようだ。

「なにしろ店名が〈虫の花〉だったもので、てっきり」

「虫の花？」

なんのことだろう。

「ええ。フランス語で……ちがいますか？」

少し考え、

「うちの店名の〈ヴェール〉は〈虫〉じゃなくて〈緑〉のほうです。カタカナで書くと同じになっちゃうんですけど」

と訂正する。目がなさすぎて、なんでも虫と結びつけてしまうタイプのようだ。

「いやあ、そうでしたか。こちらこそお邪魔しました。ではせっかくですので、ひとついただきます」

「この苗を？」

「はい」

男性がにこりとする。とぼけた顔立ちをしているが、なかなか魅力的な笑顔だった。その笑みに誘われて、つい軽口がでる。

「土を掘っても虫はでてきませんよ？」

「万が一でてきたら、お電話しますね」

「まあ。お礼の？」

「いえ、苦情の」

「やだもう」


突如、おもての通りが光に包まれ、ほとんど間を空けずに雷鳴が轟《とどろ》いた。男性が「近い！」と叫んでビニールポットを握りしめた。ぼろぼろと土が床にこぼれ落ちる。あらあらと思った次の瞬間、大量の雨が路面を烈《はげ》しく叩きだした。

「あっ。たいへん！」

外にだしている商品を入れなくては。

「ぼくも手伝います」

「え、でも」

とめる間もなく通りに飛びだした男性を追って、鉢と棚と黒板を店内に運び入れた。男性は、雷光のたびにヒャーヒャーとうるさかったけれど、手伝ってくれたおかげで、翠里はびしょ濡れにならずに済んだ。

「たすかりました。ありがとうございます」

レジのうしろの棚からタオルをとって男性にわたす。タオルは一枚しかなかった。翠里は「これでいいや」とリネンのエプロンをまくりあげ、わしわし頭を拭《ぬぐ》った。

「まるでスコールみたい」

そういってみたものの、今日の雨は冷たかったし、そもそも本場のスコールを知らない。

「花散らしの雨になりそうですね」

男性の言葉に、翠里は「ほんとに」とうなずいた。

壁時計が午後五時を知らせて鳴った。

閉店まで、あと一時間。

「あの……もう少し雨宿りしていってもいいですか？」

「もちろんどうぞ。よかったら、お茶でもいかがです」

「いやいや、とんでもない」

「じつは、もうじき隣にカフェを開く予定なんです」

「ほう？」

花屋の正面入口からみて右手の壁は、上半分がガラス窓になっていて、隣のテナントを見通せる。そこに小さなカフェスペースができあがりつつあった。翠里の視線につられ、男性の目もそちらへと向いた。

「内装の仕上げはこれからなんですけど、ほぼオープンできる状態になっていて。来週には、花屋《こっち》の常連さんを招いてプレオープンも考えてるんです」

翠里はミヤマクワガタのポットを紙袋に入れながら説明した。

「だから、わたしの練習台になるつもりで」

「いやいやそんなぼくなんか……いいんですか？」

「カフェの接客は初心者ですから、苦情は無しでお願いしますね」

翠里が頭をさげると、相手も負けじと腰を鋭角に折った。

店舗奥に設けたドアから、男性を伴ってカフェのほうへ移動する。

通りに面した、窓辺の長テーブルの席についた彼は、魞《えり》沢《さわ》泉《せん》と名乗った。本人はおかしな名だと卑下《ひげ》したが、翠里は美しいと感じたので、そう伝えた。照れたのか、魞沢はタオルで顔をごしごし擦《こす》り、赤らんだ顔をいっそう赤くした。翠里が名乗ると、「ああ、店名の〈ヴェール〉はお名前由来ですか」と、納得した様子だった。

「それじゃあ魞沢さん、コーヒーと紅茶どちらにします？」

「では店主のおすすめを」

「あら。そんなことといわれたらプレッシャー。でも、実際オープンしたら、あり得る注文ですよね。すごい魞沢さん、なかなかいい練習台だわ」

さて、どうしよう。少し悩んで、春らしい軽やかな紅茶を……とも考えたが、濡れて肌寒いこともあり、チャイ風のミルクティーに決めた。

「甘くても平気ですか？」

「むしろ好みです」

「スパイスは？」

「ほどほどで」

「少々お時間いただきます」

エプロンの紐をきつく結びなおす。奥の棚から、色濃く渋みの深いアッサムのセカンドフラッシュを手にとった。粒状《りゅうじょう》に加工された茶葉を、ミルクパンの熱湯に落として数分煮出す。それから黒糖と牛乳を入れ、もう一度沸かしてじっくり蒸らした。

ティーカップとソーサーは、一世紀の歴史をもつ国内の洋食器メーカーの品で、かなり奮発してしまった。これ以上の白色はないと思えるほど美しい白磁《はくじ》で、縁の部分や把《と》っ手《て》に金彩《きんさい》がほどこされている。ただ、チャイを供するとしたら、もう少しオリエンタルな雰囲気のカップもあったほうがよさそうだぞと、新たなプランが思い浮かぶ。

「お待たせいたしました」

まず魞沢は、ソーサーにのっているシナモンスティックをめずらしそうに眺めた。念のため「ストローじゃないですよ」と注意して、

「それで紅茶をかきまぜてください。スパイスの風味がつきます」

と説明した。魞沢はいわれたとおりにスティックで紅茶をまぜ、猫舌なのかしきりに息を吹きかけながら、おそるおそるといった様子でカップを口にはこんだ。

「ああ……とても美味《おい》しいです」

お世辞か本音か、それとも名前を誉められたお返しをしてくれたのか、彼は「美味しいです」を何度も繰り返して、翠里を悦《よろこ》ばせた。

おかげで満ち足りた気持ちになり、自分のためにブラックコーヒーを淹《い》れた。旧知の珈琲《コーヒー》豆専門店の店主にたのんで誂《あつら》えたオリジナルブレンド。酸味はつよめ、ボディはほどほど。華やかな香りだけで、もう幸せ。

窓辺の長テーブルの左端に魞沢がいて、翠里はカップを手に、奥側のカウンターに寄りかかった。女子高生がカバンを傘がわりに掲げて、通りを駆けていくのがみえた。

「花屋の隣にカフェなんて、ステキですね」

魞沢がこちらを向く。

「むかしから飲食の店をやってみたかったんです。花屋のほうは、親がはじめた店を継いだだけで」

「そうなんですか。じゃあ、ここは夢の場所だ」

「去年までパン屋さんが入ってたんですけど、店を閉めちゃって。それで思いきって契約したんです」

隣り合ったふたつのテナントは、もともとワンフロアだったものを、薄い壁で仕切っただけだった。貸主から「両方借りてくれるなら、壁をどうにかしてもかまわない」といわれたので、翠里はそこに大きなガラス窓をしつらえ、奥側に往来できるドアを設けた。

　これなら、自分ひとりでも、両店を行き来して接客することが可能だと考えている。内装と食器にこだわったせいで、人件費の予算は消えてなくなったのだ。

　壁とテーブルには県産の白樺《しらかば》をつかった。壁のほうは無《む》垢《く》材の羽目板で、カウンターは側面に樹皮を残した丸太の挽《ひ》き割り。床には赤みのあるカリン材を敷いた。天井と照明は……店が流行《はや》ったら再検討しよう。

「椅子の座り心地も抜群ですね」

「わかります？　北海道の旭川《あさひかわ》にある有名な家具屋さんから取り寄せたんです。花屋のほうも、コンクリートの床をやめて、もう少し温かみのある雰囲気にしたいんですけど、親がはじめた店を変えすぎるのもよくないかと思って」

　そのぶんカフェは妥協せず、自分がのぞむままにつくりあげたい。

「娘からは『上手《うま》くいきっこない』って猛反対されてるんですけどね」

「娘さんというと、もしかして、ぼくの前にお店にいたかたですか？」

「えっ。どうしてわかるん……あっ！　いやだ」

　翠里は両手で頬をおさえた。

「喧嘩の声、そとに漏れてました？」

　母と娘の、みっともない口論が。

　魞沢はバツが悪そうに「いやあ」と笑い、

「娘さんが相当エキサイトしてたものですから、どうにも店に入りづらくて、つい立ち聞きの恰好になりました。そのあとすごい勢いで飛びだしてきたので、危うくぶつかりそうになって……いやその、あはは、よけいなことをすみません」

「恥ずかしい。お客さんに酷《ひど》いものお聞かせしちゃって」

　顔を手であおぎながら、結局翠里は娘とのやりとりを思いだしてしまう。

　そして請われもしていないのに、会ったばかりの男性に身の上話をはじめてしまった。

「半年前に人間ドックを受けたんです」

　自分で思ってるほど若くないんだから——娘に決まり文

句でしつこく勧められ渋々でかけた。結果は〈要精密検査〉だった。

右の乳房に、細かな石灰化が認められるのだという。それを知った娘は、すぐに精密検査を受けろといった。しかし翠里は「いまはちょっと忙しいから」と、のらりくらりかわしてきた。

ちょうど銀行の融資がおりて、念願のカフェ開業に現実味が増したタイミングだった。

しこりや痛みといった自覚症状はなにもない。ネットで調べてみると、石灰化イコール乳がんとは、どこにも書いていなかった。オプションで受けた腫瘍《しゅよう》マーカー検査のほうは基準値におさまっている。

――でも、もし精密検査の結果、悪性の腫瘍だとわかったら。

治療や入院が必要となれば、カフェの計画は延期せざるを得なくなる。

テナントを借りたあとでは無駄に賃料がかかるし、だからといって契約を保留すれば、話は流れてすぐにほかの借り手がみつかってしまうだろう。

翠里は、検査よりも長年の夢の実現を優先した。

「娘は生命保険の外交員なんです。保険のほうも以前、無理やり特約に加入させられて。もちろんいまとなっては『入っておいて正解だったじゃない』って勝ち誇ってますけど」

「職業柄、病気にもそれなりにお詳しいでしょう。心配されるのもわかります」

「それは、そうなんですけどね」

翠里は話を切りあげた。

だが追憶は彼女のなかでつづいた。

娘は今日も、仕事の合間に店を訪ねてきた。花の香りに包まれていた店内に、娘といっしょに雨の匂いが入り込んできた。空の色が不穏だった。

もうじき降るのだと思い、娘の手に傘のないことが気になった。

「あなた傘もってるの？」

それが翠里の口からでた最初の言葉だった。

「お母さん、そんなことどうでもいいの」

娘は端《はな》から喧嘩腰だった。

「いいかげん検査にいってよ。もう内装工事だって済んだんでしょ？」

「来週、備品の搬入があるのよ。その打ち合わせとかもあって」

「店をオープンさせたら、ますますいかなくなるじゃない」

いつもの言い合いになった。細い雨が、砂のこぼれるような音をたてはじめた。

やがて娘の口からでた、

「お母さんはいつも自分勝手すぎるのよ！」

という言葉に、翠里もついカッとなった。

「勝手はどっちよ」

こらえよう、こらえよう、そう思っていたはずだったのに、語気が荒くなった。

「わたしがいままであなたのために――」

いいかけて言葉を飲み込んだ。

――あなたのためにどれだけ自分を犠牲にしてきたと思うの？

そんな科白《せりふ》が、喉もとまであがってきていた。

売り言葉に買い言葉だとしても、いってはいけないことがある。娘に「産んでくれ」とたのまれて産んだわけではない。子どもにしてみれば、自分を産んだこと自体が「お母さんの勝手」の最たるものだろう。

「なによ。いってみなよ」

睨《にら》まれて翠里は目を逸らした。娘はもう、じゅうぶんに育った。淋しい思いをさせたことも多かったが、シングルマザーとして、やれるだけのことはやってきた。誉めてほしいとはいわないけれど、そろそろわたしだって、わたしの人生をとり戻していいはずだ。

花屋の隣の小さなカフェ――五十歳を目前に、そんなチャレンジをしても許されるのではないか。

（……なのにどうして、いまこのタイミングで）

カップをもった右腕が、無意識のうちに、右の胸をそっと庇《かば》うようなかたちになっていることに気づく。湯気はもう、たってはいなかった。

「雨、弱くなってきましたね」

翠里の胸のうちを知る由もない鮎沢は、軽くなった雨音に嬉しそうな声をだした。翠里は彼の座る窓辺の席に近づいた。

「おかわり、いかがです？」

鮎沢のカップを覗くと、もう底がみえていた。シャツの肩がまだ濡れている。きっと寒いのだろう。

「え。でも、そんな……いいんですか？」

「今度はミルク抜きにしましょうか」

「お砂糖は入れてもらってかまいません」

遠慮しているのかいないのか、よくわからない。

「かしこまりました」

湯を沸かしはじめたときだった。仕切りのガラス越しに、花屋に客がきたのがみえた。魞沢も小動物のようにピクと反応して首を伸ばし、「お客さんです」と、なぜか囁《ささや》くようにいった。翠里は「ごめんなさい」と火をとめて、店奥のドアから隣の店舗へ移動した。

客は高齢の女性だった。彼女はすぐに奥の飾り棚に目をとめて、

「おやまあ」

と、驚いたような、呆れたような声をだした。

「これポインセチアじゃなくって？　ずいぶんめずらしいわね」

「ええ。ちょっと、とくべつの注文がありまして」

「へえ。それにしたって、季節感もなにもありゃしない。春にそんな花をたのむなんて、きっと若い人でしょうね。わたしらにはわからない感覚だもの。ねえ？」

「ええ、まあ。そうですね」

苦笑いする翠里に女性は、「日本の四季がいかにすばらしいものか」を語りだした。聞きながら、窓越しに魞沢と目があった。彼もニヤニヤしていた。話が二周目の春にさしかかったところで客の携帯電話が鳴り、「お友だちに呼ばれちゃった。ごめんなさいね」といって、結局なにも買わずにでていった。

「ぼくもめずらしいと思ってたんですよ。ポインセチア」

カフェに戻ると開口一番、魞沢がそういった。

「え？　向こうの話し声、聞こえました？」

「いえ。聞こえはしませんでしたが、お客さんが棚を指さして喋《しゃべ》っていたので、そんな感じの会話だったかなと」

「たしかに最初は花の話だったんですけど、途中から食べものがメインになっちゃった。もうじきコシアブラが旬なんですって」

笑いながら、あらためてコンロの火をつける。魞沢はポインセチアについて、それ以上なにも訊いてはこない。

芳香ゆたかなディンブラを淹れ、蜂蜜《はちみつ》を垂らし魞沢のところへはこんだ。雨は弱まっても、日没に向けて、空はそれほど明るくならなかった。

「そういえば、同じ道沿いに大きな病院がみえました」

「え？　ああ、はい。市立の総合病院が。歩いて十分もかからないかしら。お見舞いの花を買っていかれるかたが多くて。そのおかげで、なんとかやっていけてます」

「なるほど」

魞沢が、おかわりの紅茶をひと口飲む。

「娘さんにしてみれば、せっかく近くに病院があるんだから少しでもはやく……という感じでしょうね」

「あら、そこに話を戻します？」

「ごめんなさい」

「実際、毎回いわれてます」

「いいたくなる気持ちは理解できます」

「病院だけじゃなく、ここから歩いていける範囲にお墓もあります」

「おやおや、そこまで話を進めますか？」

「店の裏手の道を、病院とは反対側にいくと、やっぱり十分くらいで。だから、お墓参りのお花を買っていかれるお客さんも、けっこういます」

「はあ」

「入院病棟の窓は、お墓が死角に入るよう配置されてるそうですよ」

「いろいろ気をつかうものです」

「そこに、わたしの両親も眠っています」

「花屋の先代の」

「じつはわたしの母が、乳がんで亡くなっているんです」

まだ五十代の若さだった。

「そうでしたか。であれば、ますます」

「ええ。娘がうるさくいうのも当然なんです。でも、だからこそ、わたし病院へいくのが怖くって。インターネットで安心できる情報をさがしては、『がんのはずがない』って自分に言い聞かせて、今日まですごしてきちゃいました」

そのあいだも、がん細胞は少しずつ、胸のなかで成長しているかもしれないのに。

「先ほどのお客さんは、お見舞いでしょうかね」

「あのおばあさん？　どうかしら。お花も買わずに」

魞沢は小さくうなずいて通りに目を向けた。すっかり細くなった雨が、水たまりにかすかな波紋を描いている。翠里は、自分がいろいろ話しすぎていることに、いまさらながら気づいた。

（いやだ。わたしったら、友だちでもないのに……）

そう考えて、ちがうと思いなおす。友だちでも知り合いでもないから、こんなふうに喋ることができるのだと。

「魞沢さんは、このあたりにお住まいですか？」

翠里は無理に明るい声をだした。魞沢はカップを手に、窓越しの空を気にしている。

「いえ。県外からの昆虫採集の帰りに、ちょっと寄ってみただけです」

紅茶で温かくなった彼の息が、ほんの一瞬ガラスを白くした。

「わざわざ県外からですか……ほんとに好きなんですね、虫」

もしかしたら、二度と会うことのない人。

今日会って、今日別れるだけの人。

自分は、そんな話し相手を求めていたのかもしれない。張り詰めていた気持ちの、逃げ場になってくれるような相手を。

「あの花は、プレゼントなんです」

「え」

なんのことでしたっけ……といった表情で、魞沢がこちらをみた。

「あ。ポインセチアのことですか?」

「はい。去年の、ちょうど今日のことでした。高校生の女の子がお店にきたんです。病気のお母さんにプレゼントする花をさがしに」

「…………」

「それがポインセチアだったんです。出回る季節じゃないから、置いているはずもなくて」

「なぜ病気のお母さんに、それも四月に、ポインセチアだったんでしょう」

「好きな花だったんですって。だから誕生日のお祝いに、その花を」

天気のよい朝だった。去年の今日、午前九時の開店にあわせて少女はやってきた。

走ってきたのか、ずいぶん息を弾ませていた。頭のサイズには少し大きいようにみえる、ピンクに近い赤のバケットハットを目深《まぶか》にかぶり、ややダボついた白のトレーナーに、デニム地のオーバーオールパンツが少し暑そうだった。

中学生か高校生にみえたので、どうしてこんな時間にと訝《いぶか》しく感じたが、まだ春休み期間であることを思いだした。

ろくに店内もみず、少女はレジカウンターに立っていた翠里に近づくと、

「ポインセチアはありますか」

と訊ねてきた。ないと伝えると、その子はあからさまな落胆を示した。

「あれは冬の、とくにクリスマスシーズンの花なの」

「そうですよね。わかってたんですけど、急に思いついて、もしかしたらって、きてみたんですけど」

「なにを思いついたの？」

「ママへのプレゼント。ポインセチアが大好きで……っていうか、クリスマスが大好きで。それで、喜ぶだろうなって。ちょっとしたサプライズ」

「季節の花は、やっぱりその季節にプレゼントするのが喜ばれるんじゃないかしら？　春には春のお花を……」

「次のクリスマスには、もういないかもしれないんです」

そういわれ、翠里は一瞬言葉を失った。

「たぶん、もうすぐ死んじゃうと思うから」

ハットの影が、少女の目もとを暗く隠していた。

「死んじゃうって……」

「ママの誕生日を祝ってあげられるの、今年が最後かもしれなくて。それで」

「ご病気なの？」

苦しい胸のうちを、少女は誰かに話したいのではないか。身勝手にそう感じ、翠里は訊ねた。少女はなにかこたえた。しかしそれは、通りから聞こえた車のクラクションにかき消されるほどの、か細い声だった。翠里は「え？」と顔を近づけ、少女の口もとに耳を寄せた。

「すぐそこの病院に、入院してます」

「大きな病院だから安心ね」

「手術で一度は治ったんだけど、再発しちゃったみたいで」

「…………」

「もう少しで、区切りの五年だったのに」

見舞い客を数多く迎えてきた翠里だったが、こんなとき、どんな返事が相応しいのか、そもそも相応しい返事などあるのか、いまだにわからなかった。

「主治医の先生や看護師さんは誤魔化《ごまか》すけど、わたしだって、もう子どもじゃないからわかります。ネットでたくさん調べたし」

少女は四月から高校二年生になるといった。

「いまから、お見舞いに？」

誕生日を迎えた母の病室に、大好きな花をもっていきたい。そのアイデアを急に思いついて、この子は開店直後の花屋に飛び込んできたのだ――そう思って訊ねたら、彼女は「いいえ」と首を横に振った。

「今日は先生から外出許可がでてるんです。だから病院のそとで待ち合わせ」

「そうなの」

「久しぶりに、ふたりででかけるんです。免疫が落ちてるから人混みにはいけないけど、散歩したり、静かなお店で食事したりはオッケーだって。そういう場所は、ママのほうが大人だから断然詳しくて」

　高校生にしては小柄な少女が、翠里を仰ぐようにして、はじめての笑顔をみせた。

「誕生日に娘とデートなんて、お母さん嬉しいでしょうね」

「じつは今日、わたしの誕生日でもあるんです」

「ええ！　お母さんと同じ日に生まれたの？」

「はい」

「親子の誕生日がいっしょなんて、ちょっとした奇跡ね。おめでとう。デートは、お母さんからあなたへのプレゼントでもあるのね」

　だったら、なおさら外出したかったことだろう。

「たぶんお母さんは、わたしのために、なにか準備してくれてると思うんです。なのにわたしは、ぜんぜん考えられてなくて」

「物を贈るだけがプレゼントじゃないのよ？」

「ずっと迷惑ばっかりかけてきて」

「親は子どものことを迷惑だなんて思わないわ」

「なにも恩返しできてないのに、それなのに、もうすぐお別れかもしれないなんて……わたし……」

「弱気なこといわないの。お医者さんは、ほんとうに誤魔化してるだけ？」

「そんなの……わかんない」

「お母さんは、なんて話してるの？」

「ぜったいに……大丈夫だからって」

「お母さんは嘘をつく人？　そうじゃないでしょう？」

「わたしを悲しませないためなら、どんな嘘だってつくよ」

　翠里は絶句した。それを否定できる言葉なんて、あるはずがなかった。

　翠里は深く息を吸って、ゆっくりと吐いた。自分の仕事は客の説得ではない。わたしにできることをやらなくては。

「お母さんとの待ち合わせまで、あとどのくらい？」

　そう訊くと、少女は赤くなった鼻をスンと鳴らして、ポケットのスマホをだした。画面をみるその目が潤《うる》んでいた。翠里は慌てて彼女から目を逸らした。涙をみたら自分まで泣いてしまいそうだった。

「えっと、十五分くらいです」

「おばさんが、ポインセチアなしでも、とびっきりすてきなブーケをつくってあげる」

「ほんとですか」

「ママとちがって、わたしはあなたに嘘をつく必要はないの」

　少女に少しだけ笑顔が戻る。

「でも、予算が――」

「いいから任せて。病室は大部屋？」

「ううん。個室」

　であれば匂いに気をつかいすぎる必要はない。翠里がまず手にとったのは、ボルドーカラーのバラだった。

　ふだんなら、病気の人へ贈る花に、赤が濃いものはすすめない。血を連想させるし、つよい色彩そのものがストレスになる可能性もある。だが今回は、ポインセチアに近い色を入れたいと考えた。この子の帽子の色だって赤だ。力が漲《みなぎ》るイメージで赤を好む入院患者もいる。

　バランスをとるために、これまた単体では病人向けに選ぶことの少ない、純白のカラーをあえて加えた。花言葉のひとつは〈清浄〉。病原が消え去るようにとの祈りをこめる。

「そしてこれはクリスマスローズ」

　ポインセチアにちなんで、クリスマスと名のつく花を選んだ。季節はずれの花ではなく、春咲きの品種だ。開きかけのライムグリーンの蕾は未来への希望。草丈が低く、草原のように主役を引き立てる。

　最後に春らしく明るいミモザを、ラッピングからあふれるように添えた。

「わあ。すごい……」

　リボンは少女のリクエストで明るいピンク色にした。

「ありがとうございます。でもどうしよう。こんな大きな花束……」

「お金のことなら気にしないで」

「……いまから街を歩くのに、邪魔になっちゃわないかな」

　困ったように翠里をみる。

「ええ！　いまになって、そんなことという？」

「やばーい」

　少女がおどけたように両手を頭にのせた。ふたりで笑い合う。

「もちやすい袋に入れてあげる。ママにもたせないで、あなたがもってあげるのよ？」

「はい」

　翠里も通りにでて、病院方向へ向かう少女を見送った。遠ざかる背中を眺めるうち不意に胸が熱くなり、思わず声をあげた。

「ねえ！」

　少女が立ちどまり、振り返る。

「お母さんは、きっと大丈夫だから！」

　行き交う車の音に邪魔されぬようにと大声をだしたが、少女は不思議そうに首を傾げた。聞こえなかったのかと思い、翠里は両腕をあげて大きな丸をつくりながら、

「大丈夫！」

　と叫んで、おまけに転く飛び跳ねた。

「必ず治るから！」

　トラックが唸《うな》りをあげて通りすぎたが、今度はちゃんと伝わったようで、少女は首を何度も縦に振った。

「はい。ありがとうございます！」

「だから来年の今日、またお店にきて」

「え？」

「ポインセチアを準備しておくから、それをとりにきてちょうだい。わたしからの誕生日プレゼントよ」

「ほんとですか」

「うん。約束」

「今日だって、お花もらっちゃったのに」

「だからぜったい治るって信じるの。お母さんが、そういってるんだから」

「わかりました。あの……すごく嬉しいです！　じつはわたしも大好きなんです、ポインセチア」

「ママが好きな花だから？」

「はい。それにクリスマスには、楽しい思い出がたくさんあるから！」

　少女はこの日いちばんの笑顔をみせて、風で飛ばされそうになった赤いハットを掌でおさえた。

「がんばってね」

　もう一度だけ声をかける。

「はい。来年、必ずきます。絶対に」

　それから少女は、よく晴れた青い空をみあげて、

「わあ。吸い込まれそう」

といった。


　あの日から、少女は一度も姿をみせなかった。そして一年経った今日、翠里は少女の訪れを待ちつづけていた。交わした約束を果たすために。

「そのためのポインセチアでしたか」

「花束にしたかったけど、切り花にすると日保《ひも》ちが悪いみたいで鉢植えのまま。でも……もうタイムアップね」

　壁の時計をみた。午後五時半。閉店まであと三十分。いまは春休み期間だから、日中は店にこられないという事情もあるまい。少女の母は、やはり、たすからなかったのだろうか。

　右胸に小さな疼《うず》きがはしり、背筋の冷える感覚があった。

　検査をするのが怖い。もし病気であることを知らされたら……それが少女の母親のように命に関わるものだとしたら……悪い考えに覆われて膝《ひざ》が小刻みに震え、翠里はすがるようにしてカウンターに身をあずけた。息が知らず荒くなっていた。外の空気を吸いたかった。

「すみません。窓を少し開けてもらってもいいですか」

　翠里の異変を感じとってか、鮒沢は急いで席の近くの突きだし窓を二枚開けた。風とおしのよい窓ではないが、雨に洗われた冷たい空気は、翠里の小さなパニックを鎮《しず》めるのに幾分役立った。

　あの子に花を贈りたい——翠里は願うように思った。誕生日のお祝いを。がんばったご褒美《ほうび》を。

　いまはまだ悲しいだけかもしれない。けれど、それでも、とりにきてほしかった。

「夜になっても、待ってみるんですか？」

　鮒沢が訊ねてきた。

「そうですね……」

　もう一度時計をみる。翠里は迷った。

「そもそもあの子は、こんなおばさんが勝手に押しつけた約束のことなんて、なんとも思ってないかもしれないですよね」

「そんなことは……」

「約束を交わしたことさえ、憶えてないのかもしれない」

　むしろそのほうが当然だと、いまになって思えてきた。

　いったい自分は、なにをひとりでその気になって、朝からそわそわしていたのだろう。まだかまだかと、時計ばかりを眺めて。

　虚《むな》しさが、わっとせりあがってくる。ガラス越しにみえる引きとり手のないポインセチアが、ただただ淋しい。

　翠里は心を決めた。

「ふだんどおり、六時になったら閉めます」

　あと二十五分。

「そうですか」

　鮒沢が椅子から立ちあがった。

「すっかりお邪魔してしまいました。図々しく飲みものまで頂戴《ちょうだい》し、ごちそうさまです」

「それは、わたしが無理やり飲ませたんですから」

　そうだ。娘のいうとおり、わたしはなにもかも自分勝手だ……。

　急にひとりになりたくなって、翠里は席を片づけはじめた。鮎沢が「すみません」といいながら、テーブルに置いていた紙袋をもちあげようとして倒した。ポットからこぼれた土がテーブルを汚す。それを慌てて手で拭おうとして、かえって汚れをひろげてしまい、彼はもう一度「すみません」といった。

　翠里は苛立《いらだ》った。右胸が疼きつづけている。これまで感じたことのない痛みだった。もしかして、もしかして……。

　翠里は鮎沢とテーブルのあいだに割り込み、布巾《ふきん》で土を拭きとった。鮎沢のほうをみないようにしていたけれど、彼の視線は感じつづけていた。

「ひとつ、よけいなことかもしれませんが、いってもいいでしょうか」

「なにか？」

　よけいなことならいわないでほしい。翠里は自分のことを棚にあげて——棚にあげていることをじゅうぶん自覚しながら——そう思った。言葉にはしなかったが、そのぶん顔にはだした。手を動かしたまま、眉《まゆ》をひそめて軽く睨んでみたけれど、相手はそれに気づくほど敏感ではなかったようで、椅子の横に立ったまま話をつづけた。

「どうしても気になることがあります」

「なんでしょう」

「いまのお話のなかに、錯誤があるのではないかと」

　錯誤と聞いて、鮎沢がもつ紙袋に目がいった。虫と花を勘違いして店に入ってきたような人間が、なにをえらそうにと鼻白《はなじろ》む。翠里は布巾を小さくたたみ、背中をまっすぐ伸ばした。

「そんなもの、どこにあるっていうんですか」

「確信があるわけではありません。それこそぼくの、とんでもなく失礼な間違いかもしれません。けれど、可能性があるとは思うんです」

「だからなにがですか！」

　まどろっこしい喋りに、思わず大きな声がでた。

　鮎沢は、申し訳ないような表情をみせはしたが、だからといって話を打ち切ろうとはしなかった。

「その女の子は、一度でもはっきりと『母親が病気だ』と口にしましたか」

「……なんですって？」

「その子のお母さんは、ほんとうに病気だったんでしょうか」

「魞沢さん……」

　翠里の口からため息がこぼれた。

「気休めかなにか知りませんけど、あの子はお母さんが入院しているといったんですよ？　だったら病気で間違いないじゃないですか」

「そこなんです。もしかして、入院していたのは少女のほうだったという可能性はありませんか？」

「ちょっと……バカなこといわないでください。だってあの子はたしかに」

　たしかに……たしかに……？

「……え？　待ってください……え？」

——次のクリスマスには、もういないかもしれないんです。

　認識が揺らぐ。

——たぶん、もうすぐ死んじゃうと思うから。

　たしかにあの子は、ひとことでも口にしただろうか。

——誕生日を祝ってあげられるの、今年が最後かもしれなくて。

　ママが病気なのだ、と。

「うそ、そんな……」

　あの日、外出許可をもらったのは母親ではなく、あの子のほうだった？　それをわたしが勝手に——？

　風が吹き込んだのか、ガラス越しにみえる花屋の花たちが一斉に揺れだした。翠里は世界そのものが揺れたように感じた。

「信じられません。じゃあ魞沢さん、あなたは、今日ここにあの子があらわれない理由を……」

「亡くなったのだとすれば、くることはできません」

「酷いこといわないで！　あんなに若い子がどうして」

「はい。酷いことです」

「これ以上聞きたくありません」

「いいえ。そうはいきません。ぼくがどうしてこんなことを考えたのか、それをわかってもらうまでは」

「勝手な人ね」

「ええ。勝手にもなります。だって、まだ間に合うかもしれないんですから」

「間に合う？　なにに」

「ポインセチアをわたしにいくんです」

「やめてください。もうわけがわからない」

「花は、誰かを喜ばせるために贈るものです。もらうほうの気持ちになって、どんな花を贈ろうかと考えるものです」

「花屋に向かってなんの講釈ですか」

「季節はずれの花が店に置いてあったとします。いくらめずらしいからといって、それを買おうとするお客さんは、誰にそれを贈るつもりでしょう」

「だからなんのことをいって――」

そう口にしたとき、小さな衝撃が身体を貫いた。

「ぼくが店に入ったすぐあとに、花を買いにきた女性がいました。彼女はポインセチアをほしがり、それが商品ではないと知って、『それじゃあ』と、べつの花束を注文しました。もしポインセチアを買うことができたなら、あの人は、それを誰かに贈るつもりだったということです」

翠里の胸の鼓動がはやまる。

「プレゼントする相手がその花を好きだという確信がなければ……あるいはそれ以上のとくべつな事情がなければ……四月にポインセチアを贈ろうなんて、思わないんじゃないでしょうか」

――じつはわたしも大好きなんです、ポインセチア。

――ママが好きな花だから？

――はい。

「まさか……あの女性が……」

「娘と自分の誕生日に訪れた花屋で、娘と自分が大好きな花をみつけた。それは、ちょっとした奇跡のように思えるじゃないですか」

翠里は一年前の会話を、記憶にあるだけ、もう一度思い返してみた。

（そうだ……そういえば）

別れ際、少女に「お母さんは、きっと大丈夫だから」と声をかけたときだけ、あの子はピンときていない様子で首を傾げた。翠里はそれを、車の音に邪魔されてこちらの声が届かなかったのだろうと考えた。しかし、そうではなかったのだ。

少女は、それまで自分を励ましてくれていた相手が、なぜか急に「母親は大丈夫」などといいだしたものだから、その意味を図りかねたのだ。

――必ず治るから。だから来年の今日、またお店にきて。

翠里は愕然《がくぜん》とした。

――がんばってね。

病と必死で闘う本人に、なんて軽々しい言葉をかけたのだろう。

　少女は幼い頃から病と向き合って生きてきた。死を身近に感じつづけていた。それはひとつの達観となって、少女の言動から悲壮感を奪いとったのかもしれない。あの子が自分の病と死期について語っているとは、あのとき、とても思えなかった。

「でも……でも、あの子はいまも生きていて、さっきの花束は、母親が入院している娘のお見舞いに買っていった可能性も……」

　そこまで口にして、女性客とのやりとりがよみがえる。

　——お見舞いのお花ですか？

　——いえ、そうじゃないんですけど。

　翠里はカップとソーサーをテーブルに戻し、両手で顔を覆った。

「ああ……なんてこと。魞沢さん、わたし、わたし……」

　——わあ。吸い込まれそう。

　あの子は空にのぼったのだ。

　やはりあの女性客には見憶えがあった。何度か店で花を買っていったことがある。きっとそう、まだ入院中だった娘に、お見舞いの花を。

　そしていま彼女は——。

「お墓かもしれない」

　決して派手ではない装い。春の花束を手に、娘の誕生日のお祝いを——。

「魞沢さん。この近くに墓苑《ぼえん》があるの」

「ええ、そうでしたね」

「わたし、わたしどうしよう」

「いってきます。きっとまだ間に合います」

「約束を果たせます。急いで店をしめなくちゃ」

「ぼくがここにいますから、すぐにでてください」

「あなたが？」

　大切な店を、さっき会ったばかりの人に任せるですって？

「大丈夫です。信じてください」

「いえ、でも」

「勝手に紅茶を飲んだりしません。客がきたら花も売りましょう。だからはやく」

　冗談だろうか。笑うところなのかもしれない。けれど翠里の目からは涙が落ちた。

　大丈夫だといわれれば、大丈夫な気がする。信じてくれといわれれば、信じてもいい気がする。
「タクシーを呼びますか？」
「ううん。車を待つより走ったほうがよっぽどはやい」
「どうぞ気をつけて……でも、いまのあなたなら、たとえ目をつむって走ったとしても、なにかが守ってくれそうです。さあ、いってらっしゃい」

翠里はポインセチアを抱えて店を飛びだした。もう雨はやんでいた。濡れた道を、水を蹴って走る。腰にさげたままのケースのなかで、ハサミがカチャカチャと急《せ》かすように鳴った。鉢はプラスチック製で、もちやすいように包装してあり、それほど大きくもないのだが、いまはずっしりと重い。脚より先に腕が悲鳴をあげそうだった。

夜のとばりがおりかけていた。きっと女性は、仕事帰りに花を買いにきたのだ。どんなに遅くなったとしても、彼女は今日、娘の墓参りをしたかった。だって誕生日なのだから。翠里は歯を食いしばる。

女性が店をでて一時間近く経っていた。彼女はあれから、まっすぐ墓地に向かっただろうか。もしどこかに立ち寄ってくれていたなら……。お願い間に合って——翠里は空を仰いだ。あなたのお母さんに会わせて——。

ようやく寺院についたとき、翠里は雨に打たれたように汗をかいていた。暗い境内《けいだい》は、まるではじめて訪れる場所のようで、自然と足のはこびは遅くなる。

どこからか声が聞こえた気がした。外灯のまばらな墓苑の路《みち》を、耳を澄ませて辿る。奥まった一角にベージュのコートの背中をみつけ、翠里は立ちどまった。

女性はしゃがみ込んで、墓になにか語りかけていた。風が音をはこび、翠里は少女の名前を知った。雨が洗ったばかりの空気に、線香が淡い匂いをつける。墓前に春の花束が供えられていた。

翠里は女性が立ちあがるのを待った。しかし彼女は身じろぎひとつしなかった。もう声は聞こえない。ただ墓に向かって、じっと掌を合わせているようにみえた。その背中をみつめつづけ、翠里はようやく気づいた。

女性は娘からの返事を待っている。聞こえぬ声を聴きとろうと、一心に耳を傾けている——。

（ああ）

翠里の心が目の前の景色を離れた。

（わたしには、いまもうるさいほどに話しかけてくれる娘がいる）

それなのに、声に耳を閉ざしている自分は、なんて愚かなんだろう。

　あやまらなくてはならない。ありがとうといわなくてはならない。精密検査の予約はすぐにとれるだろうか？　どうしてすぐにこなかったのかと医者に叱られるかもしれない。その先に悪い結果が待っているかもしれない。けれどいちばんつらいのは、娘に悔いを抱かせることだ。あのとき無理やりにでも精密検査につれていけばよかった——そんなふうに思わせてしまうことだ。五十年も生きた挙句《あげく》、娘に遺《のこ》したのが後悔と借金じゃ、あまりに情けない。

　けれどいまなら、まだ間に合うかもしれない。なにもかもが手遅れだなんて、そんなことはないはずだ。鮎沢がいったとおり、こうして少女の母親にだって会えたのだから。

（あっ）

　女性の背中が動いた。彼女は立ちあがり、そして翠里は歩きだした。振り返った女性の手に、少女の赤いバケットハットがあった。

　ちゃんと届けなくてはならない——翠里はポインセチアの正面を彼女に向けた。

　ちゃんと伝えなくてはならない——胸に大きく息を吸い込んだ。


娘さんからのプレゼントです。

倫敦《ロンドン》スコーンの謎

米《よね》澤《ざわ》穂《ほ》信《のぶ》

1978年岐阜県生まれ。第5回角川学園小説大賞ヤングミステリー&ホラー部門奨励賞を『氷菓』で受賞し2001年にデビュー。2011年に『折れた竜骨』で第64回日本推理作家協会賞長編および連作短編集部門を受賞。2014年刊行の『満願』で第27回山本周五郎賞を受賞。信長に反旗を翻し籠城した荒木村重に捕えられた黒田官兵衛が、城内で起きた怪事件を解決する『黒牢城』(2021年)は四誌のミステリーランキングでトップを独占、第12回山田風太郎賞、第166回直木三十五賞、第22回本格ミステリ大賞小説部門を受賞した。近著に『栞と嘘の季節』(2022年)がある。(N)

何かの理由で、僕がイギリス人の殺し屋に捕まったとする。そいつは冷酷非道で、本来のターゲットではない僕も面倒だから殺してしまおうと考えている。銃の手入れをしながら、そいつは訊くのだ。

「日本人、お前はスコーンを焼いたことがあるか？」

後ろ手で椅子に縛りつけられ、怯《おび》えて震える僕は、卑屈に笑うことだけはしないよう必死にこらえながら、こう答える。

「ある。ハイスクールのカリキュラムで」

殺し屋は意外そうに笑って、もう一つ訊く。

「そうか。先に塗ったのはジャムか？　それともクリーム？」

さあ、生死の分かれ目だ。僕は何と言えば助かるだろう。

もし正直に事実を語るとすれば、このようになる。

「日本のハイスクールじゃ、クリームは用意してくれなかった」

殺し屋は僕を憐《あわ》れんで、助けてくれるかもしれない。

二年生になって間もなく、調理実習の授業があった。五時間目と六時間目を使って軽食を作ったのだ。献立《こんだて》は最初から決められていて、作るべきものを三つ指示された。一つはキュウリのサンドイッチ。一つは茹《ゆ》で卵のカナッペ。最後の一つがスコーンだ。ティーバッグで紅茶も淹《い》れた。つまりアフタヌーンティーを用意する授業だった。

クラスを六つに班分けして調理室に移動し、それぞれの班で調理台を一台ずつ使った。僕たちの班が作り上げた軽食の出来栄えは決してよくなかった。さんざんだったとさえ言っていい。キュウリのサンドイッチは水気でパンが湿っていて、カナッペは上々の見た目ながらひどくしょっぱかった。スコーンは焦げた。焦げをこそぎ落として食べたけれど、焦げて硬いパンみたいだという以上の印象は持ちにくかった。宿題としてレポートが課せられ、料理に失敗した班は失敗の原因を書くようにと言われた。「何もかもがダメだった」と書きたかったけれど、そうもいかないので、キュウリの水分含有量《がんゆうりょう》を甘く見積もったことがどれほど破滅的な結果を招いたかについて、簡潔に記述して提出した。

この授業を受けるまで僕はスコーンというものを食べたことがなく、これからも当分食べることはないだろうと思っていたのだけれど、二回目の機会は意外に速やかに訪れた。調理実習の翌日の昼休み、小佐内《おさない》さんからメッセージが届いたのだ。

〈助けがいります〉

僕は少し、ほっとした。僕と小佐内さんとは、互いに見張り合い、助け合う約束をしている。ところがこのところ、どちらかというと僕の借りが超過していたのだ。

〈どうすればいい？〉

と送る。返事は早かった。

〈放課後？〉

時間はあるかという意味だろう。

〈ＯＫ〉

〈スコーンを見ます〉

会話がかみ合っていない気がするけれど、小佐内さんからのメッセージが文脈を見失うほどに簡潔なのはよくあることだ。ほかにも用件があるなら続けて連絡してくるだろうと思い、僕はさらに返信することはせず、そのまま午後の授業を受けた。放課後になって改めて携帯を見ると、思った通り指示が届いていた。

〈校門で。二時間を見込んでます〉

僕は最初、二時間という数字に疑問を覚えた。小佐内さんが僕に相談してくるのは、小佐内さん自身では解決できない事態が発生した場合か、別に案山子《かかし》でも構わないからとにかく頭数が必要な場合に限られる。後者なら小佐内さんは遠慮なく〈頭数が必要です〉と書いてくるだろうから、今回はたぶん前者だろう。

小佐内ゆきの手に余る事態を、二時間で解決できるのか？

そう考えているうち、何とかなるんじゃないかと思えてきた。僕と小佐内さんなら、まあ、たいていのことは何とかなるだろう。


帰り支度をして校門に向かう。新入部員を迎えて、グラウンドではいろいろな部活のかけ声が盛んに飛んでいる。四月も半ばを過ぎ、ずいぶん暖かくなってきた。とはいえ寒さが苦手な小佐内さんはたぶんマフラーぐらいしていると見込み、昇降口を出てからは、マフラー姿の女子がいないか目を配る。けれど、たまにいる該当者は小佐内さんと身長が合わない。どこにもいないなら、小佐内さんはきっと校門の陰に隠れているのだろう。前にそれで驚かされたことがあった。二度も同じ手には引っかからない。

そう考えながら校門の間近まで来たところ、後ろから声をかけられた。

「小鳩《こばと》くん」

声の出所が思ったよりも近くて、僕はちょっと飛びのいてしまう。振り返ると、不服そうに眉を寄せた小佐内さんが真後ろに立っていた。

「そんなにびっくりすることないでしょう」

探しながら歩いていたのに、見つけられなかった。率直に訊く。

「どこにいたの？」

「わたし？　あなたの後ろ」

メリーさんかな。

「見かけなかったけど」

「だから、後ろにいたの。呼びかけたけど、小鳩くん、振り向いてくれないんだもの」

いたって不満そうだ。いちおう確認する。

「本当に呼びかけたの？」

「心の中でね」

呼んでないじゃないか。

一つだけ予想が当たって、小佐内さんはマフラーをしていた。灰色の、ボリュームあるマフラーだ。僕は訊いた。

「校門で待ち合わせって送ってきたから、校門で待ってると思ってた」

小佐内さんはこくりと頷《うなず》く。

「いったん先に来て、寒かったから校内に戻ったの。小鳩くんが靴を履き替えて校舎を出ていくのが見えたから、追いかけた」

つまり小佐内さんは、外で風に吹かれて待っている時間を最少化しようとしたらしい。予想できてもよかったと思いながら、僕は小佐内さんの横に並ぶ。

「それで、どこに行くの」

「そんなに遠くない。〈椰子《やし》の木〉ってお店」

「ココナッツミルクを出してくれるとか？」

お店に興味を持たれたことが嬉しかったのか、小佐内さんはにっこり笑った。

「と思うでしょ。違うの。お茶のお店」

お茶のお店というのは、喫茶店という意味ではないのか。とはいえ小佐内さんがメッセージで〈スコーンを見ます〉と書いていたことを思い出せば、予想がつく。

「アフタヌーンティーを出す店なんだね」

小佐内さんは頷き、しみじみと言った。

「小鳩くんの口からアフタヌーンティーって言葉が出てくるなんて、なんだか新鮮」

「たしかに僕は甘いものに詳しくないけど、馬鹿にしないでもらいたいね」

「で、どこで知ったの？」

「昨日の調理実習」

そうだろうと思ったと言う代わりに、小佐内さんはおざなりに微笑《ほほえ》んだ。

小佐内さんによると〈椰子の木〉は、学校から駅に向かう途中、古びた家が並ぶ一画にある古民家を改装してイギリス人と日本人の夫婦が始めた店で、本国並みのティータイムが楽しめるという評判なのだそうだ。聞く限り、どこにも椰子の要素はない。

「わたしも紅茶文化にはそれほど詳しいわけじゃないけど」

と前置きして、小佐内さんが教えてくれた。

「〈椰子の木〉で出してくれるのは紅茶とスコーンのセットで、スコーンにはジャムとクロテッドクリームがつくの。そういうセットのことを、クリームティーって言うみたい」

「クリームを入れた紅茶みたいな名前だね」

「わたしに言われても……」

それはそうだ。

春の風が吹いていく。小佐内さんに近道だと先導されて、僕たちは川沿いを歩く。堤防近くに植えられた桜は、もう終わりかけている。僕は訊いた。

「それで、何があったの」

目的地に着いてからと言われるかもと思っていたけれど、小佐内さんは足元を見たまま、話し始める。

「スコーンがおいしくなかったの」

「なんてことだ。それは気の毒に」

「心のこもった言葉をありがとう。もう少し続けてもいい？」

もちろん。

僕の茶々を気にする様子もなく、小佐内さんは先を続ける。

「小鳩くんと同じよ。わたしのクラスは、今日が調理実習だったの。三時間目と四時間目をくっつけて。テーマはアフタヌーンティー。作ったものは、たぶん小鳩くんのクラスと同じだと思う。小鳩くんたちは何を作ったの？」

「キュウリのサンドイッチとトマトのサンドイッチ、茹で卵とバジルソースのカナッペ、スコーン」

「じゃあ、完全におんなじ」

僕は小佐内さんの不満を察した。実習で焼いたスコーンには、使いきりサイズのプラスティック容器に入った、いちごジャムだけを塗って食べたのだ。スコーンにはジャムのほかにクロテッドクリームを塗る場合が多いことは、調理実習に先立つ授業で教わった。ついでに、実習ではクリームを使わないことも伝えられた。調理実習に豊富な予算が割り当てられていないことは想像に難くない。

「クリームのことは、許してあげなよ。調理実習で完璧なアフタヌーンティーを期待する方が、無理があると思う」

　小佐内さんはきょとんとして、眼をしばたたかせる。それから、慌てた様子で手を左右に振った。

「あ、違う違う。クロテッドクリームがないことが悲しかったんじゃないの。ええと、正確に言うと悲しかったんだけど、別にそれが問題と思ってるわけじゃなくて」

「違うの？」

「うん。わたしが問題にしているのは、さっきも言ったけど、スコーンがおいしくなかったこと」

　川面《かわも》を風が渡っていく。河川敷の運動場で、小学生たちがサッカーをしている。

　僕は少し考える。さしもの小佐内さんも、調理実習で作ったスコーンにプロ並みのおいしさを求めたりはしないだろう。クロテッドクリームがなかったことも問題ではないと言う。じゃあ、スコーンがおいしくなかったことの、何がそんなに問題なのか。

　思いつくことは、一つしかなかった。

「おいしいはずだったんだね」

　小佐内さんの表情に満足そうな笑みが表れた。どうやら僕は試されていて、そのテストに合格したらしい。

「わたしはカナッペを作っていたから、スコーンには関わってないの。でも、作るところは見ていて、手順も手際も、どこにもミスはなかった。ふつうにおいしいものになるはずだったのに、どうしてだか、スコーンはおいしくなかった」

　僕はお菓子に詳しくないけれど、小佐内さんと行動する中で、いくつか学んだことがある。その中の一つが、お菓子作りとは科学であり、再現性があるのだという原則だ。間違った手順で作れば、失敗する。手順が間違っているのに、たまたま成功したりはしない。失敗の結果が想定外のおいしさや食感を生み出すこともあるらしいけれど、それだって、当初のレシピからすると失敗の範疇《はんちゅう》にあることは変わらない。

　一方、正しい手順で作れば必ずおいしくなるとも言い切れない。アルミニウムに塩酸をかければ必ず水素が発生することになっているけれど、理科室での実験ではアルミ箔《はく》を隙間風にさらわれたり、塩酸をかけるタイミングでくしゃみをして目測を誤ったり、教室が寒すぎて反応が進む前に授業が終わってしまったりして、水素が生じないこともある。同様に、レシピを遂行するだけの技術力がなければ調理は成功しない。当然のことだ。

　けれど小佐内さんは、調理担当者にミスはなかったと明言する。これは、一と一を足したけれど二にならなかったという不合理にも等しい。

　……とはいえ、まあやっぱり、

「どこかで失敗したんじゃないの」

　と言いたい気にはなってしまう。僕のそっけない反応に、小佐内さんは別に反発しなかった。

「そう思うよね。わたしも、そう思いたい」

「どういうふうに、おいしくなかったの？」

　一口においしくないといっても、塩と砂糖を間違えるような論外のものから、火加減を誤って焦がしてしまったというありがちなもの、調理自体は成功したのに盛りつけるとき別の料理のソースと混じってしまったといううっかりしたものまで、幅広い。小佐内さんの返事は明確だった。

「生焼けだったの。先生から、それは食べないようにって言われた」

「火が通ってない小麦粉って、食べちゃだめなんだっけ」

「だめ。お腹こわす」

　となると、おいしくなかったというレベルの話じゃない。食べられないのだから、本当に大失敗だ。

　前から車が近づいてくる。堤防道路にガードレールはないので、路肩に寄ってやり過ごす。再び歩き始めながら、僕は訊く。

「生焼けって、どういう場合に起きるんだろう」

　一方的に質問するばかりでは芸がないので、思いつくことを自分で並べ立てていく。

「単純に考えると、オーブンの火力が弱かったか、焼き時間が短かったのかなって思うけど」

　それから、自分の調理実習ではどんなことをしたかを思い出す。

「予熱が充分でなかった場合も、そうなりそうだね」

　小佐内さんが頷く。

「うん。それから、火力が強すぎても、だめ」

　そうかと言いかけて、僕は首を傾《かし》げる。

「……どうして？」

「中まで火が通る前に、外側が焦げるから」

なるほど。強は弱を兼ねないというわけだ。

「それに、よくあるのは、オーブンのドアを何度も開けちゃうこと。焼き加減が心配でドアを開けると、オーブンの中の温度が下がっちゃう。砂糖を入れ過ぎてもだめ。生地《きじ》の中で砂糖が水分をキープしちゃうから」

「いろいろあるんだね」

「でも、砂糖は適量だった」

　生焼けにもいろいろな原因があるらしい。とはいえ、一番疑わしいのはやはりオーブンだろう。

「念のためだけど、オーブンの設定に問題はなかったんだよね」

　小佐内さんは何か言いかけてから、慎重に前置きする。

「最初にどんな設定をしたのかは、見てないの。でも焼き時間はレシピ通りだったし、後から確認したら、温度設定も指示通りだった」

「機械の故障ってことは？」

「それはわからないけど……ないと思う。同じ授業はほかのクラスでもされたはずだし、同じオーブンを使ってるはず。小鳩くんたちのクラスで、スコーンが生焼けだったなんてことはあった？」

「なかったと思う」

昨日の六時間目が終わってから今日の三時間目までの間に突然オーブンが故障した可能性は、ゼロでないにせよ、取りあえず考えから外してもよさそうだ。

「ほかには、どんなことが考えられるかな」

「生地の水分が多すぎたり、生地の中に水分を含んだ具をたくさん入れたりしても、生焼けになりやすい」

「調理実習のレシピが同じなら、スコーンに具は入ってないよね。水分が多すぎた可能性は？」

「スコーンの係の子が牛乳を計るのを見てた。定量通りだったし、牛乳以外に水分は入れない」

　小佐内さんは、たしかに調理の手順をよく見ていたようだ。手順にも手際にもミスはなかったという言葉は、やはり、信じてもよさそうだ。

　ふつうに作り、ふつうに焼いたスコーンが、なぜか失敗した。たしかに不思議だ。

　僕は頭の後ろで手を組む。

「それで、失敗の原因を突き止めて、どうするの。ただ知りたいだけ？」

　小佐内さんは首を横に振った。

「それなら、小鳩くんを呼んだりしない」

「だよね」

「問題があるの」

道は堤防から逸《そ》れていき、人通りの少ない、古い住宅街に入っていく。歩きながら、小佐内さんは顔の横で人差し指を立てる。

「ひとつ。スコーンは、沢海《さわみ》さんって女子が一人で作った」

人差し指に続けて、小佐内さんは中指を伸ばす。

「ふたつ。レポートの宿題が出てる。どうして失敗したのか原因を書いて、先生に提出しないといけない。ついでに言うと、レポートがクラスの前で公開されないって保証はない」

さらに小佐内さんは、薬指を伸ばした。

「みっつ。スコーンは沢海さんが作って、そのスコーンは失敗だったんだから、ふつうに書けば沢海さんが失敗したっていうレポートになる。だけどわたしは、沢海さんの手順にミスがなかったことを知ってる。そして本当の問題は、沢海さんのせいで失敗したっていうレポートを書いて、そのレポートがクラスで公開されたら……新しいクラスでの人間関係がちょっと困ったことになるかも、ってこと。沢海さんはプライドが高そうだからね」

小佐内さんはいったん三本の指を握り込み、それから花を咲かせるように、手の平を開いてみせた。

「どうしたらいいか、わからないの」

「よくわかった」

クラスの中で波風を立てたくない。誰かを声高《こわだか》に批難したりせず、隠当に日々を送りたい。小佐内さんの願いはとても小市民的で、僕たちはそうあるためにこそ、互恵《ごけい》関係を結んでいる。

「詳しく聞くよ」

「お店についた」

小佐内さんが指さす先には、横書きで〈椰子の木〉と書かれた看板があった。話の続きは、お茶といっしょにということになる。

〈椰子の木〉は、商家を改装した建物らしい。屋根は瓦《かわら》で葺《ふ》かれていて、二階建てだけれど建物の高さは低かった。木格子の戸を引いて店に入る。金髪で目が青い、薄茶色のエプロンをした男性が、僕たちを出迎えた。

「いらっしゃいませ。お好きな席にどうぞ」

流暢な日本語だった。

中は広々としているけれど、時間が中途半端だからか、客の数は多くなかった。飴色《あめいろ》の床板に、木製の椅子とテーブルが並んでいる。小佐内さんは店内を見まわし、キッチンに近い席に通学鞄《かばん》を置く。僕は小佐内さんの向かいに席を占めた。

店内は静かで、言うなれば大人の雰囲気が漂っていて、学校帰りの学生が制服で入って雰囲気を壊さないかと気が引ける。木製の表紙がついているメニューを一瞥《いちべつ》し、小佐内さんはすぐにそれを僕に向ける。

「何か注文した方がいいものは？」

ここに来たのは小佐内さんがスコーンを見るためで、具体的にはどういうことをするのかわからないけれど、小佐内さんが必要とするものを注文した方がいいのかと思った。けれど小佐内さんは、小さく首を横に振った。

「好きなものを頼んで。ごめんね、つきあわせて」

「どういたしまして」

「ここは出すから」

「ご冗談を」

そんなことをされたら、今度借りを作る時には僕が小佐内さんの分も払うことになる。

さっきの店員さんが水を持ってきてくれた。小佐内さんが手で促すので、僕が先に注文する。

「ミルクティーをください」

それがメニューのいちばん上にあったのだ。次いで小佐内さんが言う。

「クリームティーをお願いします」

「はい」

「出来立てのスコーンって、お願いできますか？」

店員さんは微笑んだ。

「もちろんです。少しお時間をいただきますが、よろしいですか」

「はい」

最後に注文を復唱し、店員さんはテーブルを離れていく。

話をするなら、注文が揃ってからの方がいい。話している途中で注文が運ばれてくると、話が変に途切れることがあるからだ。けれど小佐内さんが注文したクリームティーには時間がかかるそうなので、僕はコップに口をつけ、こう促した。

「それで、今日何があったの？」

キッチンではエプロンをつけた女性が小麦粉をボウルに入れている。小佐内さんは頬杖《ほおづえ》をついてキッチンの様子に見入り、僕に返事をするときも、僕の方は見なかった。

「どこから話せばいいのか、ちょっと迷う。訊き返してごめんね、小鳩くんたちは、どういうふうに実習を受けたの？　つまり、誰が小麦粉をこね、誰がサンドイッチ用のパンを切るか、そういう分担をどうやって決めたかってことなんだけど」

　僕は記憶を辿る。

「まず、クラスを六つの班に分けた。班分けは、教室の机の位置を元に、先生が決めた。六人の班と七人の班が出来た」

　小佐内さんはキッチンを見たまま、頷く。僕は先を続ける。

「班ごとに、料理の経験がある生徒を班長に選ぶよう言われた。幸い僕たちの班にはそういう生徒がいたから問題なかったけど、一人もいない班もあったみたいだね。実習の前の週にレシピを渡されて、調理計画表を作るように言われた」

　そこで誰が何をするのかを決めたけれど、計画表は順守されなかった。

「作業の割り振りは班長の指示に従うってことになってたけど、作業分担は明確じゃなかったな。手の空《あ》いてる人が、次にやらなきゃいけないことをやるって感じ」

「それだと、あんまりスムーズに進まなかったんじゃない？」

「そうだね。粉をボウルに入れたのにバターは冷蔵庫から出してもいないとか、キュウリと卵を切るタイミングが重なって、でもまな板は一枚だから無駄な待ち時間が出来るとか、そんな感じだった」

　段取りは悪く、作業のテンポも悪かった。班員の士気も低くて、レポートに書く「失敗の原因」はよりどりみどりだった。でも、まあ、家庭科の授業はあんなものだろう。

　キッチンでは、黒髪の女性がバターを小麦粉に加えている。バターは冷たいまま、賽《さい》の目切りにしたもののようだ。僕たちのレシピもそうだった。

　青い目の店員さんが、僕の前にティーポットとティーカップを置く。注いでみると、ポットの中身はミルクティーだった。なんとなく、ティーカップに紅茶を注ぎ、後から牛乳を入れるような気がしていただけに、ちょっと意表を衝かれた。

　小佐内さんが言う。

「わたしたちも、だいたい同じ。班分けと作業分担、レシピの受け渡しと調理計画表作りは、先週の家庭科の時間でやったの。ちょっと違うのは、計画表を作る時、作業分担を明確にしたことかな。沢海さんがスコーン。わたしと倉《くら》井《い》さんがカナッペ。加納《かのう》くんと青中谷《あおなかや》くんがサンドイッチ。宮野《みやの》くんが班長兼皿洗い」

「班長が皿洗いなんだ」

「わたしもそれでいいのか疑問だったけど、班長は手が空くことも多かったし、洗い物が早いと全体がペースアップする。意外といい采配《さいはい》かなって思った」

　言われてみれば、そういうこともあるかもしれない。

　とはいえ、肝心なのはここからだ。

「……沢海さんは、どうして一人でスコーンを担当することになったの？」

　一人でやるのが悪いとは思わない。複数人で調理するのは、案外難しいものだ。けれど、ほかのメニューは二人で担当しているのに、スコーンだけ一人というのは意味ありげだ。無理に押し付けられたのだろうか？

　小佐内さんが答える。

「沢海さんはロンドンに行ったことがあって、スコーンも食べてきたんだって」

「へえ。それで？」

「スコーンは知ってるから任せてって言われたの」

　沢海さんの言い分を検討して、僕は眉を寄せる。

「僕は名古屋に行ったことがあるし味噌《みそ》カツを食べたこともあるけど、だからって味噌カツが得意だなんて思ったことないな」

　小佐内さんはキッチンから目を離さない。

「沢海さんの発言が没論理なのはわかってる。だけど、クラスメートが任せてって胸を張ってるのに、だめって言えると思う？」

　これが生死にかかわるような問題で、班長に強い権限があるのなら、話は別だったかもしれない。しかしもちろん、そうではなかった。

「難しいだろうね」

「でしょう」

　キッチンでは、生地に牛乳と卵が加えられている。ところでいまの話にはひとつ、気になることがあった。

「話に水を差すようだったら、ごめん。ごく単純な疑問なんだけど、そもそもスコーンってロンドンのお菓子なの？」

　すると、それまでキッチンを見つめていた小佐内さんが目だけを僕に向け、冷ややかに言った。

「小鳩くん。いきなり怖いこと訊かないで。わたしはお菓子の研究家じゃないの」

「怖いことだと思わなかった。ごめん」

「スコーンは、スコットランドで生まれたみたい」

あれ。研究家じゃないからわからないって話じゃなかったのか。

「じゃあ、スコットランドの名物なんだね」

「とも言い切れない。スコーンにジャムとクロテッドクリームを添えて紅茶のお供にするクリームティーは、イングランドの西の方で誕生したんだって」

ふむ。

「じゃあ、現代風のスコーンは西の方の名物なのか」

「でも、クリームティーを含む、午後に軽食を食べるって習慣は、そもそもイングランド中部の貴族が始めたもの」

「……」

「ところがお茶を飲む習慣それ自体は、ポルトガルから伝えられて王宮から広まっていった。つまりロンドン」

僕が困惑しているのが楽しいのか、小佐内さんはちょっと悪戯《いたずら》っぽく小首を傾げる。

「スコーンとお茶の組み合わせは、イギリス中のあっちこっちで生まれたすてきなものを柔軟に取れ入れた、オールブリテンって感じの習慣じゃないかなってこと。わたしには、どこが本場とも言いにくい。例として適切かわからないけれど、わたしたちだって、おにぎりの本場はどこかって訊かれたら困るでしょう？」

なるほど、これはなかなか話が入り組んでいる。怖いこと訊かないでと言った小佐内さんの気持ちがわかった。

「それにしても詳しいね。さすがだよ」

小佐内さんは、今度は少し、取り繕うような雰囲気になる。

「沢海さんの言い分が正しいのかどうか気になったから、古城《こぎ》さんに訊いてみただけ。褒められると、ちょっと心苦しい」

古城さんというのは小佐内さんの友達で、父親がパティシエをしている。小佐内さんは訊いてみただけと言うけれど、沢海さんの言葉の裏を取ったこと自体が、さすがだ。

ミルクティーに口をつける。香りがいい。

いまの話をまとめてみる。

「ってことは、ロンドンに行ったことがあるからスコーンは任せてっていう沢海さんの発言は、完全に的外れじゃないにしろ、あんまり妥当《だとう》でもないみたいだね」

小佐内さんは少し返事をためらった。

「そうでもない。いかにもロンドンっぽいスコーンっていうのもあって、わたしたちが実習で作ったのはそれに近かった」

「ロンドンっぽいスコーン？」

「うん。……たぶん、もうすぐわかるの」

　と言って、小佐内さんはキッチンを見つめた。調理台では生地がこねられている。

　小佐内さんが「話を戻すね」と言った。

「それで沢海さんがスコーンを焼くことになったけど、正直に言うと、わたしも焼いてみたかった。だけどそれだってどうしてもってほどじゃなかったし、班の、他の子たちはもっと無関心だった。やりたい子がいるならやらせてあげればいいし、その分だけ自分の負担が減ってありがたいって感じだった」

　何しろ、言ってしまえばただの授業だ。僕だって、自分の班でスコーンをやりたいと手を挙げたクラスメートがいたら、これ幸いと任せただろう。

「実習は、今日の三時間目からだったんだよね」

「うん」

「いちおう訊くけど、一時間目と二時間目は？」

　小佐内さんはちょっと眉をひそめたけれど、それが何の関係があるのかとは訊かなかった。

「一時間目は……英語。二時間目は体育」

「体育はグラウンド？　それとも体育館？」

「体育館だった」

　僕は少し考える。

「体育の後で制服に着替えて調理室に移動するのは、ちょっと慌ただしそうだね」

「あ、それは大丈夫。体育も家庭科も、ジャージで受けることになってたから」

　言われてみれば僕たちもそうだった。油汚れがつく可能性があるからだろう。

「今日あったことを、最初から話していくね。質問は後で受けつけます」

　と、小佐内さんが前置きする。その方がいいだろう。

「調理室がどんなふうになってるかは、言わなくていいよね」

　僕は頷く。僕もそこで授業を受けたのだから、隅々まで知っている。

　調理室は校舎の一階にある。教室前方には教卓があり、壁にはホワイトボードと時計がかかっている。床はリノリウムで、一列三台、あわせて六台の調理台が置かれている。調理台は上から見ると長方形をしていて、一方の短辺にシンクが、反対側の短辺にガスコンロがある。長辺は調理台として使えるように平らだけれど、台の下にはオーブンが入っている。引き出しも多数備えられているけれど、刃物を収めることを想定しているのか、鍵がかかっていてどれも開かない。教室の後方には戸棚と大型の冷蔵庫があり、調理器具は戸棚に収められている。窓には換気扇もついているけれど、なんというか、独特のにおいがする教室だ。

「授業が始まって、まずは手を洗ったの。時間がかかった」

　僕たちもそうだった。一人二十秒かけて手を洗うように言われていて、班には最低六人いるから、全員が手を洗うまでに最低でも百二十秒かかる。実際には五分くらいかかったはずだ。

「それから先生の注意があった。火傷《やけど》に気をつけること。もし血が出るような怪我《けが》をしたら、すぐに申し出ること。それから、ぜったいにふざけないこと」

　料理は火と刃物を使う。ふざけると、わりと重大な事態に繋《つな》がる。とはいえ僕が実習を受けた時に、その注意はなかった。

「それから、材料を取りに行った。カナッペはクラッカーと卵とバジル。サンドイッチは、パンとキュウリとトマトとプロセスチーズ。スコーンは小麦粉とベーキングパウダーと卵、バターと牛乳。冷蔵保存のものは冷蔵庫に入ってて、そうでないものと調味料の瓶とかは、教卓の上に置かれてた」

　何が冷蔵されていたのかは、僕も憶えている。バターと牛乳だけだ。ほかのものは冷やされていなかった。

　小佐内さんはふと、思い出したように付け加えた。

「冷蔵庫のそばにクーラーボックスが置いてあった。先生が材料を運ぶのに使ったのかな。冷蔵庫の中に気を取られていて、わたし、足が当たっちゃった」

　かたりという音が聞こえ、僕もキッチンを見る。生地が調理台に置かれていて、店員さんが麺棒《めんぼう》を手にしていた。手際よく生地がのばされていく様子を見ながら、小佐内さんが続ける。

「調理台は、カナッペ担当のわたしたちとサンドイッチ担当の加納くんたちが並んで使って、反対側をスコーンの沢海さんが一人で使っていた。さっき言った通り沢海さんのスコーン作りの手順はおおむねレシピ通りだったけど、説明した方がいい？」

　授業で配られたスコーンのレシピは、僕も目を通している。けれど、謎を解くヒントはどこにあるかわからないし、情報は網羅的であるに越したことはない。

「うん」

小佐内さんは不服そうな顔も見せず、むしろ当然のように頷く。

「卵を割って、牛乳と混ぜておく。冷えたバターを賽の目状に切る。それから小麦粉とベーキングパウダーと砂糖と塩をボウルで均等に混ぜる。そこに切ったバターを加えてさらに混ぜ合わせていき、そぼろ状になったら、卵と牛乳を混ぜたものを少しずつ注いでいく」

「担当でもなかったのに、よく何も見ずに言えるね」

小佐内さんは無表情で人差し指を横にして、鼻の下で動かした。えっへん、というアクションらしい。

「生地をこねて粉っぽさがなくなったら、ボウルごとラップをかけて冷蔵庫に入れ、休み時間の十分間、冷蔵庫で寝かせる。寝かせた生地を取り出し、オーブンの予熱を始める。生地は調理台の上でのばして何度か折りたたみ、型抜きして、オーブンの天板に並べる。生地の上に溶き卵を塗ってオーブンに入れたら、あとは焼き上がりを待つだけです」

「お見事」

「……分量を言ってないんだもの。自慢にならない」

さっきのモーションは自慢じゃなかったのか……。

キッチンでは、ちょうど生地の型抜きが行われていた。小佐内さんのスコーンは、いまからオーブンで焼かれることになる。

見たいものを見終えたのか、小佐内さんは頬杖をやめ、僕を見た。

「ここまでの工程で、沢海さんに大きな失敗やアレンジはなかった。古城さんによれば、失敗しやすいのは粉にバターを混ぜる時なんだって。バターは冷たいまま混ぜないといけないけど、手際が悪いと溶けてきちゃう。でも沢海さんは素早かったし、粉はたしかにパン粉状になってた。卵《らん》液《えき》と牛乳を加えるのも、いっぺんにやるとびしょびしょになっちゃうけど、沢海さんは生地も綺麗に仕上げてた」

「完璧じゃないか」

「そう。なのに、スコーンは生焼けだった」

さっき聞いた経緯に鑑《かんが》みれば、スコーンの失敗で沢海さんは大きく面子《めんつ》を失うことになっただろう。あんなに自信ありそうだったのにね、と、嫌味の一つも飛んだかもしれない。僕だって小佐内さんの話を詳しく聞いていなければ、自信家の沢海さんが自信に溺《おぼ》れて失態を晒《さら》したと思ったかもしれない。

小佐内さんは淡々と話す。

「生焼けだって指摘したのは、先生。各班の全部のメニューを食べたわけじゃなくて、見た目で判断して、おかしな点があるものを食べてたの。先生はわたしたちの班のスコーンを割ると、眉をひそめて一口食べて、生焼けだから食べないようにって言った」

小佐内さんは、スコーンがおいしくなかったと言っていた。つまり、焼きあがったものを口にしているはずだ。

「その時点では、もう小佐内さんも食べていたんだよね。そっちも生焼けだった」

無言の頷きが返ってくる。

先生の食べたスコーンだけが生焼けだったのなら、他の班のものと入れ換えられていたとか、たまたまその一つだけ火の通りが悪かったということもあり得た。でも、小佐内さんのスコーンも生焼けだったのなら、その可能性も排除される。

コップの水を一口飲んで、小佐内さんが続ける。

「先生も不思議に思ったみたいで、ちゃんと焼いたのって訊いてた。沢海さんは真っ青になって黙り込んじゃったけど、班長の宮野くんが、レシピ通りに十三分焼いたって答えたの」

たしかにスコーンの焼き時間は、僕たちが実習を受けた時も十三分だった。一方で、さっき堤防道路で小佐内さんは、焼き時間もレシピ通りだったと言っていた。

「十三分焼いたことを確認したのは、班長だけだったの？」

小佐内さんの顔にためらいが浮かんだ。

「正確には、そう発言したのは宮野くんだけだった。他の子はどうだったか、わからない」

「小佐内さんは見なかったって言ってたね」

「うん。わたしは、沢海さんがスコーンをオーブンに入れた時と、焼きあがってチーンって鳴った時に時計を見た。焼き時間が十三分ぐらいだったことは自信を持って言えるけど、タイマーの設定は見てない」

調理室のオーブンのタイマーはダイアル式だ。設定する時はダイアルをまわすだけでよく、何分間に設定されたかを音声で告知するような親切機能はついていない。小佐内さんは正確な数字を見てはいない……しかし、おおよそ十三分前後だったのなら、やはりスコーンはレシピ通りに焼き上げられたと言えそうだ。

もう一つ、漠然としているけれど、訊いておくべき質問がある。

「で、ほかに何か変わったこととか、気づいたことはなかった？」

そんなこと言われても困る、と返ってくると予想していた。けれど小佐内さんは、いたって真剣に受け止める。

「そう……」

目を閉じて呟き、ややあって目を開け、小佐内さんはゆっくりと言う。

「包丁の先が丸かった」

そう言えばそうだった。事故防止のためなのだろうけれど、高校生にもなって尖った包丁を使わせてもらえないのかと思った。

「換気扇がからから音を立ててた。直した方がいいと思う」

それも記憶にある。

「沢海さんが卵を取りに行ってる間に宮野くんが小麦粉とかベーキングパウダーとかを取ってきたけど、余計なことしないでって沢海さんに怒られてた」

まあ、一任を取りつけたはずなのに手を出されたら、たとえそれが善意からのものであっても、煩わしいこともあるだろう。

「隣のテーブルの上に、すごい数のお皿が並んでた。それで思い出したけど、わたしたちのテーブルでも、使った覚えのないボウルが洗い物に出てた」

「僕たちの実習じゃ、カナッペを二倍作った班があったよ」

「必要なものを必要なだけ取り出すことがどうしてこんなに難しいのか、わたし、わからない」

「足りないよりはいいよ」

実習の様子は、おおむねわかった。

キッチンから、そこはかとない香ばしさが漂ってくる。僕は紅茶に砂糖を加え、甘くなったミルクティーを少し飲み、考える。

「さっき歩きながら、生焼けになる理由をいくつか挙げたよね」

「うん」

「その中に、生地の水分が多すぎた場合っていうのがあったと思う」

小佐内さんが黙って頷く。

「沢海さんが生地に加えた牛乳の量は、レシピ通りだった。そこで、ふと思ったんだけど……誰かがあとから、こっそり水とか牛乳を加えたんじゃないかな」

つまり、スコーンが生焼けだったのは料理の失敗でも事故でもなく、誰かの作為によるものだったのではないか。

　小佐内さんはすぐに答えた。

「生地を作るときは、触感が大事なの。作業中にいきなり生地の弾力が変わったら、誰だってすぐに気づく」

「そっか」

　と答えるけど、作為の可能性はまだ捨てきれない。

「念のためだけど、班員がどういう人たちだったか教えてよ」

　小佐内さんは「まさか彼らを疑ってるの？　いい人たちよ！」とは言わないで、当然の質問だとばかりに頷いた。

「わたしといっしょにカナッペを作った倉井さんは、陸上部で、背が高くて、ちょっと日焼けしてて、いつもにこにこしてる。わたしに、料理はあんまりしたことないから指示してねって言ってきた。実際に指示……というかお願いをしても、嫌な顔一つしないでオッケーって返事して、皿を出したり材料を取ってきたりしてくれた。指示を受けてない時はわたしのそばにいて、わたしが料理するのを見てた」

「倉井さんの向かいでは、沢海さんがスコーンを作ってた。手を伸ばせば水ぐらい入れられたんじゃないかな」

「無理だと思うし、さっきも言ったけど、誰かが生地に水とかを入れた可能性はもう考えない方がいい」

　にべもない。

　一呼吸置いて、小佐内さんは話を続ける。

「サンドイッチを作ったのは、加納くんと青中谷くん。加納くんの方が料理が上手で、ほとんど一人でやってた。青中谷くんは最初から、料理には興味ないしやる気もないって言って、他の班にいる友達のところにお喋《しゃべ》りに行って、わたしたちのテーブルにはほとんど戻ってこなかった」

「先生に怒られなかったのかな……」

「あんまり堂々と遊びに行ってたから、班が違うって気づかれなかったのかも」

　それもすごい話だ。

「加納くんは、どれぐらい料理が上手《うま》かったの？」

「わたしより」

　そう言われても、小佐内さんの料理の腕を知らない。

「サンドイッチは、わたしと倉井さんで作ったカナッペよりも難しいし、時間がかかる料理だった。でも加納くんは誰にも手伝いを求めずに一人で、おいしく作ったの。手際がよくて時間も余ったぐらいで、班長の宮野くんも、加納くんには何も言わなかった」

「完璧じゃないか」

「でも、加納くんは、ちっとも得意そうじゃなかった。目の前で沢海さんが落ち込んでたせいかもしれないけど、わたし、聞いちゃったの」

秘密めかした口ぶりに、僕はつい釣り込まれる。

「な、なにを」

「加納くんが呟くのを。……マスタードがあればよかったのに、って。もっとおいしくできなかったことが、悔しかったみたい」

調理実習はレシピが決まっていて、使う材料や調味料も指定されている。料理が得意な生徒にとっては、もどかしいこともあっただろう。

小佐内さんは、ちょっと首を傾げた。

「班長の宮野くんは、よくわからない。ブラスバンド部に入ってるはず。実習の時は無心に皿洗いをしてたけど、でも、そう、ずっと黙ってたわけじゃない。わたしがカナッペ用のクラッカーをお皿に置いてたら、そこだとシンクが近いから水がかかるかもって注意してくれた。沢海さんが卵を粉の上に落とそうとした時は、卵は別の容器で牛乳と混ぜるんじゃなかったっけって指摘してた」

僕はスコーンのレシピを思い出す。

「そうだっけ」

「渡されたレシピでは、そう指示されてた」

「沢海さんは従ったの？」

「余計な口出ししないでって怒って、卵はそのまま落としてた」

それはちょっと奇妙だ。

「手順から外れたってことだよね」

小佐内さんはあっさり頷く。

「うん。でも、そういうやり方もあるから。どっちでもいいの」

そういうものか。まあ、卵をどう加えても、生焼けの原因にはなりそうもない。

さて、残りは一人だ。

「沢海さんはどういう人なの？」

そう促され、小佐内さんは少し、困った顔をした。

「卓球部のはず。それから、家庭科の教科係」

教科係というのは授業を手伝う役割で、クラスごと、科目ごとに一人決まっていて、世界史係が教材の地図を運んだり、英語係が宿題をまとめて職員室に持って行ったりする。係は立候補で決めるのが原則だけれど、誰も手を挙げなければ、部活に入っていない生徒が係を引き受けるようにと先生から圧力がかかる。

「沢海さんが家庭科係になった時も、立候補で決まったの？」

　と訊くと、小佐内さんは記憶を辿るように宙を見上げた。

「……うん。そうだったと思う」

「よほど家庭科にこだわりがあるのかな」

「それはわからないけど、スコーンなら任せてってすごくアピールしてたし、先生からレシピが配られた時も、こんなのよりおいしく作れるって言ってた。……ただ、手際はたしかによかったけど、加納くんとか、他の班のお菓子作りが得意な子とかに比べると、ふだんからやってるって感じはしなかった」

「スコーンならってアピールした動機、何か思いつく？」

「さあ……。受験を見据えて平常点アップを狙ったとか」

「お菓子を作れることを誰かにアピールしたかったとか」

「誰かって？　なんで？」

　そう言われても、特にそれ以上は思いつかない。僕たちはしばらく首をひねっていたけれど、誰かが何かを望んだ理由なんて、他人にうかがい知れるはずもないのだ。結局はこう言うしかない。

「まあ、何かあるんだろうね」

　小佐内さんはあいまいに頷いた。

　沢海さんの心境はどうあれ、スコーンはうまく焼けなかった。

「それで、生焼けだってわかった後、沢海さんを殊更《ことさら》に責めた人はいなかったかな」

「いたよ。青中谷くん」

　料理にまったく協力せず、他の班の友達と喋っていたという男子だ。僕はちょっと、面白くなかった。

「自分は何もしなかったのに、沢海さんの料理には文句を言ったの？」

「そう。出しゃばったくせにこのザマかよ下手くそ、って。沢海さんは真っ青になって、うつむいてた。でも、泣かなかったよ」

「青中谷くん、不幸になるといいね」

「うん。なるよ」

　既にそうなったかのように、小佐内さんは言った。

　キッチンからスコーンが運ばれてくる。バターの香りがふうわりと漂う。二つの容器にそれぞれいちごジャムとクロテッドクリームがたっぷり盛られている。皿に二つ盛られた〈椰子の木〉のスコーンを見て、僕は少なからず驚いた。

「大きいね」

僕たちが焼いたスコーンは、小佐内さんの握りこぶしより少し小さいぐらいのサイズだった。一方、いま目の前にあるスコーンは、僕のこぶしよりもさらに大きい。小佐内さんは満足そうに頷く。

「大きいの」

さっき小佐内さんは、僕たちが実習で焼いたスコーンはどこかロンドンっぽいものだったと示唆《しさ》した。その意味を、僕は一目で理解した。

「ロンドンのスコーンは、これよりも小さいんだね」

小佐内さんは微笑んだ。

「ロンドン・スコーンって名前があるわけじゃないけど、古城さんが言うには、スコーンはロンドンから離れるにつれて大ぶりになる傾向があるんだって」

見た目も、少し違う。〈椰子の木〉のスコーンは大きく膨らんでいて、側面には裂け目が開いている。僕たちが焼いたスコーンにも裂け目はあったけれど、これほど大きなものではなかった。

小佐内さんは、目元にわずかな悲しみを漂わせた。

「……でも、この大きさはちょっと噂《うわさ》以上。食べ切れないかも」

「まあ、ふつうに一食分ぐらいの量はあるよね、これ」

悔しさを滲《にじ》ませ、小佐内さんは声を絞り出す。

「こ、小鳩くん……片方食べてくれる……？」

小佐内さんから甘いものを取り上げるだなんて、とんでもない。後で何が起きるか、わかったものではない！

とはいえ、これは無理だという小佐内さんの判断は、どう見ても妥当だ。ここは決死の覚悟で、

「わかった」

と答える。

そして僕たちは、スコーンを一つずつ分け合った。スコーンを割って、僕はまずジャムを塗る。小佐内さんはクロテッドクリームを先にした。小佐内さんならジャムとクリームの順序について何か有益な情報を持っているかもしれないけれど、いまは、情報よりもスコーンを堪能《たんのう》したい。僕にそう思わせるほどに、焼きたてのスコーンの香りは心惹かれるものだった。小佐内さんが塗りつけるクロテッドクリームの厚みに驚きながら、僕はスコーンにかぶりつく。

……なるほど。

昨日の調理実習で僕は初めてスコーンを食し、スコーンとはパンのようなものだという印象を持った。僕たちの班の調理技術が足りなかったことを差し引いても、スコーンとはジャムパンみたいな食べ物なのだと思った。ジャムパンはおいしいけれど、心浮き立つほどではない。スコーンも、そのぐらいのものだと思っていたのだ。

　間違っていた。これはすごい。これはおいしい。これは、何かで替えることができない食べ物だ。

　食感は「ほろほろ」と「しっとり」の中間で、舌の上で崩れていくような感覚がある。ジャムだけではこれほど濃厚な味わいにならないだろうし、クロテッドクリームだけでは、くどいばかりだろう。そして、紅茶がおっそろしくよく合うのだ。この絶妙な組み合わせを発見するまでに、いったいどれほどの失敗が積み重ねられたのだろう。

　そうした全ての思いは、しかし、たった一言にしかならなかった。

「おいしいね」

　小佐内さんはそれだけの言葉さえ必要としなかった。ただ頷いて、ただスコーンを口へと運んでいった。

　怒濤《どとう》のようなひとときが過ぎ、僕たちは落ち着きを取り戻す。どちらのスコーンもまだ半分残っている。

　これだけのおいしさであれば、小佐内さんが放課後に来たがるのもわかる……と思いかけて、僕は、小佐内さんがこの店に来た理由は違うのだと思い出す。メッセージに〈スコーンを食べます〉とは書かれていなかった。〈スコーンを見ます〉と書かれていたのだ。

　いつの間にか空《から》になっていたティーカップにミルクティーを注ぎながら、訊く。

「それで、小佐内さん。スコーンの何を見たかったの？」

　小佐内さんもまた、紅茶で一息入れている。答えは短かった。

「寝かせるかどうか」

「寝かせる？」

「休ませる、でもいいけど。生地を寝かせるかどうかを、見に来たの」

　ティーカップを置き、小佐内さんは小さく溜め息をつく。こんなにおいしいものを堪能しているのにほかの話をするなんて野暮の極みだと言わんばかりだ。

「沢海さんは先生からレシピを配られた時、もっとおいしく作れるって言ってた。さっき小鳩くんに訊かれなかったから言わなかったけど、具体的には、十分間じゃ寝かせる時間が足りないって言ってたの」

レシピでは、スコーンの生地は三時間目と四時間目のあいだの休み時間に、冷蔵庫で寝かせることになっていた。休み時間は十分だ。

「沢海さんはなんて言ってたの？」

「最低一時間。出来れば三時間は冷蔵庫で寝かせないと駄目だって」

二時間弱しかない調理実習で、生地を三時間寝かせることは不可能だ。本当に三時間寝かせないといけないのなら、そんな料理を実習の題材に選んだのは家庭科の先生の失敗だ。

ただ、沢海さんの言い分を真に受けていいのか疑問は残る。

「そうなの？」

「図書館でいくつかレシピを見た。生地を寝かせるレシピは、たしかにあったよ。でも……」

小佐内さんはティーカップを見つめながら続ける。

「わたしが前に読んだ小説だと、とても寝かせていたとは思えないの」

「聞かせて」

「女の人がお客を迎えて、三十分後にお茶にしようって言うの。それから女の人はキッチンに入るんだけど、そこにもう一人お客が来て、女の人はもう手が小麦粉まみれになってるから応対できない。二人のお客同士が話しているあいだにお茶の準備が進んで、女の人はオーブンから焼きたてのスコーンを取り出す」

生地を作り始めてから焼きあがるまで、三十分か。たっぷり一時間半はかけた僕たちとは大違いだ。そして小佐内さんの言う通りなら、たしかにその小説の中で、生地は寝かされていない。

いちおう確認する。

「それ、スコーンを焼いたことのない作家が想像で書いてるってことはないかな。著者はイギリスに行ったこともないとか」

「そんなことないと思う」

「誰の、何て小説？」

「アガサ・クリスティー、『葬儀を終えて』」

世界で五番目か十番目ぐらいには有名なイギリス人だった。

小佐内さんはスコーンにクロテッドクリームとジャムを塗る。今度もクリームが先だ。

「間違いないと思ったけど、念を入れようと思って確認に来たの。ここは本場の味が売りだっていうから。そしたら小鳩くんも見た通り、寝かさなかった」

「スコーンの生地は寝かせないものだって確認が取れた」

　小佐内さんは首を横に振る。

「違う。今日確認できたのは、スコーンの生地は寝かせなくてはならないっていう沢海さんの主張は、常に正しいとは限らないってこと。寝かせないレシピが存在したからって、寝かせるレシピが間違いってことにはならない。世の中にはいろんなレシピがあるし、おいしい限りはどれも正しいの」

　それはそうだ。僕の早とちりだった。

　僕はキッチンを見る。黒目黒髪の女性が、また別の生地を作っていた。小佐内さんは、この店のスコーンは本場の味だと言っていたけれど……。

「イギリス人が接客して、日本人がスコーン焼いてたように見えたけど、実は日本人向けにアレンジされてたって可能性はないかな」

「アレンジしてるかどうかはわからないけど、小鳩くんは誤解してる。金髪の男の人が日本生まれ日本育ちで、黒髪の女の人がロンドンっ子」

　目も当てられない。今日は僕の早とちり記念日か。

　ともあれ、確認を怠《おこた》らない小佐内さんの姿勢のおかげで、僕もスコーンのご相伴《しょうばん》にあずかることができた。嬉しいけど、ちょっと疑問も残る。早とちりの恥ずかしさをごまかす意味も込めて、僕は訊く。

「生地を寝かせるかどうかを知りたかったのなら、注文して観察するなんてまわりくどいことしないで、お店のひとに訊けばよかったのに。たぶん教えてくれたと思うよ」

　すると小佐内さんは、両のこぶしを前髪に当て、少し下げた。目に見えない帽子のつばを引き下げてみせたようだ。そんなの恥ずかしいじゃない、というジェスチャーなのだろう。


　皿の上に、スコーンはもうない。クロテッドクリームもジャムもない。不条理ではないか。どうしておいしいものは食べるとなくなってしまうのか。この世は無情だ。

　僕たちはしばし、無言で紅茶を飲んでいた。この〈椰子の木〉に来た目的は果たされたけれど、小佐内さんの班のスコーンが失敗した理由は、まだ見当もつかない。

　沢海さんは、彼女なりの理由でもって、スコーンを一人で焼くことを主張した。彼女は他人がスコーン作りに干渉することをひどく嫌った。失敗が判明し、侮辱され罵《ののし》られると、うつむいて耐えた。

僕だったら、どうしただろう。もし、どうしてもスコーン作りの腕を誇示《こじ》したくなったら、みんなの前で最高のスコーンを焼き上げて胸を張りたくなったら、どうするだろうか。

「……うん」

半ば無意識に洩らした呟きに、小佐内さんが反応する。

「どうしたの？」

まだ考えがまとまったわけではないのだけれど、どこかに、漠然とした違和感がある。僕はそれを言葉にしようと試みる。

「小佐内さんは、沢海さんはプライドが高そうだって言ってた」

否定の言葉は返ってこない。

「そんな沢海さんにとって、スコーンの失敗は悪夢だ。逆に言うと、絶対に失敗したくないと思っていたはず」

「それは、そうだと思う」

「そして沢海さんは、スコーンは生地を一時間以上寝かせるものだと固く信じていた」

わずかなあいだ、沈黙が降りる。

「その沢海さんが、学校のレシピ通りに作るかな」

小佐内さんはティーカップに口をつけてから、慎重に答える。

「沢海さんはもちろん、心配だったと思う。だけど実習は二時間しかなくて、その二時間で食べたり、後片づけしたりするんだから、どうしようもない」

「そうだね。それで、なんだけど」

ようやく、何を訊くべきなのかが絞れてきた。推理の方向は間違っていないはずだと、自分に言い聞かせる。

「今日の実習で沢海さんは、不安とか愚痴を口にしていた？」

沢海さんが不本意なレシピに従っていたのなら、何かそういったものが口をついて出はしなかっただろうか。

サンドイッチを担当した加納くんは、マスタードがあればと悔しがっていたという。自然な愚痴だと思う。沢海さんは、何も言わなかったのだろうか。

「もちろん、思うに任せない出来事に直面した人が全員、愚痴を言うとは限らない。黙って耐え忍ぶ人だって、大勢いる。でも小佐内さんの話を聞く限りだと、沢海さんはいかにも何か口にしそうな人に思えるんだ。先週レシピが配られた時は、こんなのよりおいしく作れるって言ってたんでしょ？　じゃあ、今日はどうだったのか」

小佐内さんの目が、わずかに細められる。

「何も言ってなかった」

その目が一瞬、冷気を帯びる。

「……不自然ね」

ほころびが見えた。ここに何か、隠されていることがある。

思いつくまま、僕は言葉を続ける。

「どうして先週は不満を口にして、今日は何も言わなかったのか。今日は不満じゃなかったってことなんだろうか。この一週間で、スコーンの生地は寝かせなくても構わないと知ったんだろうか」

小佐内さんの声は小さかった。

「料理はだいたいそうだけれど、お菓子作りは特に、魔術的な側面があるの。一度うまくいったやり方を、ずっと、時には何百年も繰り返す。いつものやり方を変えることは、誰にとっても簡単じゃない」

「沢海さんにとっては、一時間以上生地を寝かせるのが、いつものやり方だった。……沢海さんがいつも通りにスコーンを作れていたら、少なくともレシピへの不満は言わなかったはずだ。でも、そんなことがあり得るかな」

実習では、四時間目が始まって間もなく、型抜きした生地をオーブンに入れただろう。冷蔵庫で最低一時間寝かせるのが沢海さんのレシピであるなら、その通りに作るには、三時間目に調理実習が始まった瞬間から生地を寝かし始めないといけない。そんなことは可能だろうか。

不可能だ。

いや違う。可能だ。

「方法は一つしかない」

小佐内さんが頷く。

「そうね、一つしかない」

助言を求めた相手である僕を立ててか、小佐内さんはその先を続けない。それなら、僕が言ってもいいだろう。

「調理実習が始まった時、冷蔵庫には既に、沢海さんのレシピによる生地が入っていたんだ」

その生地はどこから現れたのか。

もちろん、沢海さんの家からだ。沢海さんは登校するとき、自分のやり方で作った生地を持っていた。もしかしたら家族の誰か、スコーン作りが得意な人に作ってもらったのかもしれない。夏休みの宿題に親が仕上げた工作を提出するように、沢海さんは、自分にとって完全な生地を持ってきたのではないか。生地は、丸めてしまえばそれほどかさばるものではない。ラップに包めば、充分に持ち運びができるはずだ。

　そこまで考えて、僕ははたと行き詰まる。

「でも、生地を持ってきたのはいいとして、それをどうやって冷蔵庫に入れたんだろう」

　調理室には鍵がかかっている。正当な理由なく立ち入ることは難しい。発想は悪くなかったと思うけど、それを具体的に実行する手段がないのでは、しょせん机上の空論だ。

　小佐内さんは、僕の疑問を問題としなかった。

「沢海さんは家庭科の教科係。備品の準備をするのが役目だし、鍵を借りる方法はあったはず」

　なるほどと言いたいけれど、頷けない。

「でも、小佐内さんのクラスの二時間目は体育だった。ジャージのまま実習したんだから着替えの時間は必要なかったにしても、体育館から教室に戻って生地を回収して、職員室に行って鍵を借りて、誰よりも早く調理室に行って生地を冷蔵庫に入れないといけない。間に合わないんじゃないかな」

　ティーカップを持ったまま、小佐内さんは首を傾げる。

「小鳩くんは、沢海さんが二時間目の後で生地を移したと考えてる。どうして？」

　だって、それは、

「三時間目の開始時点で冷蔵庫に生地が入っていたとするなら……」

　と言いかけて、僕は自分の考え違いに気づいた。

「そうか。早い分には問題ないんだ。始業前でもいい」

「うん。朝のホームルームの前に家庭科の先生のところに行って、準備しておくことがないか訊いて、たとえば食材を冷蔵庫に入れておくように指示されたとすれば、そのタイミングで自分の生地も入れられる」

　それはちょっと大胆な推定じゃないかと思ったけれど、考えてみれば、いまの小佐内さんの推理を導く手がかりは僕も聞いていた。

「クーラーボックスだね」

　冷蔵庫のそばに置いてあり、小佐内さんの足が当たってしまったものだ。どうしてそんなところにクーラーボックスがあったのか。

　家庭科の先生にとって最も怖いのは調理中の事故で、その次かあるいは同じぐらいに怖いのは、食中毒だろう。食材を実習当日の朝に運び込むというのは、充分に考えられることだ。その搬入《はんにゅう》に使われたのがクーラーボックスで、実際に運んだのは、教科係の沢海さんだったのではないか。

だとすれば沢海さんには、始業前に充分な機会があったことになる。

空いたカップに紅茶を注ぎつつ、小佐内さんが言う。

「わたしはこう思うの。小鳩くんが言った通り、沢海さんは自分のレシピでスコーンを作りたかった。そう思っていたところに家庭科の先生から、実習当日は朝一番に授業の補助をするように言われた。沢海さんはこれをチャンスだと思って、自分の家から生地を持ってくることにした」

実習の日の朝、調理室に入れると事前にわかっていれば、決行へのハードルは大きく下がる。僕は話を引き取る。

「生地を冷蔵庫に移すチャンスがなかったとしても、その場合は学校のレシピに従ってふつうに生地を作るだけだ。不満は残るだろうけど他の班と条件が一緒になるだけで、沢海さんに何も失うものはない。やってみて損はない計画だ」

実習が始まると、沢海さんは新たに生地を作り始めた。三時間目が終わり、各班のスコーン担当は生地を冷蔵庫に入れる。その時点で冷蔵庫の中には、沢海さんが家から持ってきた生地が入っている。

つまり小佐内さんのクラスメートは、沢海さん持参の生地を目にすることになる。しかし賭けてもいいけれど、それを疑問に思う生徒はいなかっただろう。僕だって調理実習の際、冷蔵庫を開けてスコーンの生地が入っていたとしても、「これは問題だ。誰かが生地のすり替えを企んでいるぞ」などとは思わなかっただろう。何か理由があるんだろうと勝手に解釈して、たぶん、気にも留めなかったはずだ。

これが真相だとすれば、沢海さんの行為はある意味カンニングに等しい。それでも、やらずにはいられなかったのだろう。沢海さんは、ロンドンに行ったことがあるからスコーンなら任せてという、自分の言葉に追い詰められていたんじゃないか。

「同情はしないけど、気の毒だね」

小佐内さんは目を閉じて、紅茶を飲んでいる。

「さすがね、小鳩くん。わたしが思いもしなかったような成果を上げてくれた。本当にここのお茶代は出さなくてもいいの？」

「遠慮しておくよ」

今日の調理実習で何が起きていたのかを、おそらく僕たちは解き明かした。しかし、沢海さんの企みに気づいたとしても、実は問題は特に解決していない。

「で、どうしてスコーンは生焼けだったんだろう」

沢海さんが完璧な生地を持参したのなら、なぜ、焼きあがったスコーンは完璧ではなかったのだろう。

小佐内さんが手を上げ、店員さんを呼ぶ。

「ハーブティーを下さい」

「はい。食器をお下げしてもよろしいですか」

「お願いします」

店員さんは、空になった皿やティーポットを下げてくれる。小佐内さんは名残《なごり》惜しそうに皿を見送り、やがて言った。

「わたしもそれを考えていたの。もしかしたらって思うことがある。さっき、生焼けになりそうな理由をいくつか挙げたでしょう」

いろいろと聞いた。思いもしない理由もあった。

「あの時に挙げなかった理由があるの」

ここまでの話を踏まえれば、その理由とは何かすぐに見当がつく。僕は小佐内さんの台詞《せりふ》を先取りした。

「生地が冷えていた場合」

「うん。わたしたちの考えが正しければ、沢海さんの生地は始業前から冷やされてた。十分だけ冷蔵庫に入っていた他の生地とは、温度が違うの。そのことに気づかず、焼き時間だけ学校のレシピ通りに設定したなら、当然火は中まで通らない」

理屈としては、その通りだろう。けれど僕は納得できなかった。

「自分のやり方でスコーンを作りたくて生地まで持ってきたんだとしたら、焼き時間だけ学校のレシピに従うなんておかしくないかな」

「おかしい」

即座に答え、小佐内さんは付け加える。

「でも、焼き時間は指示通り、十三分ぐらいだった」

そうだ。たしかに小佐内さんはそう言っていた。オーブンに設定された時刻を確認したわけではないけれど、焼き始めから焼き上がりまでは十三分前後だったと。

沢海さんは最後の最後で、焼き時間を調節しなければならないことを、うっかり忘れてしまったのだろうか。そういうミスはありがちで、ありふれているとさえ言える。今日調理室で起きたことも、その一つだったのだろうか。

店員さんがハーブティーを持ってくる。見た目はさっきまでの紅茶と同じく、ティーポットとティーカップだ。小佐内さんが中身を注ぐと、ハーブの香りが立ち込める。

　僕は訊く。

「スコーンを焼いているあいだ、沢海さんはオーブンのそばにいたの？」

　小佐内さんは首をひねった。

「ずっと見てたわけじゃないけど……そう、冷蔵庫の方に行ってた。何してるんだろって思ったのを憶えてる」

「一瞬離れてすぐ戻ってきたとかじゃなくて、しばらく離れてたんだね？」

「そうだったと思う」

　僕は調理室の光景を想像する。自宅から持ってきた生地をオーブンに入れ、タイマーをセットした時点で、沢海さんがやるべきことは一段落している。小佐内さんはカナッペを作りながらさまざまなことを観察し、その近くでは、倉井さんが小佐内さんの指示を待っている。加納くんは一人でキュウリのサンドイッチを作っていて、マスタードがあればいいのにと思っている。青中谷くんは調理台から離れ、料理なんかに興味はないさと嘯《うそぶ》いて友達と話をしている。そしてたった一人だけ、スコーンの焼き時間は十三分だったと明言した人物がいる。

「班長の宮野くんは、焼き時間が十三分だったと先生に話してる」

　突然話を変えられて、小佐内さんが困ったような表情になる。申し訳ないとは思うけれど、説明は後にして話を続ける。

「宮野くんは実習が始まってすぐの頃、スコーンの材料を持ってきて、沢海さんに余計なことしないでって怒られてる」

　似たようなことは、もう一度あった。

「沢海さんが卵を粉の上に落とそうとした時、宮野くんは、卵は別の器で牛乳と混ぜると助言した。沢海さんはその時も怒って、宮野くんの言うことを聞かなかった」

　話の行く先を察したのか、小佐内さんが無表情になる。僕はさらに続ける。

「小佐内さんが言わなかっただけかもしれないけど、おそらく小佐内さんたちの班のメンバーは、沢海さんに対して親身じゃなかった。一人で大丈夫かと訊いたりしないし、そっと手伝ったりもしなかった」

「それは……」

「いや、批難じゃない。授業中なんだから、自分の作業に集中するのは当たり前だよ。沢海さんが手伝いを求めなかったのなら、なおさらだ。ただ、宮野くんだけは沢海さんを気にかけていたと言いたいんだ」

　スコーンを沢海さん一人に任せたことを後ろめたく思っていたのかもしれないし、沢海さんとの間に何か個人的な感情や関係があって、手伝いたいと思っていたのかもしれない。

「理由はどうあれ宮野くんは少なくとも二回、沢海さんに干渉して、二回とも撥《は》ねつけられている」

　ティーカップを両手で包み込み、小佐内さんが言う。

「三回目があったんじゃないかって思うのね」

　僕は頷く。

「宮野くんは沢海さんを気にかけていて、沢海さんがオーブンから離れた時、タイマーの設定を見たんじゃないか。沢海さんは焼き時間を学校のレシピより長く設定していたはずだけど、宮野くんはそれを知らないんだから、単に時間設定が間違っていると思っただろう。これじゃ長すぎるよと指摘したかったかもしれないけど、既に二回、余計な口出しはするなって怒られている。三度目は嫌だと思ったら、どうするか」

　小佐内さんが溜め息をつく。

「そっと、設定時間をレシピ通りにする。そうね、そうしたかもしれない」

　学校のオーブンは、ダイアルで温度や焼き時間を設定する。ちょっとダイアルをまわすだけで設定は変えられ、設定変更が音声でアナウンスされたりもしない。ごくわずかな行動で、設定時間を変更できるのだ。そして宮野くんは焼き時間を十三分に設定した本人だから、先生に焼き時間を訊かれて、即座に迷わず十三分だと答えた。

　心の動きとしても行動の流れとしても、ごく自然だ。とはいえ、疑問がなくなったわけではない。

「ただ、この場合、どうして沢海さんがそれに気づかなかったのかがわからない。生地をオーブンに入れて一息ついていたのは確かだろうけど、焼き時間が操作されたら、さすがに気づくんじゃないかと思う」

　ハーブティーを口に運び、わずかに喉《のど》を上下させると、呟くように小佐内さんが言う。

「沢海さんは他のことをしていて、注意が逸れていたんだと思う」

「他のこと？」

「いまにして思うと、沢海さんは冷蔵庫に用があったのね」

　そうか。

　冷蔵庫には、実習で沢海さんが作った生地が残っていたはずだ。

　その生地は用済みなのだから、ゴミ箱に捨ててしまっても構わない。けれどゴミ箱から生地が発見されてしまえば大問題だし、食べ物をそのまま捨てるのに躊躇《ためら》いがあったとしても不思議はない。捨てないとすれば隠し場所は冷蔵庫ぐらいしかなかっただろうけど、授業後に先生に冷蔵庫を開けられたら、正体不明の生地が残っていることに気づかれてしまう。クラスメートとは違って、先生は生地の正体を追及せずにはおかないだろう。

　沢海さんとしては、出来るだけ速やかに、生地を人目につかないところに移したかったはずだ。

「わたし、沢海さんは、作ったばかりの生地をクーラーボックスに移したんだと思う。クーラーボックスなら、授業が終わったあとで教科係の沢海さんが片づけても自然だから。みんな調理実習中で意識は料理に向いていて、沢海さんが冷蔵庫から生地を出してクーラーボックスに入れても、気づかれなかったと思う。だけど沢海さんも自分のことに集中していて、焼き時間が短くされていたことに気づかなかった」

　ありそうなことだ。人の目を盗もうとしている人は、自分の目が盗まれていることに気づかない。僕は納得を示すため、大きく頷く。

　ただ惜しむらくは、証拠がない。沢海さんが自分の満足いく生地を家から持ってきた証拠はないし、宮野くんがタイマーの設定を短縮したという証拠もない。僕は、僕たちが辿り着いた結論に満足し、これが真相だと思っているけれど、間違いなくそうであったと確定できないことだけが残念だ。

　そう思っていたら、小佐内さんがしみじみと言った。

「やっと、あのボウルの謎が解けたの」

　ボウル？

　そういえば、そんな話もあった。たしか……。

「誰も使った覚えがないボウルが洗い物に出てたって話だよね」

「うん」

　生地は、ボウルに入れたまま寝かせることになっていた。

「あのボウルは、作ったばかりの生地を入れてたものだったと思う。生地をクーラーボックスに移したらボウルが空くから、なにげなく洗い場に置いたんでしょう」

　僕は悔しかった。余分なボウルは何に使われたのだろうという切り口から考えれば、もっとスマートに結論を出せたかもしれないと思ったからだ。

小佐内さんはハーブティーをもう一杯注ぐ。どうやらそれで、ポットは空になったようだ。

「ありがとう、小鳩くん。これで残るのは、最初の問題だけ」

最初の問題というと……なんだっけ。ぴんと来ないでいると、小佐内さんはちょっと困ったように微笑む。

「小鳩くんに感謝してるのは、本当。でもわたし、スコーンが生焼けになった理由を知りたかったわけじゃない。あくまで、宿題のレポートに何を書こうか悩んでるの」

そう言われると、そうだった気がしてきた。

「沢海さんの手順にミスがないのなら、失敗したのは沢海さんだとは書けないって思ってた。万が一レポートが公開された時の、クラスの人間関係を考えるとね」

「小佐内さんは、そういうことも考えるんだね」

「そうよ。小市民らしいでしょ？」

どうかな。宿題のレポートがクラスメートの前で公開される可能性なんて、万に一つもないと思う。それでも火種を消していく用心深さは、とてものどかな小市民的とは思えないけれど。

僕たちがこの店に入ってから、他の客は一人も来ない。〈椰子の木〉の経営は大丈夫だろうか。あのスコーンは、このあたりの客層には本格的過ぎたのだろうか。

小佐内さんは言う。

「でも、失敗の大本は沢海さん自身の責任だって推定できた。書けると思う」

「沢海さんが我流にこだわったのが原因だって？」

目を丸くして、小佐内さんは首を横に振る。

「そんなこと書かない」

「じゃあ、何て書くの？」

小佐内さんはティーカップを置くと、人差し指を立ててくるくるとまわす。

「たとえば……自分の担当であるカナッペのことだけ考えていたのが悪かったです。班の仲間なんだから、もっと助け合うべきでした」

失敗したのは沢海さんだけど、助けなかった自分たちにも反省すべき点はあった、という論旨に持っていくのか。

僕は笑った。

「いいね。宿題らしいし、なにより、文句なしに小市民的だ」

「ありがとう。……スコーン、おいしかったね」

時計を見る。校門を出てから、きっかり二時間が経っている。二時間、あるいはスコーン一つ分の問題だった。

店を出ると、外はまだ夕暮れにも早かった。

推理小説・二〇二二年

野地《のじ》嘉文《よしふみ》

　新型コロナウイルス感染症の流行は百年前のスペイン風邪に例えられることが多かったが、二〇二二年二月二十四日に勃発したロシアによるウクライナ侵攻も同時期の第一次世界大戦に影響を及ぼしたロシアの南下政策を思い出させた。二〇二二年七月八日、参議院選応援演説中に安倍《あべ》晋《しん》三《ぞう》元首相が銃撃されたことも大正時代の原敬《はらたかし》首相暗殺事件を想起させ、まるで時間が百年前に巻き戻されたような一年だった。安倍元首相の死が契機となり、旧統一教会（世界平和統一家庭連合）と多くの政治家とのあいだに深いつながりがあったことが明るみに出た。かつて宗教が政権に入り込み、侵略戦争を精神的な側面から肯定し、日本を戦争へと駆り立てたことがあったが、未来は同じ道をたどらないことを願う。

　ところでミステリの世界で百年前といえばアガサ・クリスティーが新人作家として活躍し、黄金時代の幕明となった頃である。少し遅れて日本では江戸川乱歩《えどがわらんぽ》が現れ、探偵小説の中興の祖となった。社会情勢は不穏だが、ミステリは一層の飛躍を遂げ、新人にはその推進力となることを期待する。その中興の祖の名を冠した第六十八回江戸川乱歩賞は荒木《あらき》あかねが勝ち取り、同賞の最年少受賞記録を更新した。受賞作『此の世の果ての殺人』（講談社）は、小惑星の衝突が近づき世界が混乱している最中、小さな夢を叶《かな》えるために努力を続けている主人公が殺人事件の謎解きをするというプロットが新鮮である。

　公募新人賞ではほかに第二十回『このミステリーがすごい！』大賞の大賞は南原詠《なんばらえい》『特許やぶりの女王　弁理士・大鳳未来《おおとりみらい》』、同文庫グランプリは鴨崎暖炉《かもさきだんろ》『密室黄金時代の殺人　雪の館と六つのトリック』（ともに宝島社）、第十四回ばらのまち福山ミステリー文学新人賞は白木健嗣《しらきけんじ》『ヘパイストスの侍女』（光文社）、第二十五回日本ミステリー文学大賞新人賞は麻加朋《あさかとも》『青い雪』と大谷睦《おおたにむつみ》『クラウドの城』（ともに光文社）が受賞した。第三十二回鮎川哲也賞は昨年に続き受賞作が出なかったが、真紀涼介《まきりょうすけ》『勿忘《わすれな》草《ぐさ》をさがして』（東京創元社）が同優秀賞に選ばれた。第四十二回横溝正史ミステリ&ホラー大賞の大賞も受賞作がなかったが、同優秀賞に鵺野莉紗《ぬえのりさ》『君の教室が永遠《とわ》の眠りにつくまで』、同読者賞は荒川悠衛門《あらかわゆうえもん》『異形探偵メイとリズ　燃える影』（ともにＫＡＤＯＫＡＷＡ）、第二十九回松本清張賞は天城光琴《あまぎみこと》『凍る草原に鐘は鳴る』（文藝春秋）、第二十五回ボイルドエッグズ新人賞は遠坂八重《とおさかやえ》『ドールハウスの惨劇』（祥伝社）、第六十四回メフィスト賞は須藤古《すどうこ》都離《とり》『ゴリラ裁判の日』（講談社）、第十二回アガサ・クリスティー賞の大賞は西式豊《にししきゆたか》『そして、よみがえる世界。』（早川書房）が選出された。警察小説大賞から名称変更し再出発した第一回警察小説新人賞には麻宮好《あさみやこう》『恩送り　泥《でい》濘《ねい》の十手』（小学館）、第九回新潮ミステリー大賞は寺嶌曜《てらしまよう》『キツネ狩り』（新潮社）、第三十五回小説すばる新人賞は青波杏《あおなみあん》『楊花《ヤンファ》の歌』（集英社）、新たに始まった第一回論創ミステリ大賞には三咲光郎《みさきみつお》『空襲の樹』（論創社）が選ばれた。短編を対象にした公募は、第二十回北区内田康夫ミステリー文学賞の大賞が安芸那須《あきなす》「二つの依頼」、同区長賞は西村美佳孝《にしむらみかこ》「お出かけゲーム」、同審査員特別賞は諸《もろ》星額《ぼしがく》「死者の花束」（ともに『Ｗｅｂジェイ・ノベル』）、第四十四回小説推理新人賞は遠藤秀紀《えんどうひでき》「人探し」（『小説推理』二〇二二年八月号）、第十九回ミステリーズ！新人賞は真門浩平《まもんこうへい》「ルナティック・レトリーバー」（『紙魚の手帖』vol.07）、第六回大藪春彦新人賞は天羽恵《あまうめぐみ》「日盛りの蟬」（『読楽』二〇二三年一月号）が栄冠を得た。

公募新人賞以外では、第八回早稲田大学坪内逍遥大賞の大賞は桐野夏生《きりのなつお》、第二十五回日本ミステリー文学大賞の大賞は小池真理子《こいけまりこ》が受賞した。第六十三回毎日芸術賞は皆川《みながわ》博子《ひろこ》『インタヴュー・ウィズ・ザ・プリズナー』（早川書房）、第一六六回直木三十五賞は米澤穂信《よねざわほのぶ》『黒牢城』（ＫＡＤＯＫＡＷＡ）、第二十四回大藪春彦賞は武内涼《たけうちりょう》『阿修羅草紙』（新潮社）と辻堂《つじどう》ゆめ『トリカゴ』（東京創元社）が選出された。優れた短編を選ぶ賞として新設された第一回アミの会アワードは大石直紀《おおいしなおき》「東柱《ドンジュ》と東柱《とうちゅう》」（『京都文学小景・物語の生まれた街角で』所収、光文社）、第五十六回吉川英治文学賞は京極夏彦《きょうごくなつひこ》『遠巷説百物語』（ＫＡＤＯＫＡＷＡ）、第四十三回吉川英治文学新人賞は小田雅久仁《おだまさくに》『残月記』（双葉社）と一穂ミチ『スモールワールズ』（講談社）、第七回渡辺淳一文学賞は葉真中顕《はまなかあき》『灼熱』（新潮社）、第十九回本屋大賞と第九回高校生直木賞は逢坂冬馬《あいさかとうま》『同志少女よ、敵を撃て』（早川書房）、第七十五回日本推理作家協会賞長編および連作短編集部門は芦辺拓《あしべたく》『大鞠家殺人事件』（東京創元社）、同短編部門は逸木裕《いつきゆう》「スケーターズ・ワルツ」（『五つの季節に探偵は』所収、ＫＡＤＯＫＡＷＡ）と大山誠一郎《おおやませいいちろう》「時計屋探偵と二律背反のアリバイ」（『時計屋探偵の冒険　アリバイ崩し承ります2』所収、実業之日本社）、同評論・研究部門は小森収《こもりおさむ》『短編ミステリの二百年〈1〉〜〈6〉』（東京創元社）、第二十二回本格ミステリ大賞小説部門は前述の『黒牢城』と『大鞠家殺人事件』、同評論・研究部門は前述の『短編ミステリの二百年〈1〉〜〈6〉』、第三十四回将棋ペンクラブ大賞文芸部門の大賞は松浦寿輝《まつうらひさき》『無月《むげつ》の譜』（毎日新聞出版）、同優秀賞は芦沢央《あしざわよう》『神の悪手』（新潮社）、第十七回中央公論文芸賞と第三十五回柴田錬三郎賞は青山文平《あおやまぶんぺい》『底惚れ』（徳間書店）、第五回書評家・細谷正充賞は上田朔也《うえださくや》『ヴェネツィアの陰の末裔』（東京創元社）、鷹樹烏介《たかぎあすけ》『銀狐は死なず』（二見書房）、宮澤伊織《みやざわいおり》『神々の歩法』（東京創元社）、矢樹純《やぎじゅん》『マザー・マーダー』（光文社）、夜弦雅也《やげんまさや》『高望の大刀』（日本経済新聞出版）、第十三回山田風太郎賞は小川哲《おがわさとし》『地図と拳』（集英社）が受賞。紫綬褒章が大《おお》沢在昌《さわありまさ》に授与されたことも話題になった。惜しくも受賞にはならなかったが、英国推理作家協会（ＣＷＡ）の同協会賞（ダガー賞）翻訳部門の最終候補に伊坂幸太郎《いさかこうたろう》『マリアビートル』（ＫＡＤＯＫＡＷＡ）が挙げられたことも記憶に残る。

ジャンル別には本格ミステリの快進撃が続く。ＶＲ空間と現実世界の殺人事件を追う方丈貴恵《ほうじょうきえ》『名探偵に甘美なる死を』（東京創元社）、コロナ禍での捜査をエモーショナルに描く有栖川有栖《ありすがわありす》『捜査線上の夕映え』（文藝春秋）、明治末期の芸術家サロンを舞台にした宮内悠介《みやうちゆうすけ》『かくして彼女は宴で語る　明治耽美派推理帖』（幻冬舎）、警察が民間委託された世界が舞台の市川憂人《いちかわゆうと》『断罪のネバーモア』（ＫＡＤＯＫＡＷＡ）、大学の無料法律相談所に持ち込まれた事件を描く五十嵐律人《いがらしりつと》『六法推理』（ＫＡＤＯＫＡＷＡ）、身に覚えのない殺人事件の真相を追求する浅倉秋成《あさくらあきなり》『俺ではない炎上』（双葉社）、テレビドラマが生放送だった時代の殺人事件を題材にした辻真先《つじまさき》『馬鹿みたいな話！　昭和36年のミステリ』（東京創元社）、多重解決ミステリの紺野天龍《こんのてんりゅう》『神薙虚無《かんなぎうろむ》最後の事件』（講談社）、異形の館ミステリの北山猛邦《きたやまたけくに》『月灯館殺人事件』（星海社）、日本推理作家協会賞短編部門受賞作を含む結城真一郎《ゆうきしんいちろう》『＃真相をお話しします』（新潮社）、誘拐ミステリを斬新な設定で構成した阿津川辰海《あつかわたつみ》『録音された誘拐』（光文社）、閉鎖空間での犯人捜しに驚愕《きょうがく》の展開が待ち受ける夕木春央《ゆうきはるお》『方舟』（講談社）、日本テレビでのドラマ化が話題になった相沢沙呼《あいざわさこ》『invert《インヴァート》 Ⅱ 覗き窓の死角《ファインダー》』（講談社）、カルト宗教にロジックが切り込む白井智之《しらいともゆき》『名探偵のいけにえ―人民教会殺人事件―』（新潮社）、ブラックな笑いがこみあげてくる石持浅海《いしもちあさみ》『高島太一を殺したい五人』（光文社）、十一年ぶりの矢吹駆シリーズの笠井潔《かさいきよし》『煉獄《れんごく》の時』（文藝春秋）、瀬戸内海の離島を舞台にした東川篤哉《ひがしがわとくや》『仕掛島』（東京創元社）が印象深い。

そのほかに社会派伝奇小説ともいえる岩井圭也《いわいけいや》『竜血の山』（中央公論新社）、警察組織の狭間《はざま》でもがく刑事の姿が胸を打つ今野敏《こんのびん》『無明　警視庁強行犯係・樋口顕』（幻冬舎）、息子と父が少女を挟んで憎しみ合う遠田潤子《とおだじゅんこ》『人でなしの櫻』（講談社）、爆弾魔と刑事の会話に魅了される呉《ご》勝浩《かつひろ》『爆弾』（講談社）、見捨てられた非正規労働者やホームレスを描く赤松利市《あかまつりいち》『東京棄民』（講談社）、戦争の影を引きずり東京五輪の準備に追われる社会派冒険小説の斉藤《さいとう》詠一《えいいち》『レーテーの大河』（講談社）、戦国末期の伝奇小説、花村萬月《はなむらまんげつ》『姫』（光文社）、異常な世界観をリアルに描いた短編集、佐藤究《さとうきわむ》『爆発物処理班の遭遇したスピン』（講談社）、死刑制度の課題をグロテスクに歪《ゆが》めた貫井徳郎《ぬくいとくろう》『紙の梟《ふくろう》　ハーシュソサエティ』（文藝春秋）、ヤクザの一人娘が跡目を継ぐや権力闘争に明け暮れる長浦京《ながうらきょう》『プリンシパル』（新潮社）、渡良瀬川《わたらせがわ》で発見された死体にかかわる人々の人間模様を描く奥田英朗《おくだひでお》『リバー』（集英社）、女性死刑囚が遺《のこ》した言葉の謎を探る柚月裕子《ゆづきゆうこ》『教誨』（小学館）が成果として挙げられるだろう。また、これまで単著未収録だった作品を集めた連城三紀彦《れんじょうみきひこ》『黒真珠　恋愛推理レアコレクション』（中央公論新社）の質の高さには驚嘆する。

復刊・再編集本では、大正時代の『中央公論』を復刻した『開化の殺人　大正文豪ミステリ事始』（中央公論新社）、イラストや人物紹介も楽しい横溝正史《よこみぞせいし》編『横溝正史が選ぶ日本の名探偵　戦前ミステリー篇』と同『戦後ミステリー篇』（河出書房新社）、複数作家がリレー式に書いた日下三蔵《くさかさんぞう》編『合作探偵小説コレクション1~2』（春陽堂書店）や同じ編者の全三巻『横溝正史エッセイコレクション1~3』（柏書房）が印象に残る。徳間書店からは「トクマの特選！」シリーズで中町信《なかまちしん》、笹沢左保《ささざわさほ》、都筑道夫《つづきみちお》、梶龍雄《かじたつお》、矢野徹《やのてつ》、山田正紀《やまだまさき》が復刊されている。西原和海《にしはらかずみ》・川崎賢子《かわさきけんこ》・沢田安史《さわだやすし》・谷口基《たにぐちもとい》編『定本　夢野久作全集』（国書刊行会）が全八巻で完結したことも成果である。

評論・研究などには、風間賢二《かざまけんじ》『怪異猟奇ミステリー全史』（新潮社）、北原尚彦《きたはらなおひこ》・村山隆司《むらやまりゅうじ》『シャーロック・ホームズの建築』（エクスナレッジ）、太田克史《おおたかつし》編『新本格ミステリはどのようにして生まれてきたのか？　編集者宇山日出臣追悼文集』（星海社）、オール讀物責任編集『文春ムック　西村京太郎の推理世界』（文藝春秋）、円居挽《まどいばん》他『円居挽のミステリ塾』（星海社）、松本清張《まつもとせいちょう》『松本清張推理評論集　１９５７－１９８８』（中央公論新社）、有本倶子《ありもとともこ》編『故郷へ、友へ、恩師へ、風の便り　山田風太郎書簡集』（講談社）、野崎六助《のざきろくすけ》『快楽の仏蘭西探偵小説』（インスクリプト）、怪異怪談研究会監修『〈怪異〉とミステリ　近代日本文学は何を「謎」としてきたか』（青弓社）がある。

さらに各地の文学館などでは注目すべき展示会が開催された。博物館明治村『企画展「犯人は誰だ？」謎解きの誕生―明治・大正の探偵小説から江戸川乱歩まで―』、姫路文学館『特別展「生誕１００年記念　山田風太郎展」』、松本清張記念館『国立台湾文学館・北九州市立松本清張記念館　共同企画展示「遺された指紋――松本清張と台湾ミステリー小説」』、吉備路文学館『特別展「横溝正史生誕１２０年〜探偵小説作家と岡山の風物詩と人情〜」』、市立小樽文学館『企画展「生誕１２１年　小栗虫太郎展」』である。そのほかに岡山県倉敷市《くらしきし》で恒例開催されていたコスプレイベント『１０００人の金田一耕助』が三年ぶりに再開されたことは明るい出来事だろう。

最後にお悔やみである。二月に大谷羊太郎《おおたにようたろう》、三月に西村《にしむら》京太郎《きょうたろう》、四月に竹谷正《たけたにただし》、長谷部史親《はせべふみちか》、六月に島崎博《しまざきひろし》、八月に光原百合《みつはらゆり》、十月に津原泰水《つはらやすみ》、鹿野司《しかのつかさ》の訃報が伝えられた。

大谷羊太郎は一九三一年生まれ。一九七〇年に『殺意の演奏』で第十六回江戸川乱歩賞受賞。西村京太郎は一九三〇年生まれ。一九六五年には『天使の傷痕』で第十一回江戸川乱歩賞、一九八一年に『終着駅《ターミナル》殺人事件』で第三十四回日本推理作家協会賞長編部門、一九九七年に第六回日本文芸家クラブ大賞特別賞、二〇〇四年に第八回日本ミステリー文学大賞、二〇一〇年に第四十五回長谷川伸賞、二〇一九年に「十津川警部」シリーズで第四回吉川英治文庫賞を受賞。トラベルミステリで一時代を築いた。竹谷正は一九三三年生まれ。一九五六年に『宝石』の「新人二十五人集」に作品掲載、一九七七年に雑誌『幻影城』の「推薦新人」に選出。長谷部史親は一九五四年生まれ。一九九三年に『欧米推理小説翻訳史』で第四十六回日本推理作家協会賞評論その他の部門、一九九四年に『日本ミステリー進化論』で第八回大衆文学研究賞研究・考証部門を受賞。島崎博は一九三三年生まれ。一九七五年に『幻影城』を創刊し、編集者として探偵小説の復刻のほか、多くの新人作家を世に出した。日本推理作家協会編『1975年版　推理小説年鑑　推理小説代表作選集』では収録作の選考にも携わり、推理小説年鑑との関わりも深い。一九八〇年以降は故郷の台湾で日本ミステリの紹介に努めた。二〇〇八年に第八回本格ミステリ大賞特別賞、二〇一三年に第一回台湾推理大賞を受賞。光原百合は一九六四年生まれ。二〇〇二年に「十八の夏」で第五十五回日本推理作家協会賞短編部門受賞。津原泰水は一九六四年生まれ。ミステリ、SF、怪奇小説など幅広く活躍した。二〇一四年には原作を提供し、近藤《こんどう》ようこによってマンガ化された『五色の舟』が第十八回文化庁メディア芸術祭マンガ部門大賞受賞。鹿野司は一九五九年生まれ。サイエンスライターとして活躍し、二〇一一年には『サはサイエンスのサ』で第四十二回星雲賞ノンフィクション部門受賞。そのほかにも、二月にはハードボイルドにも秀作が多い芥川賞作家の石原慎太郎《いしはらしんたろう》、七月にアニメーション『ルパン三世』で次元大介《じげんだいすけ》を演じた声優の小林清志《こばやしきよし》、八月にテレビドラマなどで金田一耕助を演じた俳優の古谷一行《ふるやいっこう》、十一月に沼正三《ぬましょうぞう》『家畜人ヤプー』や連城三紀彦などの書籍の装幀を手掛けた画家の村上《むらかみ》芳正《よしまさ》、十二月にはケイト・モートン『リヴァトン館』などの訳がある翻訳家の栗原百代《くりはらももよ》が亡くなっている。

　在りし日のご活躍を改めて思い起こす。

　第二次世界大戦末期、中立国スイスを舞台にした故西村京太郎の傑作『D機関情報』で、日本公使館の書記官が、

「スイスにいると、世界情勢というものを、冷静に見ることが出来るのです。冷静に見て、ドイツの敗北は必至です。そうなれば、日本も危い。必勝の信念だけで、戦争に勝てるものではありません。一刻も早く戦争を終らせる必要がある。そう考えていたのです」

と心情を漏らす。外からだけでなく、フィクションのフィルターを通すことでも本質が摑《つか》めることがあろう。世界情勢に目を向ければ、冒頭に挙げたロシア・ウクライナだけでなく、中国と台湾など東アジアでも緊張が高まっている。かつて日本では探偵小説は戦争遂行の害になるという理由で弾圧されたこともあった。それ自体は根拠なき排斥ではあったが、読書は立場が異なる人への理解を深める体験でもあり、ミステリもまた相互理解と平和に貢献する存在であってほしいと思う。

推理小説関係
受賞リスト

探偵作家クラブ賞

第一回（一九四八年）
長編賞　「本陣殺人事件」　横溝　正史
短編賞　「新月」　木々高太郎
新人賞　「海鰻荘奇談」　香山　滋

第二回（一九四九年）
長編賞　「不連続殺人事件」　坂口　安吾
短編賞　「眼中の悪魔」他　山田風太郎
新人賞　受賞作品なし

第三回（一九五〇年）
長編賞　「能面殺人事件」　高木　彬光
短編賞　「私刑」他　大坪　砂男
新人賞　受賞作品なし

第四回（一九五一年）
長編賞　「石の下の記録」　大下宇陀児
短編賞　「社会部記者」他　島田　一男
新人賞　受賞作品なし

第五回（一九五二年）
「ある決闘」　水谷　準
「幻影城」　江戸川乱歩

第六回（一九五三年）　受賞作品なし

第七回（一九五四年）　受賞作品なし

日本探偵作家クラブ賞

第八回（一九五五年）
「売国奴」　永瀬　三吾

第九回（一九五六年）
「狐の鶏」　日影　丈吉

第十回（一九五七年）
「顔」（短編集）　松本　清張

第十一回（一九五八年）
「笛吹けば人が死ぬ」　角田喜久雄

第十二回（一九五九年）
「四万人の目撃者」　有馬　頼義

第十三回（一九六〇年）
「黒い白鳥」「憎悪の化石」　鮎川　哲也

第十四回（一九六一年）
「海の牙」　水上　勉
「人喰い」　笹沢　左保

第十五回（一九六二年）
「細い赤い糸」　飛鳥　高

日本推理作家協会賞

第十六回（一九六三年）
「影の告発」　土屋　隆夫

第十七回（一九六四年）
「夜の終る時」　結城　昌治
「殺意という名の家畜」　河野　典生

第十八回（一九六五年）
「華麗なる醜聞」　佐野　洋

第十九回（一九六六年）
「推理小説展望」　中島河太郎

第二十回（一九六七年）
「風塵地帯」　三好　徹

第二十一回（一九六八年）
「妄想銀行」　星　新一

第二十二回（一九六九年）　受賞作品なし

第二十三回（一九七〇年）
「玉嶺よふたたび」「孔雀の道」　陳　舜臣

第二十四回（一九七一年）　受賞作品なし

第二十五回（一九七二年）　受賞作品なし

第二十六回（一九七三年）
「腐蝕の構造」　森村　誠一
「蒸発」　夏樹　静子

第二十七回（一九七四年）
「日本沈没」　小松　左京
第二十八回（一九七五年）
「動脈列島」　清水　一行
第二十九回（一九七六年）
長編部門　受賞作品なし
短編部門「グリーン車の子供」　戸板　康二
評論その他の部門
「日本探偵作家論」　権田　萬治
第三十回（一九七七年）
長編部門　受賞作品なし
短編部門「視線」　石沢英太郎
評論その他の部門
「わが懐旧的探偵作家論」　山村　正夫
第三十一回（一九七八年）
長編部門「事件」　大岡　昇平
「乱れからくり」　泡坂　妻夫
短編部門　受賞作品なし
評論その他の部門
「SFの時代」　石川　喬司
「課外授業　ミステリにおける
男と女の研究」　青木　雨彦
第三十二回（一九七九年）
長編部門「大誘拐」　天藤　真
「スターリン暗殺計画」　檜山　良昭
短編部門「来訪者」　阿刀田　高
評論その他の部門
「ミステリの原稿は夜中に徹夜
で書こう」　植草　甚一
第三十三回（一九八〇年）
三部門とも受賞作品なし
第三十四回（一九八一年）
長編部門「終着駅《ターミナル》殺人事件」　西村京太郎
短編部門「赤い猫」　仁木　悦子
「戻り川心中」　連城三紀彦
評論その他の部門
「闇のカーニバル」　中薗　英助
第三十五回（一九八二年）
長編部門「アリスの国の殺人」　辻　真先
短編部門「木に登る犬」「鶯を呼ぶ少年」　日下　圭介
評論その他の部門　受賞作品なし
第三十六回（一九八三年）
長編部門「天山を越えて」　胡桃沢耕史
短編および連作短編集部門　受賞作品なし
評論その他の部門　受賞作品なし
第三十七回（一九八四年）
長編部門「ホック氏の異郷の冒険」　加納　一朗
短編および連作短編集部門
「傷ついた野獣」（連作短編集）　伴野　朗
評論その他の部門　受賞作品なし
第三十八回（一九八五年）
長編部門「渇きの街」　北方　謙三
「壁・旅芝居殺人事件」　皆川　博子
短編および連作短編集部門　受賞作品なし
評論その他の部門
「金属バット殺人事件」　佐瀬　稔
「乱歩と東京」　松山　巖
第三十九回（一九八六年）
長編部門「チョコレートゲーム」　岡嶋　二人
短編および連作短編集部門　受賞作品なし
「背いて故郷」　志水　辰夫
評論その他の部門
「怪盗対名探偵」　松村　喜雄
第四十回（一九八七年）
長編部門「カディスの赤い星」　逢坂　剛
「北斎殺人事件」　高橋　克彦
短編および連作短編集部門　受賞作品なし

評論その他の部門
「明治の探偵小説」　伊藤　秀雄
第四十一回（一九八八年）
長編部門「絆」　小杉　健治
短編および連作短編集部門　受賞作品なし
評論その他の部門　受賞作品なし
第四十二回（一九八九年）
長編部門「伝説なき地」　船戸　与一
「雨月荘殺人事件」　和久　峻三
短編および連作短編集部門
「妻の女友達」　小池真理子
評論その他の部門
「87分署グラフィティ」　直井　明
第四十三回（一九九〇年）
長編部門「エトロフ発緊急電」　佐々木　譲
短編および連作短編集部門　受賞作品なし
評論その他の部門
「夢野久作」　鶴見　俊輔
第四十四回（一九九一年）
長編部門「新宿鮫」　大沢　在昌
短編および連作短編集部門
「夜の蟬」（連作短編集）　北村　薫
評論その他の部門
「百怪、我ガ腸ニ入ル」　竹中　労
「横浜・山手の出来事」　徳岡　孝夫
第四十五回（一九九二年）
長編部門「時計館の殺人」　綾辻　行人
「龍は眠る」　宮部みゆき
短編および連作短編集部門　受賞作品なし
評論その他の部門
「北米探偵小説論」　野崎　六助
第四十六回（一九九三年）
長編部門「リヴィエラを撃て」　髙村　薫
短編および連作短編集部門　受賞作品なし
評論その他の部門
「欧米推理小説翻訳史」　長谷部史親
「文政十一年のスパイ合戦」　秦　新二
第四十七回（一九九四年）
長編部門「ガダラの豚」　中島　らも
短編および連作短編集部門
「ル・ジタン」　斎藤　純
「めんどうみてあげるね」　鈴木輝一郎
評論その他の部門
「冒険小説論　近代ヒーロー像１００年の変遷」　北上　次郎
第四十八回（一九九五年）
長編部門「沈黙の教室」　折原　一
「鋼鉄の騎士」　藤田　宜永
短編および連作短編集部門
「ガラスの麒麟」　加納　朋子
「日本殺人事件」（連作短編集）　山口　雅也
評論その他の部門
「チャンドラー人物事典」　各務　三郎
第四十九回（一九九六年）
長編部門「ソリトンの悪魔」　梅原　克文
「魍魎の匣」　京極　夏彦
短編および連作短編集部門
「カウント・プラン」　黒川　博行
評論その他の部門　受賞作品なし
第五十回（一九九七年）
長編部門「奪取」　真保　裕一
短編および連作短編集部門　受賞作品なし
評論その他の部門
「沈黙のファイル」　共同通信社社会部
第五十一回（一九九八年）

長編部門「鎮魂歌《レクイエム》」　馳　星周
「ＯＵＴ」　桐野　夏生
短編および連作短編集部門　受賞作品なし
評論その他の部門
「本格ミステリの現在」　笠井　潔
「ホラー小説大全」　風間　賢二

第五十二回（一九九九年）
長編部門「秘密」　東野　圭吾
「幻の女」　香納　諒一
短編および連作短編集部門
「花の下にて春死なむ」（連作短編集）　北森　鴻
評論その他の部門
「世界ミステリ作家事典〔本格派篇〕」　森　英俊

第五十三回（二〇〇〇年）
長編および連作短編集部門
「永遠の仔」　天童　荒太
「亡国のイージス」　福井　晴敏
短編部門「動機」　横山　秀夫
評論その他の部門
「ゴッホの遺言」　小林　英樹

第五十四回（二〇〇一年）
長編および連作短編集部門
「残光」　東　直己
「永遠の森」　菅　浩江
短編部門　受賞作品なし
評論その他の部門
「20世紀冒険小説読本（日本篇）（海外篇）」　井家上隆幸
「推理作家の出来るまで」　都筑　道夫

第五十五回（二〇〇二年）
長編および連作短編集部門
「ミステリ・オペラ」　山田　正紀
「アラビアの夜の種族」　古川日出男
短編部門「都市伝説パズル」　法月綸太郎
「十八の夏」　光原　百合
評論その他の部門　受賞作品なし

第五十六回（二〇〇三年）
長編および連作短編集部門
「石の中の蜘蛛」　浅暮　三文
「マレー鉄道の謎」　有栖川有栖
短編部門　受賞作品なし
評論その他の部門
「幻影の蔵」　新保　博久
山前　譲

第五十七回（二〇〇四年）
長編および連作短編集部門
「葉桜の季節に君を想うということ」　歌野　晶午
「ワイルド・ソウル」　垣根　涼介
短編部門「死神の精度」　伊坂幸太郎
評論その他の部門
「水面の星座　水底の宝石」　千街　晶之
「夢野久作読本」　多田　茂治

第五十八回（二〇〇五年）
長編および連作短編集部門
「硝子のハンマー」　貴志　祐介
「剣と薔薇の夏」　戸松　淳矩
短編部門　受賞作品なし
評論その他の部門
「不時着」　日高恒太朗

第五十九回（二〇〇六年）
長編および連作短編集部門
「ユージニア」　恩田　陸
短編部門「独白するユニバーサル横メルカトル」　平山　夢明
評論その他の部門
「松本清張事典　決定版」　郷原　宏
「下山事件　最後の証言」　柴田　哲孝

第六十回（二〇〇七年）
長編および連作短編集部門
「赤朽葉家の伝説」桜庭　一樹
短編部門
受賞作品なし
評論その他の部門
「私のハードボイルド　固茹で玉子の戦後史」小鷹　信光
「論理の蜘蛛の巣の中で」巽　昌章

第六十一回（二〇〇八年）
長編および連作短編集部門
「果断　隠蔽捜査2」今野　敏
短編部門「傍聞き」長岡　弘樹
評論その他の部門
「幻想と怪奇の時代」紀田順一郎
「星新一　一〇〇一話をつくった人」最相　葉月

第六十二回（二〇〇九年）
長編および連作短編集部門
「カラスの親指」道尾　秀介
「ジョーカー・ゲーム」柳　広司
短編部門「熱帯夜」曽根　圭介
「渋い夢」田中　啓文
評論その他の部門
「『謎』の解像度《レゾリューション》　ウェブ時代の本格ミステリ」円堂都司昭
「〈盗作〉の文学史」栗原裕一郎

第六十三回（二〇一〇年）
長編および連作短編集部門
「粘膜蜥蜴」飴村　行
「乱反射」貫井　徳郎
短編部門「随監」安東　能明
評論その他の部門
「英文学の地下水脈　古典ミステリ研究〜黒岩涙香翻案原典からクイーンまで〜」小森健太朗

第六十四回（二〇一一年）
長編および連作短編集部門
「隻眼の少女」麻耶　雄嵩
「折れた竜骨」米澤　穂信
短編部門「人間の尊厳と八〇〇メートル」深水黎一郎
評論その他の部門
「遠野物語と怪談の時代」東　雅夫

第六十五回（二〇一二年）
長編および連作短編集部門
「ジェノサイド」高野　和明
短編部門「望郷、海の星」湊　かなえ
評論その他の部門
「近代日本奇想小説史　明治篇」横田　順彌

第六十六回（二〇一三年）
長編および連作短編集部門
「百年法」山田　宗樹
短編部門「暗い越流」若竹　七海
評論その他の部門
「『マルタの鷹』講義」諏訪部浩一

第六十七回（二〇一四年）
長編および連作短編集部門
「金色機械」恒川光太郎
短編部門
受賞作品なし
評論その他の部門
「殺人犯はそこにいる　隠蔽された北関東連続幼女誘拐殺人事件」清水　潔
「変格探偵小説入門　奇想の遺産」谷口　基

第六十八回（二〇一五年）
長編および連作短編集部門
「土漠の花」月村　了衛
「イノセント・デイズ」

短編部門　早見　和真
評論その他の部門　受賞作品なし
「本棚探偵最後の挨拶」
喜国　雅彦
「アガサ・クリスティー完全攻略」　霜月　蒼

第六十九回（二〇一六年）
長編および連作短編集部門
「孤狼の血」　柚月　裕子
短編部門「おばあちゃんといっしょ」
大石　直紀
「ババ抜き」　永嶋　恵美
評論その他の部門
「マジカル・ヒストリー・ツアー」　門井　慶喜

第七十回（二〇一七年）
長編および連作短編集部門
「愚者の毒」　宇佐美まこと
短編部門
「黄昏」　薬丸　岳
評論その他の部門　受賞作品なし

第七十一回（二〇一八年）
長編および連作短編集部門
「いくさの底」　古処　誠二
短編部門
「偽りの春」　降田　天
評論その他の部門
「昭和の翻訳出版事件簿」
宮田　昇

第七十二回（二〇一九年）
長編および連作短編集部門
「凍てつく太陽」　葉真中　顕
短編部門「学校は死の匂い」　澤村　伊智
評論その他の部門
「日本ＳＦ精神史【完全版】」
長山　靖生

第七十三回（二〇二〇年）
長編および連作短編集部門
「スワン」　呉　勝浩
短編部門「夫の骨」　矢樹　純
評論その他の部門
「遠藤周作と探偵小説　痕跡と追跡の文学」　金　承哲

第七十四回（二〇二一年）
長編および連作短編集部門
「インビジブル」　坂上　泉
「蟬かえる」　櫻田　智也
短編部門「#拡散希望」　結城真一郎
評論その他の部門
「真田啓介ミステリ論集　古典探偵小説の愉しみⅠ　フェアプレイの文学」
「真田啓介ミステリ論集　古典探偵小説の愉しみⅡ　悪人たちの肖像」　真田　啓介

第七十五回（二〇二二）年
長編および連作短編集部門
「大鞠家殺人事件」　芦辺　拓
短編部門「スケーターズ・ワルツ」
逸木　裕
「時計屋探偵と二律背反のアリバイ」　大山誠一郎
評論その他の部門
「短編ミステリの二百年　一～六」　小森　収

第七十六回（二〇二三年）
長編および連作短編集部門
「夜の道標」　芦沢　央
「君のクイズ」　小川　哲
短編部門「異分子の彼女」　西澤　保彦
評論・研究部門
「シャーロック・ホームズ・バイブル　永遠の名探偵をめぐる170年の物語」
日暮　雅通

江戸川乱歩賞（第三回より公募）

第一回（一九五五年）
「探偵小説辞典」　中島河太郎

第二回（一九五六年）
「ハヤカワ・ポケット・ミステリ」の出版　早川書房

第三回（一九五七年）
「猫は知っていた」仁木悦子

第四回（一九五八年）
「濡れた心」　多岐川恭

第五回（一九五九年）
「危険な関係」　新章文子

第六回（一九六〇年）　受賞作品なし

第七回（一九六一年）
「枯草の根」　陳舜臣

第八回（一九六二年）
「大いなる幻影」　戸川昌子
「華やかな死体」　佐賀潜

第九回（一九六三年）
「孤独なアスファルト」　藤村正太

第十回（一九六四年）
「蟻の木の下で」　西東登

第十一回（一九六五年）
「天使の傷痕」　西村京太郎

第十二回（一九六六年）
「殺人の棋譜」　斎藤栄

第十三回（一九六七年）
「伯林―一八八八年」　海渡英祐

第十四回（一九六八年）　受賞作品なし

第十五回（一九六九年）
「高層の死角」　森村誠一

第十六回（一九七〇年）
「殺意の演奏」　大谷羊太郎

第十七回（一九七一年）　受賞作品なし

第十八回（一九七二年）
「仮面法廷」　和久峻三

第十九回（一九七三年）
「アルキメデスは手を汚さない」　小峰元

第二十回（一九七四年）
「暗黒告知」　小林久三

第二十一回（一九七五年）
「蝶たちは今……」日下圭介

第二十二回（一九七六年）
「五十万年の死角」伴野朗

第二十三回（一九七七年）
「透明な季節」　梶龍雄
「時をきざむ潮」　藤本泉

第二十四回（一九七八年）
「ぼくらの時代」　栗本薫

第二十五回（一九七九年）
「プラハからの道化たち」　高柳芳夫

第二十六回（一九八〇年）
「猿丸幻視行」　井沢元彦

第二十七回（一九八一年）
「原子炉の蟹」　長井彬

第二十八回（一九八二年）
「黄金流砂」　中津文彦
「焦茶色のパステル」　岡嶋二人

第二十九回（一九八三年）
「写楽殺人事件」　高橋克彦

第三十回（一九八四年）
「天女の末裔」　鳥井加南子

第三十一回（一九八五年）
「モーツァルトは子守唄を歌わない」　森雅裕
「放課後」　東野圭吾

第三十二回（一九八六年）
「花園の迷宮」　山崎洋子

第三十三回（一九八七年）
「風のターン・ロード」　石井敏弘

第三十四回（一九八八年）
「白色の残像」　坂本光一

第三十五回（一九八九年）
「浅草エノケン一座の嵐」　長坂　秀佳
第三十六回（一九九〇年）
「剣の道殺人事件」鳥羽　亮
「フェニックスの弔鐘」　阿部　陽一
第三十七回（一九九一年）
「ナイト・ダンサー」　鳴海　章
「連鎖」　真保　裕一
第三十八回（一九九二年）
「白く長い廊下」　川田弥一郎
第三十九回（一九九三年）
「顔に降りかかる雨」　桐野　夏生
第四十回（一九九四年）
「検察捜査」　中嶋　博行
第四十一回（一九九五年）
「テロリストのパラソル」　藤原　伊織
第四十二回（一九九六年）
「左手に告げるなかれ」　渡辺　容子
第四十三回（一九九七年）
「破線のマリス」　野沢　尚
第四十四回（一九九八年）
「果つる底なき」　池井戸　潤
「Twelve Y.O.」　福井　晴敏
第四十五回（一九九九年）
「八月のマルクス」　新野　剛志
第四十六回（二〇〇〇年）
「脳男」　首藤　瓜於
第四十七回（二〇〇一年）
「13階段」　高野　和明
第四十八回（二〇〇二年）
「滅びのモノクローム」　三浦　明博
第四十九回（二〇〇三年）
「マッチメイク」　不知火京介
「翳りゆく夏」　赤井　三尋
第五十回（二〇〇四年）
「カタコンベ」　神山　裕右
第五十一回（二〇〇五年）
「天使のナイフ」　薬丸　岳
第五十二回（二〇〇六年）
「東京ダモイ」　鏑木　蓮
「三年坂　火の夢」　早瀬　乱
第五十三回（二〇〇七年）
「沈底魚」　曽根　圭介
第五十四回（二〇〇八年）
「誘拐児」　翔田　寛
「訣別の森」　末浦　広海
第五十五回（二〇〇九年）
「プリズン・トリック」　遠藤　武文
第五十六回（二〇一〇年）
「再会」　横関　大
第五十七回（二〇一一年）
「完盗オンサイト」玖村まゆみ
「よろずのことに気をつけよ」　川瀬　七緒
第五十八回（二〇一二年）
「カラマーゾフの妹」　高野　史緒
第五十九回（二〇一三年）
「襲名犯」　竹吉　優輔
第六十回（二〇一四年）
「闇に香る嘘」　下村　敦史
第六十一回（二〇一五年）
「道徳の時間」　呉　勝浩
第六十二回（二〇一六年）
「ＱＪＫＪＱ」　佐藤　究
第六十三回（二〇一七年）　受賞作品なし
第六十四回（二〇一八年）
「到達不能極」　斉藤　詠一
第六十五回（二〇一九年）
「ノワールをまとう女」

神護かずみ
第六十六回（二〇二〇年）
「わたしが消える」佐野　広実
第六十七回（二〇二一年）
「北緯43度のコールドケース」伏尾　美紀
「老虎残夢」桃野　雑派
第六十八回（二〇二二年）
「此の世の果ての殺人」荒木あかね

小説推理新人賞

第一回（一九七九年）
「感傷の街角」大沢　在昌
第二回（一九八〇年）受賞作品なし
第三回（一九八一年）
「第九の流れる家」五谷　翔
第四回（一九八二年）受賞作品なし
第五回（一九八三年）受賞作品なし
第六回（一九八四年）受賞作品なし
第七回（一九八五年）
「手遅れの死」津野　創一
「カウンター　ブロウ」長尾　健二
第八回（一九八六年）受賞作品なし
第九回（一九八七年）
「湾岸バッド・ボーイ・ブルー」横溝　美晶
第十回（一九八八年）
「グラン・マーの犯罪」相馬　隆
第十一回（一九八九年）受賞作品なし
第十二回（一九九〇年）
「夜の道行」千野　隆司
第十三回（一九九一年）
「ハミングで二番まで」香納　諒一
第十四回（一九九二年）
「雨中の客」浅黄　斑
第十五回（一九九三年）
「砂上の記録」村雨　優
第十六回（一九九四年）
「眠りの海」本多　孝好
第十七回（一九九五年）
「ボディ・ダブル」久遠　恵
第十八回（一九九六年）
「隣人」永井するみ
第十九回（一九九七年）
「退屈解消アイテム」香住　泰
第二十回（一九九八年）
「ツール&ストール」円谷　夏樹
第二十一回（一九九九年）
「見知らぬ侍」岡田　秀文
第二十二回（二〇〇〇年）
「影踏み鬼」翔田　寛
第二十三回（二〇〇一年）
「風の吹かない景色」山之内正文
第二十四回（二〇〇二年）
「過去のはじまり未来のおわり」西本　秋
第二十五回（二〇〇三年）
「真夏の車輪」長岡　弘樹
第二十六回（二〇〇四年）
「キリング・タイム」蒼井　上鷹
第二十七回（二〇〇五年）
「竜巻ガール」垣谷　美雨
第二十八回（二〇〇六年）
「消えずの行灯」誉田　龍一
第二十九回（二〇〇七年）
「聖職者」湊　かなえ
第三十回（二〇〇八年）
「寿限無」浮穴　みみ
第三十一回（二〇〇九年）
「通信制警察」耳　目

第三十二回（二〇一〇年）

「遠田の蛙」　深山　亮

第三十三回（二〇一一年）

「ジャッジメント」小林　由香

第三十四回（二〇一二年）

「慕情二つ井戸」　加瀬　政広

第三十五回（二〇一三年）

「マグノリア通り、曇り」　増田　忠則

「スマートクロニクル」　悠木シュン

第三十六回（二〇一四年）

「鬼女の顔」　蓮生あまね

第三十七回（二〇一五年）

「電話で、その日の服装等を言い当てる女について」　清水杜氏彦

第三十八回（二〇一六年）

「エースの遺言」　久和間　拓

第三十九回（二〇一七年）　受賞作品なし

第四十回（二〇一八年）

「五年後に」　松沢くれは

第四十一回（二〇一九年）

「濡れ衣」　上田　未来

第四十二回（二〇二〇年）

「見えない意図」　藤　つかさ

第四十三回（二〇二一年）

「爆弾犯と殺人犯の物語」　くぼりこ

第四十四回（二〇二二年）

「人探し」　遠藤　秀紀

横溝正史ミステリ&ホラー大賞

（第二十一回に横溝正史賞を改称、第三十九回に横溝正史ミステリ大賞と日本ホラー小説大賞を統合）

第一回（一九八一年）

「この子の七つのお祝いに」　斎藤　澪

第二回（一九八二年）

「殺人狂時代ユリエ」　阿久　悠

第三回（一九八三年）

「脱獄情死行」　平　龍生

第四回（一九八四年）　受賞作品なし

第五回（一九八五年）

「見返り美人を消せ」　石井　竜生
井原まなみ

第六回（一九八六年）　受賞作品なし

第七回（一九八七年）

「時のアラベスク」服部まゆみ

第八回（一九八八年）　受賞作品なし

第九回（一九八九年）

「消された航跡」　阿部　智

第十回（一九九〇年）　受賞作品なし

第十一回（一九九一年）

「動く不動産」　姉小路　祐

第十二回（一九九二年）

「レプリカ」　羽場　博行

「恋文」　松木　麗

第十三回（一九九三年）　受賞作品なし

第十四回（一九九四年）

「ヴィオロンのため息の　高原のＤデイ」　五十嵐　均

第十五回（一九九五年）

「ＲＩＫＯ　女神《ヴィーナス》の永遠」　柴田よしき

第十六回（一九九六年）　受賞作品なし

第十七回（一九九七年）　受賞作品なし

第十八回（一九九八年）

「直線の死角」　山田　宗樹

第十九回（一九九九年）

「Ｔ・Ｒ・Ｙ・」　井上　尚登

第二十回（二〇〇〇年）

「ＤＺ《ディーズィー》」　小笠原　慧

第二十一回（二〇〇一年）

「葬列」　小川　勝己

「長い腕」　川崎　草志

第二十二回（二〇〇二年）

「水の時計」　初野　晴

第二十三回（二〇〇三年）　受賞作品なし

第二十四回（二〇〇四年）

「風の歌、星の口笛」

村崎　友

第二十五回（二〇〇五年）

「いつか、虹の向こうへ」

伊岡　瞬

第二十六回（二〇〇六年）

「ユグドラジルの覇者」

桂木　希

第二十七回（二〇〇七年）

「首挽村の殺人」　大村友貴美

「ロスト・チャイルド」

桂　美人

第二十八回（二〇〇八年）　受賞作品なし

第二十九回（二〇〇九年）

「雪冤」　大門　剛明

第三十回（二〇一〇年）

「お台場アイランドベイビー」

伊与原　新

第三十一回（二〇一一年）

「消失グラデーション」

長沢　樹

第三十二回（二〇一二年）

「さあ、地獄へ堕ちよう」

菅原　和也

「デッドマン」　河合　莞爾

第三十三回（二〇一三年）

「見えざる網」　伊兼源太郎

第三十四回（二〇一四年）

「神様の裏の顔」　藤崎　翔

第三十五回（二〇一五年）　受賞作品なし

第三十六回（二〇一六年）

「虹を待つ彼女」　逸木　裕

第三十七回（二〇一七年）　受賞作品なし

第三十八回（二〇一八年）　受賞作品なし

第三十九回（二〇一九年）　受賞作品なし

第四十回（二〇二〇年）

「火喰鳥」　原　浩

第四十一回（二〇二一年）

「虚魚《そらざかな》」　新名　智

第四十二回（二〇二二年）　受賞作品なし

第四十三回（二〇二三年）

「をんごく」　露野目ナキロ

鮎川哲也賞

第一回（一九九〇年）

「殺人喜劇の13人」　芦辺　拓

第二回（一九九一年）

「不連続線」　石川　真介

第三回（一九九二年）

「ななつのこ」　加納　朋子

第四回（一九九三年）

「凍える島」　近藤　史恵

第五回（一九九四年）

「化身」　愛川　晶

第六回（一九九五年）

「狂乱廿四孝」　北森　鴻

第七回（一九九六年）

「海賊丸漂着異聞」　満坂　太郎

第八回（一九九七年）

「未明の悪夢」　谺　健二

第九回（一九九八年）

「殉教カテリナ車輪」

飛鳥部勝則

第十回（一九九九年）　受賞作品なし

第十一回（二〇〇一年）

「建築屍材」　門前　典之

第十二回（二〇〇二年）

「写本室《スクリプトリウム》の迷宮」　後藤　均

第十三回（二〇〇三年）

「千年の黙」　森谷　明子

第十四回（二〇〇四年）

「鬼に捧げる夜想曲」

神津慶次朗

第十五回（二〇〇五年）「密室の鎮魂歌《レクイエム》」 岸田るり子
第十六回（二〇〇六年） 受賞作品なし
「ヴェサリウスの柩」 麻見 和史
第十七回（二〇〇七年）
「雲上都市の大冒険」 山口 芳宏
第十八回（二〇〇八年）
「七つの海を照らす星」 七河 迦南
第十九回（二〇〇九年）
「午前零時のサンドリヨン」 相沢 沙呼
第二十回（二〇一〇年）
「ボディ・メッセージ」 安萬 純一
「太陽が死んだ夜」 月原 渉
第二十一回（二〇一一年）
「眼鏡屋は消えた」 山田 彩人
第二十二回（二〇一二年）
「体育館の殺人」 青崎 有吾
第二十三回（二〇一三年）
「名探偵の証明」 市川 哲也
第二十四回（二〇一四年）
「B《ビリヤード》 ハナブサへようこそ」 内山 純
第二十五回（二〇一五年） 受賞作品なし
第二十六回（二〇一六年）
「ジェリーフィッシュは凍らない」 市川 憂人
第二十七回（二〇一七年）
「屍人荘の殺人」 今村 昌弘
第二十八回（二〇一八年）
「学校に行かない探偵」 川澄 浩平
第二十九回（二〇一九年）
「時空旅行者の砂時計」 方丈 貴恵
第三十回（二〇二〇年）
「誤認五色」 千田 理緒
第三十一回（二〇二一年） 受賞作品なし
第三十二回（二〇二二年） 受賞作品なし
第三十三回（二〇二三年）
「北海は死に満ちて」 岡本 好貴

日本ミステリー文学大賞

第一回（一九九七年）
大 賞 佐野 洋
新人賞 「クライシスF」 井谷 昌喜
第二回（一九九八年）
大 賞 中島河太郎
新人賞 「パレスチナから来た少女」 大石 直紀
第三回（一九九九年）
大 賞 笹沢 左保
新人賞 「サイレント・ナイト」 高野裕美子
第四回（二〇〇〇年）
大 賞 山田風太郎
新人賞 受賞作品なし
第五回（二〇〇一年）
大 賞 土屋 隆夫
新人賞 「太閤暗殺」 岡田 秀文
第六回（二〇〇二年）
大 賞 都筑 道夫
特別賞 鮎川 哲也
新人賞 「アリスの夜」 三上 洸
第七回（二〇〇三年）
大 賞 森村 誠一
新人賞 受賞作品なし
第八回（二〇〇四年）
大 賞 西村京太郎
新人賞 「ユグノーの呪い」 新井 政彦
第九回（二〇〇五年）
大 賞 赤川 次郎
新人賞 受賞作品なし

第十回（二〇〇六年）
大　賞　夏樹　静子
新人賞「水上のパッサカリア」海野　碧
第十一回（二〇〇七年）
大　賞　内田　康夫
新人賞「霧のソレア」緒川　怜
第十二回（二〇〇八年）
大　賞　島田　荘司
新人賞「プラ・バロック」結城　充考
第十三回（二〇〇九年）
大　賞　北方　謙三
新人賞「ラガド　煉獄の教室」両角　長彦
第十四回（二〇一〇年）
大　賞　大沢　在昌
新人賞「煙が目にしみる」石川　渓月
「大絵画展」望月　諒子
第十五回（二〇一一年）
大　賞　高橋　克彦
新人賞「クリーピー」前川　裕
「茉莉花《サンパギータ》」川中　大樹
第十六回（二〇一二年）
大　賞　皆川　博子
新人賞「ロスト・ケア」葉真中　顕
第十七回（二〇一三年）
大　賞　逢坂　剛
新人賞「代理処罰」嶋中　潤
第十八回（二〇一四年）
大　賞　船戸　与一
特別賞　連城三紀彦
新人賞「十二月八日の幻影」直原　冬明
第十九回（二〇一五年）
大　賞　北村　薫
新人賞「星宿る虫」嶺里　俊介
第二十回（二〇一六年）
大　賞　佐々木　譲
新人賞「木足の猿」戸南　浩平
第二十一回（二〇一七年）
大　賞　夢枕　獏
新人賞「沸点桜《ボイルドフラワー》」北原　真理
第二十二回（二〇一八年）
大　賞　綾辻　行人
特別賞　権田　萬治
新人賞「インソムニア」辻　寛之
第二十三回（二〇一九年）
大　賞　辻　真先
新人賞「暗黒残酷監獄」城戸　喜由
第二十四回（二〇二〇年）
大　賞　黒川　博行
新人賞「オリンピックに駿馬は狂騒《くる》う」茜　灯里
第二十五回（二〇二一年）
大　賞　小池真理子
新人賞「青い雪」麻加　朋
「クラウドの城」大谷　睦
第二十六回（二〇二二年）
大　賞　有栖川有栖
新人賞「６０％」柴田　祐紀

本格ミステリ大賞
第一回（二〇〇一年）
小説部門「壺中の天国」倉知　淳
評論・研究部門
「日本ミステリー事典」権田　萬治
新保　博久
特別賞　鮎川　哲也
第二回（二〇〇二年）
小説部門「ミステリ・オペラ」山田　正紀
評論・研究部門
「乱視読者の帰還」若島　正
第三回（二〇〇三年）
小説部門「オイディプス症候群」笠井　潔
「ＧＯＴＨ　リストカット事件」

乙　一
評論・研究部門
「探偵小説論序説」笠井　潔
第四回（二〇〇四年）
小説部門「葉桜の季節に君を想うということ」歌野　晶午
評論・研究部門
「水面の星座　水底の宝石」千街　晶之
特別賞　宇山日出臣
戸川　安宣
第五回（二〇〇五年）
小説部門「生首に聞いてみろ」法月綸太郎
評論・研究部門
「天城一の密室犯罪学教程」天城　一
第六回（二〇〇六年）
小説部門「容疑者Xの献身」東野　圭吾
評論・研究部門
「ニッポン硬貨の謎」北村　薫
第七回（二〇〇七年）
小説部門「シャドウ」道尾　秀介
評論・研究部門
「論理の蜘蛛の巣の中で」巽　昌章
第八回（二〇〇八年）
小説部門「女王国の城」有栖川有栖
評論・研究部門
「探偵小説の論理学」小森健太朗
特別賞　島崎　博
第九回（二〇〇九年）
小説部門「完全恋愛」牧　薩次
評論・研究部門
「『謎』の解像度《レゾリューション》　ウェブ時代の本格ミステリ」円堂都司昭
第十回（二〇一〇年）
小説部門「密室殺人ゲーム2.0」歌野　晶午
「水魑の如き沈むもの」三津田信三
評論・研究部門
「戦前戦後異端文学論」谷口　基
第十一回（二〇一一年）
小説部門「隻眼の少女」麻耶　雄嵩
評論・研究部門
「エラリー・クイーン論」飯城　勇三
第十二回（二〇一二年）
小説部門「虚構推理　鋼人七瀬」城平　京
「開かせていただき光栄です」皆川　博子
評論・研究部門
「探偵小説と叙述トリック」笠井　潔
第十三回（二〇一三年）
小説部門「密室蒐集家」大山誠一郎
評論・研究部門
「本格ミステリ鑑賞術」福井　健太
第十四回（二〇一四年）
小説部門「スノーホワイト　名探偵三途川理と少女の鏡は千の目を持つ」森川　智喜
評論・研究部門
「ロジャー・アクロイドはなぜ殺される？　言語と運命の社会学」内田　隆三
第十五回（二〇一五年）
小説部門「さよなら神様」麻耶　雄嵩
評論・研究部門
「アガサ・クリスティー完全攻略」霜月　蒼
第十六回（二〇一六年）

小説部門「死と砂時計」　鳥飼　否宇
評論・研究部門
「ミステリ読者のための連城三紀彦全作品ガイド　増補改訂版」　浅木原　忍

第十七回（二〇一七年）
小説部門「涙香迷宮」　竹本　健治
評論・研究部門
「本格力　本棚探偵のミステリ・ブックガイド」　喜国　雅彦　国樹　由香

第十八回（二〇一八年）
小説部門「屍人荘の殺人」　今村　昌弘
評論・研究部門
「本格ミステリ戯作三昧　贋作と評論で描く本格ミステリ十五の魅力」　飯城　勇三

第十九回（二〇一九年）
小説部門「刀と傘　明治京洛推理帖」　伊吹　亜門
評論・研究部門
「乱歩謎解きクロニクル」　中　相作

第二十回（二〇二〇年）
小説部門「ｍｅｄｉｕｍ《メディウム》　霊媒探偵城《じょう》塚翡翠《づかひすい》」　相沢　沙呼
評論・研究部門
「モダニズム・ミステリの時代　探偵小説が新感覚だった頃」　長山　靖生

第二十一回（二〇二一年）
小説部門「蟬かえる」　櫻田　智也
評論・研究部門
「数学者と哲学者の密室」　飯城　勇三

第二十二回（二〇二二年）
小説部門「大鞠家殺人事件」　芦辺　拓
「黒牢城」　米澤　穂信
評論・研究部門
「短編ミステリの二百年　1〜6」　小森　収

『このミステリーがすごい！』大賞

第一回（二〇〇二年）
「四日間の奇蹟」　浅倉　卓弥

第二回（二〇〇三年）
「パーフェクト・プラン」　柳原　慧

第三回（二〇〇四年）
「果てしなき渇き」　深町　秋生
「サウスポー・キラー」　水原　秀策

第四回（二〇〇五年）
「チーム・バチスタの栄光」　海堂　尊

第五回（二〇〇六年）
「ブレイクスルー・トライアル」　伊園　旬

第六回（二〇〇七年）
「禁断のパンダ」　拓未　司

第七回（二〇〇八年）
「臨床真理」　柚月　裕子
「屋上ミサイル」　山下　貴光

第八回（二〇〇九年）
「トギオ」　太朗想史郎
「さよならドビュッシー」　中山　七里

第九回（二〇一〇年）
「完全なる首長竜の日」　乾　緑郎

第十回（二〇一一年）
「弁護士探偵物語　天使の分け前」　法坂　一広

第十一回（二〇一二年）
「生存者ゼロ」　安生　正

第十二回（二〇一三年）
「警視庁捜査二課・郷間彩香

特命指揮官」　梶永　正史
「一千兆円の身代金」　八木　圭一
第十三回（二〇一四年）
「女王はかえらない」　降田　天
第十四回（二〇一五年）
「神の値段」　一色さゆり
「ブラック・ヴィーナス　投資の女神」　城山　真一
第十五回（二〇一六年）
「がん消滅の罠　完全寛解の謎」　岩木　一麻
第十六回（二〇一七年）
「オーパーツ　死を招く至宝」　蒼井　碧
第十七回（二〇一八年）
「怪物の木こり」　倉井　眉介
第十八回（二〇一九年）
「模型の家、紙の城」　歌田　年
第十九回（二〇二〇年）
「元彼の遺言状」　新川　帆立
第二十回（二〇二一年）
「特許やぶりの女王　弁理士・大鳳未来」　南原　詠
第二十一回（二〇二二年）
「名探偵のままでいて」　小西マサテル

ミステリーズ！新人賞

第一回（二〇〇四年）　受賞作品なし
第二回（二〇〇五年）
「漂流巌流島」　高井　忍
第三回（二〇〇六年）
「殺三狼」　秋梨　惟喬
「田舎の刑事の趣味とお仕事」　滝田　務雄
第四回（二〇〇七年）
「夜の床屋」　沢村　浩輔
第五回（二〇〇八年）
「砂漠を走る船の道」　梓崎　優
第六回（二〇〇九年）　受賞作品なし
第七回（二〇一〇年）
「強欲な羊」　美輪　和音
第八回（二〇一一年）　受賞作品なし
第九回（二〇一二年）
「かんがえるひとになりかけ」　近田　鳶迩
第十回（二〇一三年）
「サーチライトと誘蛾灯」　櫻田　智也
第十一回（二〇一四年）
「消えた脳病変」　浅ノ宮　遼
第十二回（二〇一五年）
「監獄舎の殺人」　伊吹　亜門
第十三回（二〇一六年）　受賞作品なし
第十四回（二〇一七年）　受賞作品なし
第十五回（二〇一八年）
「屍実盛」　齊藤　飛鳥
第十六回（二〇一九年）
「二万人の目撃者」　床品　美帆
第十七回（二〇二〇年）
「影踏亭の怪談」　大島　清昭
「噛む老人」　オオシマカズヒロ
第十八回（二〇二一年）
「三人書房」　柳川　一
第十九回（二〇二二年）
「ルナティック・レトリーバー」　真門　浩平

アガサ・クリスティー賞

第一回（二〇一一年）
「黒猫の遊歩あるいは美学講義」　森　晶麿
第二回（二〇一二年）
「カンパニュラの銀翼」

中里　友香
第三回（二〇一三年）
「致死量未満の殺人」
三沢　陽一
第四回（二〇一四年）
「しだれ桜恋心中」松浦千恵美
第五回（二〇一五年）
「うそつき、うそつき」
清水杜氏彦
第六回（二〇一六年）　受賞作品なし
第七回（二〇一七年）
「窓から見える最初のもの」
村木　美涼
第八回（二〇一八年）
「入れ子の水は月に轢かれ」
オーガニックゆうき
第九回（二〇一九年）
「月よりの代弁者」穂波　了
「それ以上でも、それ以下でもない」
折輝　真透
第十回（二〇二〇年）
「地べたを旅立つ」そえだ　信
第十一回（二〇二一年）
「同志少女よ、敵を撃て」
逢坂　冬馬
第十二回（二〇二二年）
「そして、よみがえる世界。」
西式　豊

新潮ミステリー大賞

第一回（二〇一四年）
「サナキの森」　彩藤アザミ
第二回（二〇一五年）
「レプリカたちの夜」
一條　次郎
第三回（二〇一六年）
「夏をなくした少年たち」
生馬　直樹
第四回（二〇一七年）　受賞作品なし
第五回（二〇一八年）
「名もなき星の哀歌」
結城真一郎
第六回（二〇一九年）　受賞作品なし
第七回（二〇二〇年）
「私たちの擬傷」　荻堂　顕
第八回（二〇二一年）
「プリマヴェーラの企み」
京橋　史
第九回（二〇二二年）
「キツネ狩り」　寺嶌　曜

＊紙幅の制約上、推理小説限定の賞で、現在継続中のものに限った。また、地方主催の賞も省略した。日本推理作家協会賞、本格ミステリ大賞、日本ミステリー文学大賞（新人賞を除く）以外は公募である。受賞者には、その後に改名、あるいは別名の場合もあるが、受賞時の筆名とした。

収録作品初出

異分子の彼女　西澤保彦
「Webジェイ・ノベル」2022年3月29日配信（実業之日本社）

ファーストが裏切った　浅倉秋成
「ジャーロ」No.85（光文社）

ベッドの下でタップダンスを　鵜林伸也
『秘境駅のクローズド・サークル』（東京創元社）

美しさの定義　川瀬七緒
『クローゼットファイル　仕立屋探偵　桐ヶ谷京介』（講談社）

神の光　北山猛邦
「紙魚の手帖」vol.04（東京創元社）

赤の追憶　櫻田智也
「紙魚の手帖」vol.04（東京創元社）

倫敦《ロンドン》スコーンの謎　米澤穂信
「紙魚の手帖」vol.08（東京創元社）

※各作品の扉に掲載した著者紹介は、
（K）佳多山大地氏、
（S）新保博久氏、
（N）西上心太氏、
（Y）吉田伸子氏
が執筆しました。

推理《すいり》小説《しょうせつ》年鑑《ねんかん》
ザ・ベストミステリーズ２０２３

２０２３年６月26日　第１刷発行

編者　日本《にほん》推理《すいり》作家《さっか》協会《きょうかい》

発行者　鈴木章一

発行所　株式会社　講談社

郵便番号　１１２－８００１

東京都文京区音羽２－12－21

電話　出版　０３（５３９５）３５０５

販売　０３（５３９５）５８１７

業務　０３（５３９５）３６１５

本文データ制作　講談社デジタル製作

印刷所　株式会社ＫＰＳプロダクツ

製本所　株式会社国宝社

ISBN 978-4-06-531741-9　N.D.C.913 269p 19cm

KODANSHA